新典社選書127

虚無の劇場

――古典研究者が読む三島由紀夫文学

伊藤禎子編

新典社

目次

昭和二〇年代　性と再生

昭和三〇年代　貴種と倒錯

昭和四〇年代　月と転生

はじめに

二〇二五年一月一四日に、三島由紀夫の百回目の誕生日を迎えた――。

去る二〇二三年五月に、本書と同じく新典社から、『円環の文学――古典×三島由紀夫を「読む」』を世に出した。この本は、古典文学と三島由紀夫の小説とを行き来しながら、互いの読みを深める試みを始めたものである。(1) その「行き来」を、三島の言葉を借りて「円環」と名づけた。

それまでは、平安時代の物語（初の長編物語）である『うつほ物語』をはじめ、『竹取物語』『落窪物語』『源氏物語』などを研究対象としていたわたしであるが、ある日、三島由紀夫の『豊饒の海』を読むことから、『浜松中納言物語』を学び直すことで、古典の解釈や評価が一転する現象を目の当たりにした。それまでわたしは、平安文学だけを見て、平安文学のみを解釈していたが、それらだけでは不十分であることを肌で感じた。もちろんそれは、自分自身の無能さに端を発する気づきであったのだが、ともかくも三島由紀夫の小説を読むことで、わたしの古典を学ぶ道が拓かれたのである。

そこから約一年半後の、二〇二五年一月一四日に、三島由紀夫の生誕百年の日を迎える。わたしはこの船にまだ乗り出したばかりだが、すでに古典と三島文学、ひいては古典と近現代文学との往還の船に乗っていた古典研究者は多くいた。三島生誕百年の祝いに、古典から紡がれる三島文学の意義をぜひとも一冊にまとめたいと願った。一人の力では叶わない願いであったが、多くの研究者に本書の意義に賛同していただき、参加していただいたことで、本書が完成した。心から感謝を申し上げる。

今後、三島文学と、三島の愛した古典文学との距離をもっと縮めるべく研究が進むことを心から願う。三島文学を経て、古典がもっと世の中の人の身近なものになるように。そして、古典が愛されることで、より一層、三島文学への愛が深まるように。

本書の題名――虚無の劇場――の由来について、まず「虚無」に関しては異論がなかろう。三島の作品には終末観溢れる「虚無」の空気が常に漂っている。しかし、「虚無」といえども、その色は無色ではない。三島は己の文学に対して、多大なる熱意を内側から溢れさせる作家である。三島の作品を読むと、常に読者は圧倒される。三島の創り上げた作品たちを「劇場」とし、その劇場に込められた三島の強い想いを「激情」ととらえ、かくして、本書の題名を「虚無の劇場」とするにいたった。

本書の構成は、三島由紀夫の小説に対する各論考を、作品の年代に従って配列している。便宜上、昭和一〇年代から四〇年代へと分けているが、その中で三島的なるものは、ゆるやかに移行し深化しているものの、すでに一〇年代にはある程度の形でもって発現していることがわかる。各章の扉には、各論考からヒントを得て、わたしなりに思う、その時代のキーワードを設定し、そのキーワードに対応しうる藤原定家の歌をそれぞれに配した。三島の敬愛する藤原定家の歌と三島文学のキーワードを対照化する試みである。藤原定家の特徴を強く備える有名な歌から選び、〈三島―古典―定家〉を繋ぐ扉となることを意図している（藤原定家の歌の引用は、小林大輔【編】角川ソフィア文庫ビギナーズ・クラシックス『新古今和歌集』に拠る）。

『源氏物語』は、世に出されて人気を博したあと、多くの読者を獲得しつづけ、やがて、後世の人たちにも読まれるべき「古典」へと昇華された。その間、約二百年――。三島由紀夫の小説も、いずれ「古典」の一つとして輝くようになるだろう。今年、三島由紀夫生誕「百年」を迎えた。ここからさらに「百年」後の未来には、三島文学が「古典」となっているかもしれない。その輝かしい海原へ向けて、いま大きく漕ぎ出す。

注

（1）すでにこの試み自体は為されている。たとえば島内景二氏による『三島由紀夫――豊饒の海へ注ぐ』(ミネルヴァ日本評伝選、二〇一〇年)にも多くまとめられており、また三島由紀夫の事典類にも、三島と古典なるテーマは常に立項されている。

＊本書で引用する三島由紀夫の作品は、すべて『決定版　三島由紀夫全集』(新潮社)に拠る。歴史的仮名遣いで書かれた、三島自身の文字遣いを紹介することが本書の意義にも適うと判断するためである。

昭和一〇年代

廃墟と構築

梅の花匂ひをうつす袖の上に軒もる月の影ぞあらそふ

この歌の典拠とされているのは『伊勢物語』。二条の后と思われる「え得まじかりける女」（手に入れられそうもなかった女）のもとへ通ったものの、忽然と姿を消されてしまう。在原業平と思われる「男」は、あきらめきれずに次の年の梅の花の咲く頃にも、再び廃墟のごとき屋敷を訪ねる。女性とともに見た梅の花と、目の前にある、独り眺める梅の花は同じか否か。悲しみにしずむ男を照らす月——。

廃墟の美を構築する三島文学の幕開けである。

「朝倉」論
――三島文学の〈原郷〉をたずねて

横溝　博

はじめに

三島由紀夫は楯の会事件による自死の一週間前（昭和四十五年十一月十八日）の夜、自邸で文芸評論家・古林尚（一九二七―一九九八）と対談した[1]。生前最後となったこの対談は、「戦後派作家対談」という古林による一連の対談シリーズの掉尾（第七回）であり、度重なる交渉にもかかわらず断りつづけていた三島が、突如態度を変えて引き受けたことにより実現したものであった。このことから、すでに市ヶ谷での決起を一週間後に控える三島が、いわば遺言を残すために、自死を勘づかれない都合のよい話し相手として、思想的立場を異にする古林を選んだという見立ては、そのとおりであるだろう[2]。それだけに、この対談では、歯に衣着せぬ三島の率直かつ開き直りともとれる、あけっぴろげな発言が目立つが、注意されるのは、三島自身の文学体験についての言及において、「戦後」という時代を相対化するなかで、三島文学の〈原郷〉として、「十代」という戦時中の時代が繰り返し見据えられていることである。

この対談では、インタビュアーの古林が三島と同世代ということもあって、十代のころの三島がしきりと話題に上っている。古林は戦後の三島文学が戦時中に形成されたある種の自我を抑制することによって形作られていると指摘したうえ、〈けれども、その抑制の歯止めが、ある時期になると完全にはずれてしまって、三島さんはふたたび十代の思想にのめりこんでゆく〉と喝破するのであるが、三島はそれを肯定してみせたうえで、つぎのように語る。

〈どうしても自分の中に統御できないものがある、そうするとまあ、だんだん自分がいやいやながらロマンティストであるっていうことを認めざるをえないんですね。で、ロマンティケルであるということがわかると、どうしてもそれはハイムケール（帰郷）するわけですよね。ハイムケールすると、十代にいっちゃうわけです。で十代にいっちゃうと、いろんなものがね、パンドラの箱みたいに、ワーッと出てきちゃう。ぼくはね、まあもし誠実というものがあるとすればね、人にどんなに笑われようとね、まあ悪口を言われようと、そういうものに忠実である以外に作家の誠実っていうものはないような気がする。だからたとえば、思想的立場の違う人、ジェネレーションの違う人はね、理解できないと思うん

ですよね。〉

この対談における三島の発言には、十代のころの作品を読み解く鍵がたくさん散りばめられている。そして、それらの発言から、十代のころの作品というものが、四十代の三島にとってきわめて重要な〈原郷〉であり、じっさい時間と空間を超えて四十代の三島文学と深く繫がっていることを感じさせずにはおかないのだ。対談の中で、三島は「純粋であること」をモットーとして強調し、日本浪曼派について触れ、そしてまた古林に水を向けられて『文藝文化』のころについて述懐している。さらには、蓮田善明の思想への親炙を懐古的に語ってもいる。この時代の三島文学の本質がロマンティシズムであることは、右の対談で明らかである。さらに三島は、対談のしめくくりで古林に今後の日本文学にたいする抱負や願望を訊かれて、つぎのようにも述懐している。

〈ぼくはあれですね、自分はねもうペトロニウスみたいなもんだと思っているんですよね。そして、つまりある日本ていう文化の、ま大げさな話ですが、日本語を知っている人間は、おれのジェネレーションでおしまいだろうと思うんです。でもうつまり、日本の古典のことばがつまり体に入っている人間ていうのは、もうこれから出てこないでしょうね。〉

いかにも遺言めいた終末的な倦んだ物言いであり、文壇との決別ともとれる発言だが、〈日本の古典のことばが体に入っている〉というのは、幼いころから能や歌舞伎などの伝統芸能に親しみ、また学習院時代に王朝文学をはじめとする古典文学を読み、『文藝文化』などの活動をとおして古典主義を自らの文学の形式として身につけ、表現してきた三島の、文学者としての矜持であり自己認識であり、戦後という時代にたいする忸怩たる思いの吐露であろう。現代社会や文壇からあたかも逃避するように、十代へと〈ハイムケール〉する三島――、十代のうちに育まれた日本語、古典語のセンスは、それこそ三島文学の〈原郷〉といってよい十代の作品のうちにこそ、ある素朴な明瞭さをもって表されているのではなかろうか。[3]

本稿でとり上げる「朝倉」は、古典に材をとった数多の三島作品の中にあって、唯一といってよい王朝小説である。それだけにこの作品は、三島のロマンティシズムや古典主義を考えるうえで、さらには、晩年の『豊饒の海』四部作へと繫がる作品の系譜を考えるうえにおいて、注目してよい作品かと思われる。

一　散逸『朝倉物語』と「朝倉」

三島の王朝小説「朝倉」は、『文藝世紀』昭和十九年七月号に発表された。[4] 同作はのちに昭和二十六年七月刊行の短編集『遠乗会』（新潮社）に初めて収録された。この「朝倉」執筆の動機について、後年、三島自身が、『日本古典文學大系77　篁物語・平中物語・濱松中納言物語』（岩波書店、一九六四年。『濱松中納言物語』の校注は松尾聰による）刊行時の「月報」に文章を寄せ

て、つぎのように明かしているのは、公けの文章としては「朝倉」に自己言及した唯一のものとして注目される。(5)

〈松尾先生はすぐる戦争の時代に、悠々と、王朝の散佚した物語の研究をつづけてをられた。徒然草の「不具なるこそよけれ」ではないけれども、のこる断片からありし全容の美しさを偲ぶといふこの作業には、戦争中の誰も知らなかつたダンディスムがあつて、私は保存の完全な物語類よりも、先生の研究によつて知つた散佚物語の類に、一そうの想像力を掻き立てられたのであつた。それは詩人立原道造が強調した「廃墟」の意味のやうに、ロマンティックな興趣に充ちた研究で、現実の美女よりも、夙に世を去つた美女の面影を、おぼろげな記憶をたよりに復元することのはうに、一そうの喜びを見出す心的態度にもつながつてゐた。私はその一つ「朝倉の物語」から、先生の考証をたよりに、小さな自分用の「朝倉」といふ物語を組立てたりした。又、考へてみると、松尾先生のかうした研究は、戦後の廃墟に先立つて、戦争中から、小さな美しい廃墟の数々を用意されたのだ、とも云へさうである。(後略)〉

「夢と人生」と題された右の文章は、もろちんこれが『浜松中納言物語』の「月報」に寄せられたものであるから、右に続く文章は表題ともかかわって、『浜松中納言物語』の夢と転生という主題に言い及び、校注者・松尾聰へのオマージュで閉じられる。松尾聰という「先生」

にたいする三島一流の洞察もさることながら、興味深いのは、三島が散逸物語研究にロマンを認めていることだ。〈ロマンティックな興趣に充ちた研究〉と、三島が散逸物語研究に共感を示していることは、王朝物語研究者としては嬉しいことだし、勇気づけられる発言だが、いま注目すべきは、三島の「朝倉」という作品が、松尾の散逸物語研究を典拠として書かれたということであろう。いわば戦時中のロマンティシズムの産物として「朝倉」という小説が書かれたのであり、松尾の考証をたよりとしながら、それを〈小さな自分用の「朝倉」〉に〈組立てたりした〉というように、もっぱら自分のための小品としてあらたに作り出したということだ。はたして、こうして書かれた「朝倉」は、松尾の「朝倉の物語」の復元の骨子をまとめて、たんに文章化した体のものではもちろんない。「自分用」といい、いみじくも「戦後の廃墟に先立つて」というように、小説の中に三島独自の廃墟の美を打ち立てんと試みたものでこれはあったろう。

ところで、三島が「朝倉」創作にあたり拠り所にしたという松尾聰の「朝倉の物語」は、『文藝文化』昭和十六年十月から翌十七年六月にかけて連載されたもので、昭和三十年六月に刊行された『平安時代物語の研究　第一部——散佚物語四十六篇の形態復原に関する試論——』（東宝書房。改訂増補版が武蔵野書院から昭和三十八年二月に刊行されている）に収められている。[6]その考証は本書で四十六ページに及び、本書の散逸物語にかんする諸論の中では（「とりかへばや物語」などの問題作を除いて）とびきり長い文章に属する。松尾にとって、はたして『朝倉』に格別な思い入れがあってのことかどうかはわからない。『朝倉』という散逸物語については、松尾以後の物語研究では、小木喬、[7]樋口芳麻呂[8]らへと引き継がれ、松尾論に修正が施されながら、復元考証としてはこんにち穏当な域に達している。[9]松尾の研究は資料に基づきながらも、『源氏物語』をはじめとする王朝物語の例を引き合いに、様々な読み筋を示唆していて、場面への想像を過度に働かせている印象がある。このような書き振りが若い三島の想像力を刺激し、創作意欲をくすぐったものであろうか。

以上のように、三島の「朝倉」が松尾の「朝倉の物語」を典拠としていることから、双方を比較することで、三島が松尾の考証に学んだ点と、独創の点とが明らかになろう。ただ、注意すべきは、三島はそもそも松尾が考証の根拠とするところの『無名草子』『拾遺百番歌合』『風葉和歌集』といった一次資料に遡っての批判的考証にまでは、及んでいないということである。そうであるから、三島の「朝倉」はもちろん研究的な批判に耐えるものではないし、文藝作品であるから、もとい学術的な批判を意識するものでもないであろう。松尾の「朝倉の物語」という文章を典拠とする翻案、あるいは二次創作と理解するほうが妥当であるかもしれない。しかし、そうでありながら、三島がある種、散逸物語を復元する手つきや趣きをもって、「自分用」の「朝倉」を創作しているところに最大限留意する必要がある。というのも、つぎに示すように、本作は小品でありながら、あたかも原典である『朝倉』がそうであったかのように、いかにも王朝物語めかした装いを施しているからである。

巻一　朝顔のわかれ
巻二　心づくしの秋風
巻三　昔の契り
巻四　志賀の浦波

章立てに巻名をもってするあたり、『うつほ物語』や『栄花物語』、何より『源氏物語』を彷彿とさせるものがあるが、四巻構成としているのは、『朝倉』と同時代の作品である『狭衣物語』を念頭においたものであろうか。松尾は『朝倉』の規模や巻の構成などについては触れていない。よって、四巻構成という章立ては三島の独創である。おそらく、三島は松尾の長い考証をいったん自分の内に消化したうえで、独自の創作行為として『朝倉』の要諦を、自分なりの解釈において表出しようとしたものらしい。「朝倉」は、一次資料の制約を超えて構想されているのであり、三島独自のロマンティシズムが作品全体を覆っている。いま、三島独自の構想を明確化するために、松尾の考証とならべて、それぞれが考える『朝倉』の概要をまとめて示すと、つぎのようである（なお、松尾の考証はそうとうに混み入っているので、稿者が梗概風に整理した）(10)。

《松尾聰「朝倉の物語」》

女主人公・朝倉君の父三河守は、娘にそれとなく訣別して出家し陸奥国へ下る。一年たったころの秋、朝倉君は、行方しれずになった父を待ちつづけて暮らしていた。そのころ、三位中将が某所で姫君を見いだし、姫君のゆかりの居所である白河で契りを交わす。互いに名乗らぬ間柄ではあったが、男の愛情に包まれながらそれなりに幸福な日々を送っていた朝倉君であったが、ふとしたことから好色の式部卿宮の知るところとなり、朝倉君は宮の子を身籠る。三位中将への後ろめたさに思い悩んだ朝倉君は、白河を出奔する。途中、賀茂川の近くで三位中将の車と行きちがうことがあったが、これが今生の別れと朝倉君は思うのであった。やがてもとの古里にもどった朝倉君はひそかに女児を産んだ。中将への恋を諦めきれず、そうかといって宮を頼りにすることもかなわない朝倉君は、父を慕って陸奥下向の旅に出る。しかしながら、早くも女の旅の困難を悟った朝倉君は、粟津の浜で入水自殺を企てるものの、何者か（僧か）に助けられ一命をとりとめる。朝倉君の出奔を知った権中納言（三位中将から昇進）は、白河で中納言の君という女性とともに女君を偲んでいたが、やがて女君の入水の噂を人伝てに聞き、石山に参籠した。折から流浪の生活を送っていた朝倉君も、偶然石山に籠っていたのであったが、朝倉君は男君に生存を告げることなく、往昔を懐かしむにとどまった。その後、式部卿宮によって娘が引き取られることとなり、母子の別れを味わう。しかしながら、その娘の縁もあって、皇太后宮に出仕していた朝倉君は、権中納言と再会した。男君は石山詣での折に告げなかった女君を恨みもしたが、正妻を憚りつつも女君を妻として迎えて男児をもうけた。皇太后宮からも祝いの衣が届けられるなどして、二人は幸福な生活に入るのであった。月日が経ち、入内した宮の姫君は皇后宮となる。男君は関白に昇進した。

《三島由紀夫「朝倉」》

　朝倉君は白河の家の主人である伯母と別れて家を出た。立秋のころである。途中、賀茂川のほとりで中将の車と行きちがう。女君を見送った伯母は、昔、女君の母も同じ有様だったと述懐し、女君の操の立て方も母親ゆずりだと思う（巻一）。女君を気がかりに思う中将は白河を訪れるが、姫君の出奔を知って伯母に詰め寄る。じつは女君には関白も通っていて、関白は女君の失踪は自分に原因があると思っている。爾来、中将はしばしば女君を夢に見る。壬生の方に女君が隠れ住んでいるという噂を聞いて尋ねるが人違いであった。関白は女君が我が子を懐胎していると思うが、中将の子である可能性を疑う。冬になった。中将は同僚の娘に貴顕の若君が通うという話に耳を傾けたりして過ごしていた（巻二）。中将は石山に伯母を訪ね、女君の身の上を聞く。女君の母は三河守と契り女子を出産した。そのことから三河守の妻となったが、同時に若い殿上人を通わせてもいた。夫の仲立ちで心ならずも殿上人とは別れたが、苦痛から母は亡くなってしまう。三河守は後妻を娶るがそりが合わなかった。継子いじめを避けて朝倉君は白河の伯母を頼った。三河守は先妻を慕うあまり出家を決心し、娘に惜別して陸奥に旅立った――。女君は母の宿世とそっくりだと伯母は言う。中将は女君が自分に愛があったことを確信する（巻三）。琵琶湖のほとりに女の屍が流れ着いた。通りがかった僧が引き上げるとまだ息があるようにも感じられるのだった。中将は女君の入水を聞き伝えて悲歌を詠んだ（巻四）。

比較してわかるように、朝倉君が白河を出奔して入水するという経緯の大枠は松尾の復元を踏襲している。また、『無名草子』に哀切きわまる場面として引かれる賀茂川のほとりでの三位中将との邂逅も用いている。しかし、朝倉君の物語は入水で閉じられ、女君の消息も含めてその後の展開は捨象されている。さらには朝倉君と中将の話を支える哀話として、女君の母親の物語があらたに語り出されているところは、「朝倉」独自の構想であり、松尾が考証する『朝倉』の内容とは大きく様相を異にする。三島の「朝倉」は、朝倉君の失踪が、中将と関白の関係に悩んでのこととして作り、その宿命的な因果として、女君の母上が、かつて三河守の子を身籠りながら殿上人を通わし、心ならずも破局した末に亡くなった顛末をなぞるように展開しているという必然において創作されている。このように母娘の二つの物語が重ね合わされることによって、朝倉君と母上が、そして三河守と中将の運命が重なるように構成されている。

二　三島「朝倉」の独自性

①　伯母という語り手

「朝倉」を分析するうえで重要なポイントが三つある。一つ目は朝倉君の伯母なる人の存在である。伯母とあるが女君との血縁は不明である。この伯母の登場と昔語りによって、朝倉君失踪の話は、かつての母上の物語と照らし合い、宿命的な様相を帯びる。松尾の考証ではこのような伯母は登場しない。もちろん、一次資料にもそれと窺われる人物は見当たらない。強いて考えれば、女君失踪後に、白河で中将が歌を詠みかわした中納言の君という女房が相当しようか。その人を「伯母」として登場させたのは、朝倉君と母上の物語をつなぐ語り手とするためであろう。そもそも、女君の母親についても『朝倉』ではどうであったのか皆目不明である。この点は、物語の復元にかかわって、三河守の出家の動機とも絡むところであるので後述する。

巻一はつぎのような書き出しで始まり贈答歌へと続く。

〈朝倉君《きみ》が白河の家を出たのはその年の秋立つころであつた。伯母に当るこの家の女主《をんなあるじ》は女君の姿をと見かう見して、此頃は目立つて亡き母上に似通うてこられた人を御手放しするのが口惜しい、と云つていたく泣く。おぼろな曙に一面に朝顔が咲いてゐる。

うちとけて見つる名残に常よりも恋しさまさる朝顔の花

朝倉君の返歌。

おく露も光添ひつる朝がほの花は何れの暁か見む

松尾はこの贈歌の主を、〈この人は、この家の主か、主のゆかりのものか、ともかく女であらう〉（二五一頁）と考え、〈その人を男と解し、朝倉君との男女関係を想像しようとすることは、（中略）当らないことが明白であらう〉（二五一頁）と言う。しかし、松尾後の研究が示すように、これは男女の贈答歌と見るほうが自然であり、贈歌の主は三位中将と見てよい。ところが、右に引いた「朝倉」では、贈歌の主が判然としない書き方であり、場面の流れからすると、伯母であるかと思われ、それならば松尾の考察を下敷きにしていよう。ところが、つづく賀茂川での邂逅の場面のあと、〈中将はけさの女君を訝《いぶか》しと思つた。〉とあって、その「けさ」の場面が先の贈答歌のシーンであるかと思われもする。このあたり、判然としない書き方で、あえて朧化しているようにも思われるが、つづく文に〈女君の遺して行つた薄様《うすやう》の歌の手蹟が、すこしふるへてゐるのがいぢらしい。〉と、伯母の視点で書かれていることからすると、この〈薄様の歌の手蹟〉というのは、〈おく露も〉の歌をしたためたものと見てよいのだろう。このあたり、伯母が女君の出立を見送る場面の中に、三位中将と女君の後朝の別れのシーンが挿入されているようにも読めるのだが、三島の創作意図として考えてよいか躊躇される。ともあれ、この朝倉君の出奔のシーンでは、〈女君の母なりし人〉の過去の出来事が、謎かけのようにして語り出される。その母上の物語が伯母の口から具体的に語られるのは「巻三　昔の契り」であるが後述する。

このように、三島の「朝倉」は、姫君の出奔シーンから始まるが、以後の物語は線形的に進むと見えてそうではなく、宿命的な因果として、母上の悲話が敷設されているところに独自の工夫があるのである。「朝倉」の構想において重要なのは、この母上と三河守の哀話である。伯母はその語り手として、さらには母娘の悲劇の目撃者として担ぎ出されてきているにすぎない。三島の「朝倉」を散逸物語研究の側から見るとき、もっとも興味深いのが、母上と三河守の哀話を拵えて、朝倉君の悲恋の物語に組み込んだことである。じつは朝倉君の出自や両親のことについては、『朝倉』の復元においては、さほど考慮されてこなかった。松尾も長文の論証をものしながら、資料がないこともあって母親のことについては不得要領である。しかし、『朝倉』の復元においてもっとも重要な点は三河守の出家遁世であり、これが何を動機として決行されたのであったかが、大きなポイントとして注目されてきた。つとに松尾が書いたように、ヒロインの父が国司である例は稀有であり、しかも、〈登場人物の出家を以て物語をはじめるといふ一新機軸を生み出した〉（二七七頁）という点は、『朝倉』という物語を考えるにおいて重要なところである。松尾は三河守の出家の背景についてとくに筆を費やしている。つまり、〈妻の死にあひ、やがて新しい妻を迎へる〉（二七七頁）が、三河守は、〈後妻の人柄にあきたらず、且つ亡妻への追慕の情に堪へかねて〉（二七七頁）、剃髪出家して行脚流浪の旅に出たと「臆測」を述べる。このようなヒロインの出自の典型としては『住吉物語』があり、三島はそこに思い及んだものであろうか、三河守が亡妻を偲んで遁世するという松尾の「臆測」にさらに肉付けして、後妻とのソリの合わなさといった、継子いじめ譚を思わせる要素を加えることで、朝倉君が白河の伯母に身を寄せることになった背景としている。しかも三島の創作はそれにとどまらない。三河守の物語をいわば朝倉君と中将の哀話の前史として、膨らませている点に大きな趣向を見いだす。

② 関白という恋敵

ポイントの二つ目としては、朝倉君との関係において、中将と対になるのが『朝倉』では好色の式部卿宮であったのが、本作では関白となっていることだ。式部卿宮は二位中将の裏をかいて朝倉君と関係をもち、女君は身ごもるのである。ただ、のちに紆余曲折あるも、朝倉君は結果的には二位中将と結ばれることになるから、二位中将に愛情は傾いていたものであろう。ここはこれが三島の「朝倉」では、式部卿宮にかわって関白が中将の恋敵となって登場する。ここは少々解せないところで、二位中将は最終的に関白の地位に至るから、『風葉和歌集』では「関白」（『拾遺百番歌合』では「関白内大臣」）と呼称されているが、三島はそれを別人と見誤ったものであろうか。中将の好敵手としては関白では官位が高すぎ、一受領の娘に忍んで通おうとは思われない。王朝小説としてリアリティを損ねる感があるが、それはともかくとして、中将と関白は互いに女君に通う者同志として打ち明けあっている。ただ、姫君の失踪について、中将は自分に原因があると思い、関白は自分にこそ原因があると思っている。関白は女君が懐胎していると思い、それが自分の子であるのか、はたまた中将の胤であるのか、疑わしく思っている。そして、ひょっとすると中将が女君をひそかに隠したのではないかと訝りもする。しかし、中将はそんな関白の内心には思いもよらず、女君の愛情を信じ、また女君を夢に見ては、女君が帰ってくることを信じつづけるのである。中将が失踪した朝倉君を夢に見るという根拠は、一次資料に見いだし難いし、松尾も考証していない。これも、たとえば『住吉物語』などでは、長谷寺に参籠した男君の夢に女君が現れて、居場所を告げるというようなことがあり、こうした趣向を導入したものであろうか。古代では、夢に恋人が現れるのは自分を思ってのことだとする信仰があるから、三島はこれを踏まえただけかもしれない。

それにしても、この中将は、物語の男主人公としてはあまりに無邪気にすぎ、純粋にすぎ、そして悠長にすぎるきらいがあると言わざるをえない。正妻があるとはいえ、夜離れがつづくなか、女君が関白を通わせると知っては、〈無邪気な女ごころ〉を好み、また女君が失踪した後は、壬生の方に女君の消息を尋ねて人違いだとわかるも、賤家に暮らす若い姉妹に心を和ませ、〈みてゐて思はず日頃の憂きふしを忘れてしまつた〉りし、また、中将の同僚の娘に若い貴公子が通うという話に耳を傾け、〈中将もそれをきいて急に自分も年をとつた気持がした。〉というようにである。以上の挿話について、語り手は、〈右は朝倉君とは関係のない話だけれど、その頃の中将の日常をうかゞふ為に附加へておいたのである。〉と言うのであるが、けっして短いとも言えない以上の挿話にどれほどの意味があるのであろうか、謎である。三島の創作意図が不思議でならないが、あえて臆測するとするならば、朝倉君の深刻さと対比させるためであるのか、あるいは『源氏物語』での浮舟失踪後の薫の動静を引き写そうとしたものであるのか。むろん、前者と考えてよいところだが、中将が疑いもなく女君の愛を信じ帰還を待っているあいだに、事態は女君の入水へと進む。

③　女君の入水

ポイントの三つ目は、もちろんこの女君の入水である。じつのところ、原作である『朝倉』では、はたして女君が入水を企てたかどうか定かでない。一次資料には、〈あさくらの君あふみのうみに身をなげてけりと人づてにききたまひけるころ（後略）〉（『拾遺百番歌合』）、〈あはれと思ひける女の、あはづのはまのほとりにて身をなげにけりと聞て（後略）〉（『風葉和歌集』）という詞書で、「朝倉」の末尾に記される中将の悲歌〈恋わびぬ我もなぎさに身をすてて同じもくづに成りやしなまし〉が載る。いずれも伝聞でしかなく、女君が身投げしたという確たる証拠はない。しかし、『朝倉』と同時代に『狭衣物語』の飛鳥井女君の入水の例もあってみれば、『朝倉』にも粟津での入水の場面が存在したと考えることに不都合はない。三島は、女君の入水を前提として、入水後の女君発見の場面を描き出すことで一篇のクライマックスとしている。

二人の男に挟まれて苦悩の末に自死を選ぶという「朝倉」の話型は、菟原処女の伝説や生田川の伝説という範型がある。(11)しかし、より近い粉本をもとめるとすれば、『源氏物語』の浮舟であろうか。浮舟巻末で宇治から出奔しようとして宇治川の轟々たる流れに恐怖する浮舟を描き、手習巻では、川べりにうずくまる浮舟を描き出す、というように、じつは浮舟の入水場面そのものは直叙されない。浮舟がほんとうに入水を試みたかどうかも不明である。こうした顚末を下敷きとして、「巻四　志賀の浦波」は構想されているであろうか。〈あふみの海あはづの浜の片ほとりに落花に紛れて流れ寄つた屍《しかばね》があつた。〉という一文で始まる「巻四　志賀の浦波」であるが、オフィーリアよろしく漂着したこの朝倉君とおぼしき屍を、〈通りかかつた僧がたまたまみとめて水の中から引き上げる。僧による救出と、その屍が完全な死体ではなく、生気が残っているところなどは、どこか浮舟を思わせるものがある。しかし、浮舟はうずくまって泣いている姿で発見されたのにたいして、朝倉君は水に浸かった状態という決定的な差があり、より死のイメージが強い。松尾は入水場面や発見以後の場面を復元してみせたりしてはいない。ひとり三島の独創にかかるが、「朝倉」の中で最も官能的かつ美的な描写であり、女君の屍体の艶めかしさと悲壮美といったものがきわだっており、十代の三島の表現力が冴えわたっている。ただ、朝倉君がすでにこと切れているものか、それとも命をとどめていて、このあと息を吹き返すものか、定かでないような描き方である。結末には、〈女君の入水《じゆすい》を聞いた中将の悲歌。〉として、「恋ひわびぬ」の歌が記されて小説は幕を下ろす。一次資料どおりに女君の入水を仄聞しての歌となっているが、先に、〈朝倉君への中将の愛があり、また朝倉君の愛に疑ひがないならば、どうして帰らぬことがあらう。今は心しづかに待てるやうな気持が中将にはする。〉（巻三）といって、朝倉君の帰還を呑気に待ちかまえていた中将の期待が裏切られた格好である。一篇の構想とその後の展開については、さまざまな考えが成り立つであろうが、巻末の悲歌は、おそらくは冒頭にエピグラフとして置かれた朝倉君の歌〈なのるとも木の丸どのの雲ゐなる朝倉まではたれか尋ねむ〉と対をなし、朝倉君の深刻さに思い至らない中将に大打撃を加えるという首尾の呼応であろう。屍に多少の生気が残っているというのは、これが女君の入水直後であるとすれば合理的に解されもするが、死にきれずにいるのであれば、中将への未練をみとめてよいであろうか。豊かな黒髪が蘆の葉に絡みついて容易にほどけないというのも、この世への執着を表しているものとみられるのである。双の手の爪に〈繊手《せんしゆ》の力をかぎりに水中でもがいた跡がみえる。〉とあるのも、みずからの意思で入水したとはいえ、最後の最後で死に抗った朝倉君の生への執着がなせるわざであったろう。なお、関白が考えていたようには、入水後の女君の様子からは女君が妊娠している兆候を見いだすことはできない。

三　三河守と母上の物語

ともあれ、朝倉君の自死というかたちで閉じられる「朝倉」である。しかし、姫君がなぜ自死を選ばなければならなかったのか、その理由については、本作では完全に裏付けられているとは言い難い。中将と関白の板挟みにあって将来を悲観し、その苦悩から逃れるために白河を出奔したという見立ては、浮舟という先蹤があることであり、常套的で陳腐であるとさえ言えよう。それでもヒロイン朝倉君の入水が、悲劇として印象づけられるのは、母上の哀話があってのことである。巻一から早くも母上に似ているとされた朝倉君の運命は、母親の運命に重ねられるようにして語られていき、その死を必然たらしめる。じつのところ、「朝倉」の前史とも言うべき母上の物語のほうが、哀切きわまりない話として作り出されており、「朝倉」という作品の悲劇性とロマンティシズムを決定づけている。朝倉君は、たしかに三河守の子であるが、〈心ならずも宿した三河守の胤〉とあるように、望まれたものではなかった。母上の愛は若い殿上人のほうにあり、しかしながら誕生した朝倉君を思う親心ゆえに、意を決して三河守の妻となったのだ。それでも殿上人への思いを抱えて苦しむ母上は、夫の手によって二人の仲が裂かれるように夫に依頼した。その自虐的な決断ゆえに絶望した母上は、苦しみ抜いたあげく、衰弱して死ぬ。切ないことに、その死の直前には殿上人でもなく、子どもでもなく、夫の名を口にしていたという。子ゆえに三河守に操を立てた母上に報いるために、三河守は朝倉君と別れてまでも、亡妻の供養の旅に出たのだ。

このような母上の物語が、朝倉君の身の上にどのような影を投げかけるのであろうか。朝倉君は中将に気持ちがありながら、その間遠であることに不安を感じて関白を通わせていた。おそらくそれが本意でないことは、伯母の語りから察せられるという。巻三の末尾では、つぎのように語られている。

〈よくも似寄つた宿世《すぐせ》に生れついたものである。伯母君は女君の話をすれば必ずそれをいふ。母なる人の宿世とそつくりだといふのである。それから先の話になると言葉もつゝしみがちに、伯母君ははつきり言はない。石山まで訪れた甲斐もなかつた。たゞ中将の気のついたことが二つ。一つは女君が中将ひとりを慕つてゐたらしいことである。一つは関白をお通はせするやうになつたについて伯母君は「強《あなが》ちに」といふ言葉を使つたことである。

〈後略〉〉

右の語りからすると、女君の気持ちは中将にあり、それでいながら関白を〈強ちに〉通わせつづけたという理由には、宿世の相似形という点から、母上のように、関白の胤を身籠っていたという可能性はじゅうぶんにありえよう。巻一の伯母の述懐において、出奔した女君を見送ったあと、〈女君の母なりし人も前三河守の正妻となる前日こんな風に別れに来たものである。〉と言い、さらには、〈当世に珍らしい操の立てやうも母のお子だからと思ふ。〉と言う。当初はよく分からなかった伯母の述懐は、巻三で語られる母上の哀話によって、悲劇的な意味合いを帯びてくる。つまり朝倉君は、関白にたいして操を立てることで、それと引き換えに中将への恋を断念し、白河を出奔したのだ。巻一末にはつぎのようにある。

〈中将へも女君は何も言ひのこして行かなかつた。伯母上はずつと知らぬ振をしてゐるべきである。しかし行末の難しさが思ひやられる。〉

右の語りは、朝倉君と中将の仲が悲劇に終わることを見とおしている。女君が中将に何も言い残さなかったというのは、母上が亡くなる前に殿上人の名を呼ぶことがなかったことと相似形である。伯母は朝倉君の死をじゅうぶん覚悟しているが、それゆえに、知らぬ振りをするというのであり、中将にたいして、〈それから先の話になると言葉もつゝしみがちに、伯母君ははつきり言はない。〉（巻三）というのである。

しかし、朝倉君の悲劇は、〈当世に珍らしい操の立てやう〉にあるのではなく、それに徹することのできぬ運命そのものにあると言ってよかった。というのも、中将は伯母の昔語りを聞いてなお、無邪気にも女君の愛を信じるあまり、無事の帰還を待つのであり、その待ちつづけ

ると いう心的態度は、エピグラフの歌に、〈朝倉まではたれか尋ねむ〉と予言していたこと、そのものである。しかも操を立てた相手である関白においては、〈関白はその時こそ悲しまれたがだんだん忘れて了はれる。〉という有様であり、三河守のように、女君を追慕し菩提を弔うような資格を有するとは思われない。つまりは、母上以上に、男の愛に恵まれなかった朝倉君のいちだんの悲しみや切なさがここでは強調される。むしろ、母上の方が、三河守に看取られる分だけ幸せだったとも言えるであろう。また、朝倉君という子どもにも恵まれた。〈安産〉だったというから、母上にとって朝倉君の誕生が祝福されていたとみてよい。それに比べて、古里を出奔し、自死を選んだ朝倉君の悲惨は同情するにあまりあるものである。三島の「朝倉」創作の意図は、男との関係に悩み、〈当世〉にはめずらしい貞操観念によって、本心とは裏腹な人生を選択せざるをえないところの女人の切ない愛の演出にこそあるのであろう。

おわりに

「朝倉」は述べてきたように、朝倉君の入水という悲劇をもってとじられる。女君の死を確信するかのような中将の悲歌が、悲劇という枠組みを否が応でも作り上げている。しかも、「朝倉」では、『朝倉』の一次資料に見られない女君入水の現場が活写されている。浜辺にうち寄せられた女君の屍には、生気が残るようであり、女君生存へのかすかな希望が見込まれる。(12)

浮舟物語への展望が見透かされてきもするが、「朝倉」はそれ以上の何ものも語らない。ただ、その後の展開を考えるならば、そこには松尾が考証したような『朝倉』の幸福な結末とはちがった形が見えてきもする。

たとえば、同じく散逸物語である『かばね尋ぬる宮』のケースを参照しよう。『更級日記』にその名が記されるこの物語は、『風葉和歌集』に残る二首の物語歌を手がかりにすると、入水した女の現場に赴いた三の宮が、女君の菩提を弔って出家生活を営むという筋の物語であったらしい。女と宮は世を憚るひそかな関係にあり、それを苦にしたものか、女君は入水を企てたようだ。愛する女の死に際会して、出家して菩提を弔う生活に入るという筋書きは、三河守と母上の哀話を彷彿とさせる。松尾は『かばね尋ぬる宮』についても復元考証し、その文を『文藝文化』（昭和十五年五月）に発表している。三島がこれを読んだかどうかはわからない。松尾は、『かばね尋ぬる宮』の女君は、入水ではなく、〈家の中で死んだとするのが穏当であらう〉（六二頁）と書くが、状況証拠からも入水と考えるほうが自然である。しかも、三の宮はその現場に赴きこそすれ、はたして女君の屍を尋ねえたものかどうかわからない。穿った見方をすれば、宮は遁世して女君を弔う生活に入ったものの、女君自身は宮の知らないところで生存しているという筋書きもありうるのである。(13)

このように「朝倉」の結末は『かばね尋ぬる宮』の物語世界に接続するようにも思われる。

してみれば、「朝倉」の中将は、三河守がそうしたように、あるいは身をやつして女君の菩提を弔う出家勤行の生活に入ることもあるのであろうか。そうでなくても、原作『朝倉』では、入水して死んだと思われていた女君が生存していて、石山詣をしていた中将と際会しようかというシーンがある。『朝倉』では、おそらく石山観音の霊験もあってのことであろう、二人は今生で結ばれることになる。しかし、そのような明るい展望は「朝倉」では望めそうもない。そうした未来がありえないことを、母上の物語が宿命の構図として朝倉君の未来を取りこめ、女君の悲運を決定づけている。そのようなカタストロフィーの構築こそ、三島文学の真骨頂であるとも言え、『浜松中納言物語』の夢と転生の物語、そしてその世界観を敷衍してみせた『豊饒の海』四部作の先駆けともなっているのが、「朝倉」という王朝小説であるかと思われるのである。

三島の古典受容について触れた論は多い。しかし、そこに「朝倉」という作品が、これまで入ってくることはなかった。三島由紀夫の古典受容については、更なる探究が求められようし、とりわけ「朝倉」のような王朝小説は、国文学研究と接続して生まれた作品であることもあって、作家の想像力に研究者の側からもアプローチしていくことで、学ばされることが多いのである。[14] そのような意味で、「朝倉」という作品は、三島の言う〈ロマンティックな興趣〉を追体験しながら、古典文学への想像力を逞しくさせてくれることにおいて、現代にこそ読み直されるべき古典的作品である。とりわけ、十代のころの三島作品に、三島文学の萌芽をみとめることができる。たとえば、三島が生涯をとおして敬意を捧げた東文彦（一九二〇―一九四三）の存在とその作品との関わりも、三島にとって文学的な意味で大きな原体験となっている。[15]三島がハイムケールしたという十代のときの〈パンドラの箱〉を、私たちは今こそ開いてみるときであろう。

＊本稿で引用する三島由紀夫「朝倉」は、『決定版全集』では本文中の和歌は二行分かち書きとなっているが、本稿では引用の都合上、一行書きに改めた。

注

（1）本対談は『図書新聞』の戦後作家の対談シリーズとして行われ、その録音の一部は『三島由紀夫 最後の言葉』（一九八九年四月二〇日、新潮社「新潮カセット対談」。二〇〇二年に「新潮CD」として再発売）によって聴くことができる。対談の内容は『図書新聞』（一九七〇年十二月号、一九七一年一月号）に活字化され、古林『戦後派作家は語る』（筑摩書房、一九七一年）にまとめられているが、録音の音声と異なるところがあるため、本稿では録音の音声から稿者があらためて文字起こしした。

（2）古林尚「私は「死」を打ち明けられていた」（『週刊現代・増刊　三島由紀夫緊急特集号』講談社、一九七〇年十二月十二日）を参照。「最後の相談相手に選ばれた理由」を、対談が実現した経緯とともに、当日のことを振り返って記している。

（3）『三島由紀夫十代作品集』（新潮社、一九七一年）は、三島が生前に自選した十代の作品のアンソロジーである。「朝倉」は収録されていないが、三島が己が文学の〈原郷〉として十代の作品を強く意識していたことがわかる。

（4）福田涼「三島由紀夫「朝倉」論」（『昭和文学研究』80号、二〇二〇年三月）は、初出誌『文藝世紀』掲載の背景と意義について詳しく論じている。

（5）三島由紀夫「夢と人生」（『（日本古典文學大系）月報 第二期第2回配本』岩波書店、一九六四年）。

（6）本稿で引用する松尾聰の考証は、『平安時代物語の研究 改訂増補版』（武蔵野書院、一九六三年）に拠る。

（7）小木喬『散逸物語の研究 平安・鎌倉時代編』（笠間書院、一九七三年）。

（8）樋口芳麻呂『平安・鎌倉時代散逸物語の研究』（ひたく書房、一九八二年）。

（9）神田龍身・西沢正史編『中世王朝物語・御伽草子事典』（勉誠出版、二〇〇二年）の『朝倉』の復元（足立繭子による）が、一連の考証の到達点を示している。

（10）松尾の論証には今日の研究から見ると修正すべき点が多いが、いまは三島の「朝倉」創作の典拠となっていることを重視して、あくまで松尾の考証に即して梗概をまとめる。以下、松尾論の引用に際しても、とくに修正点について逐一指摘することをしない。

（11）原田香織「散佚物語『朝倉』の継承―三島由紀夫と古典―」（『東洋』第四十巻第十二号、二〇〇四年三月）、原田香織「散佚物語『朝倉』の継承（承前）―三島由紀夫と初期小説の試み―」

（『東洋』第四十一巻第八号、二〇〇四年十一月）を参照。「朝倉」の典拠考証について詳しい。

（12）女君の生存の可能性について付言すれば、すでに注（9）で足立繭子が『朝倉』の復元をめぐって『浅茅が露』『苔の衣』の例を引証しつつ考察しているように、粟津の浜のほとりで朝倉君を引き上げた〈通りかかつた僧〉が、朝倉君の父である三河守であったならば、出家した父僧が幽明の境をさまよう娘を救出する話型となり、もし三島がそのような物語展開を見越したものとしてこの場面を作っているとしたら、散逸物語研究の側においても、三島の先見の明には瞠目すべきものがある。

（13）大槻福子『『夜の寝覚』の構造と方法　平安後期から中世への展開』（笠間書院、二〇一一年）の第二部第十二章「「うづもれぬかばね」の物語―『かばね尋ぬる宮』の復元試論」（初出『中古文学』85号、二〇一〇年六月）は、『更級日記』『夜の寝覚』の内容との照応から、入水した女の生存の可能性について論じる。

（14）伊藤禎子『円環の文学―古典×三島由紀夫を「読む」』（新典社、二〇二三年）を参照。三島由紀夫の想像力が、古典研究者に大きなインスピレーションをもたらすものであることを、「円環」ということばをキーワードに解き明かしている。

（15）西法太郎『三島由紀夫は一〇代をどう生きたか　あの結末をもたらしたものへ』（文学通信、二〇一八年）を参照。東文彦は、小説や詩を室生犀星、堀辰雄に師事して創作していた。犀星も堀も王朝小説を手がけている。犀星の王朝小説の第一作「荻吹く歌」（昭15・11）は、「朝倉」と同様に生田川伝説に取材したものである。犀星の王朝小説は『王朝』（実業之日本社、一九四一年）に収録されて出版され、以後も犀星は戦後にかけて王朝小説を発表しつづけている。こうした同時代の文学者の創作活動が、三島に間接的な影響を与えたか否かについての検討も今後の課題である。

三島由紀夫「菖蒲前」における空虚な中心としての〈恋愛〉

――ミソジニーと異類婚姻譚とアダプテーションと

高木　信

〇、敗戦前後と三島由紀夫〈神話〉と

一九四一（昭和一六）年、平岡公威は三島由紀夫となった。いわゆる太平洋戦争が始まった年である。平岡公威が一六歳のときであった。

〝われわれ〟は以降、「三島由紀夫」という名の呪縛から逃れられなくなってしまった。フーコー［1969］が言うような社会的記号としての作者名ではなく、さまざまな伝説を背負い、自己イメージを操作し、自作解説を多くなす天才作家「三島由紀夫」がつねに「作品」にへばりついてくる。そして〝われわれ〟はその創られた〈神話〉とともに、「作品」を読まされることになる。

本稿では、可能なかぎり三島由紀夫神話から遠く離れて、初期小説を（とくに「菖蒲前」を中心に）分析していきたい。三島の源平合戦を背景とした小説は数がそれほど多くなく、加えて一九四五（昭和二〇）年前後に集中している。太平洋戦争末期と源平争乱という、ふたつの滅亡の時代がオーバーラップされた、アダプテーション・テクストを考察しようというもくろみから本稿は構想された。

さて、軍記物語関連もしくは院政期から室町時代にかけてを背景とした小説を「三島由紀夫」がいつ書いたかを調べてみると、多くが（それほどの量ではないのだが）、一九四五（昭和二〇）年前後に書かれていることがわかる。主なものを列挙してみよう（『決定版　三島由紀夫全集』「解題」を参照した。軍記物語以外のいわゆる古典文学を典拠としたものは省略した）。

一九四三（昭和一八）年：源平合戦の時代を描いた**「世々に残さん」**。「文芸文化　三～一〇月号」。

一九四四（昭和一九）年：室町幕府第二十五代将軍・足利義鳥の時代、つまり架空の室町時代における殺人者の手記である**「中世に於ける一殺人常習者の遺せる哲学的日記の抜萃」**（初出時のタイトルは「夜の車」）。「文芸文化　八月号」。

一九四五（昭和二〇）年：室町幕府第九代征夷大将軍・足利義尚の夭折にともなう、父・義政の悲しみと狂気を中心にした**「中世」**。第一、二回は「文芸世紀　二月号」。

一九四五（昭和二〇）年八月一五日：敗戦。

源頼政と菖蒲前との悲劇を描いた**「菖蒲前《あやめのまえ》」**（『源平盛衰記』や『太平記』などを典拠とする）。「現代　一〇月号」。昭和二〇年五月四日に脱稿とある。

一九四六（昭和二一）年：**「中世」**第四回を「文芸世紀　一月号」に発表。「人間　一二月号」において全編を発表。

一九四八（昭和二三）年：源頼政と菖蒲前との出会いを描いた、戯曲**「あやめ」**。「婦人文庫　五月号」。

一九五四（昭和二九）年：『太平記』を典拠とする**「志賀寺上人の恋」**。「文藝春秋　一〇月号」。

馬場［2000］は「世々に残さん」について、次のように述べている。

三島の文学世界が、古典との密接な関連の中にその特色を生成し得たことは周知の通りだが、この初期作品においても、既に、『平家物語』の単なる素材援用ではなく、滅亡意識の中でこそ輝きを増す雅やかな抒情を自己の作品世界の基軸に据える意識は、顕著に示されている。〈心ある読者〉を意識し続け、〈まことにこの物語は、人の世に春秋のめぐるかぎり、決して終わりを告げることはないであらう〉とする、ここでの虚構の物語世界の永続を願う〈作者〉こそ、作品執筆当時の三島自身の理想に他なるまい。　（p. 393）

滅亡が抒情を完成させるという〈死の美学化〉の傾向の強いテクストであり、それは当時の三島由紀夫の理想であったとされる。そこでまずは、三島由紀夫が創りあげる神話を見よう。

『私の遍歴時代』[1]を参照すると、「中世」を書いた時期についての、つぎのような記述に出会う。

自分一個の終末観と、時代と社会全部の終末観とが、完全に適合一致した、稀に見る時代であつたと云へる。〔中略〕／少年期と青年期の堺のナルシシズムは、自分のために何をでも利用する。世界の滅亡をでも利用する。〔中略〕二十歳の私は、自分を何とでも夢想することができた。薄命の天才とも。日本の美的伝統の最後の若者とも。デカダン中のデカダン、頽唐期の最後の皇帝とも。それから、美の特攻隊とも。……／こんなきちがひじみた考えが高じて、つひに私は、自分を室町の足利義尚将軍と同一化し、いつ赤紙で中断されるかもしれぬ「最後の」小説、「中世」を書きはじめた。　（32―二七八～九頁）

私が幸福だつたことは多分確かである。就職の心配もなければ、試験の心配さへなく、わづかながら食物も与えられ、未来に関して自分の責任の及ぶ範囲が皆無であるから、生活的に幸福であつたことはもちろん、文学的にも幸福であつた。〔中略〕こんな状態を今になつて幸福だといふのは、過去の美化のそしりを免かれまいが、それでもできるだけ正確に思ひ出してみても、あれだけ私が自分といふものを負担に感じなかつた時期は他にはない。〔中略〕／――そして不幸は、終戦と共に、突然私を襲つてきた。（32―二八一頁）

「もう一度原爆が落つこつたつてどうしたつて、そんなことはかまつたことぢやない。僕にとつて重要なのは、そのおかげで地球の形が少しでも美しくなるかどうかといふことだ」／などといふエピグラムを、ひそかに書きつけたりしてゐたが、いづれにしろ私は、早晩こんなやけのやんぱちの、ニヒリスティックな耽美主義の根拠を、自分の手で徹底的に分析する必要に迫られてゐた。（32―三〇一～二頁）

三八歳の三島の言説が、戦争体験があるはずのない二一世紀の若者たちの戦争を希求する言説群に似ていることに軽い恐怖を覚えざるをえない（例えば、赤木［2007］など）。

それはさておくとして、三島由紀夫「あとがき」（『三島由紀夫短篇全集』1～6。初出は一九六五（昭和四〇）年）には、「『中世』は、いつ来るかわからぬ赤紙（召集令状）にそなへて、遺書のつもりで書いた」とあり、また「本当に私は、これだけの作品を残して戦死してゐれば、どんなに楽だつたかしれない」（33―四〇五頁）という記述が残されている。死んでしまった足利義尚に、まだ生きている自分を重ね合わせて、夭折した若者を生き残った人々がどのように遇するのかを想像するという厨二的な夢想と、実際に徴兵されて夭折せざるをえない息子になってしまうかもしれないという怖れとがあったであろうことは想像できる。実際、一九四五（昭和二〇）年二月四日に平岡公威青年の元に赤紙が届くことになる。そのような時期に「美の特攻隊」として（なにが「特攻」なのか理解できないのだが）、いくつかの軍記物語を典拠とする小説が書かれたのである。

一、「菖蒲前」のストーリーと典拠と

小説「菖蒲前」――源頼政と菖蒲前との物語――の典拠は、『源平盛衰記』巻第一六「菖蒲前」や『太平記』巻二一「塩冶判官讒死事」にある。また、室町時代物語「あやめ」にも同話がある。ただし、ほとんどの『平家物語』諸本では、菖蒲前は登場しない。

ちなみに、軍記物語について学習院中等科の生徒・平岡公威は「王朝心理文学小史」（一九四二（昭和一七）年脱稿）という小論文で、「心理文学とはまったく相反矛盾した場所に立つもの」としながらも、「かけことばの美しさ」は「軍記物に至って燦然と甦った」という評価をしている（26―二九六～七頁）。それが洗練された謡曲や大衆化した浄瑠璃へと取り入れられたとする。また、文体としては「朦朧体たる和文脈」を「日本固有の方法」（26―二九七頁）とする。「菖蒲前」については「「菖蒲前」創作ノート」に「菖蒲前と頼政はあくまで朦朧体にて描く」（16―六一一頁）としている。定義が難しい朦朧体であるが、朦朧体で書かれた「世々に残

さん」「中世」「菖蒲前」などは――とくに能の構成を取っている「菖蒲前」は――、朦朧体の究極の形のひとつである謡曲の文体に特徴的な「掛詞」「縁語」「序詞」などが多用されているとは言いがたく、典拠としての軍記物語は、滅亡の美学として利用されている側面が強い。

さて、「菖蒲前」の典拠となる軍記物語を見よう。例えば、覚一本『平家物語』巻第四「鵼」では、「人知れず大内山のやまもりは木がくれてのみ月をみるかな」（①―三三五頁）という和歌によって昇殿を許されたとある（仁安元（一一六六）年一二月。このとき頼政六三歳）。そして治承二（一一七八）年一二月に和歌「のぼるべきたよりなき身は木のもとにしゐを拾ひて世をわたるかな」（①―三三五頁）によって三位になれた（このとき頼政七五歳）とされる。また近衛天皇のとき（頼政四八～五一歳）、「頭は猿、むくろは狸、尾は蛇、手足は虎の姿なり。なく声鵼にぞ似たりける」怪物を退治し、「獅子王といふ御剣をくだされけり」（①―三三八～九頁）という、いわゆる〈鵺退治〉説話がある。ただし〈鵺〉という怪物は、二条天皇のとき（一一六一～三年。このとき頼政五八～六〇歳）に現れた化鳥のことであり、複数の動物が合体したキメラのような怪物のことではない。化鳥・鵼を退治したことで頼政は「御衣」（①―三四〇頁）を賜ったとある。

『源平盛衰記』では、菖蒲前は「鳥羽院御中ニ菖蒲前トテ世ニ勝タル美人アリ。心ノ色深シテカタチ人ニ越タ」（三―一一九頁）女性であったとされる。多くの男たちが懸想した。そのなかに頼政もいた。「或時頼政菖蒲ヲ一目見テ」恋に落ちたという。三年の間懸想し続けたことを鳥羽院は知る。菖蒲前もまんざらではない態度である。鳥羽院は黄昏時の見間違いではないかと、頼政を試す。同じように着飾った女性三人のなかから菖蒲前を見つけだせというのである。頼政は「五月雨ニ沼ノ石垣水コエテ何カアヤメ引ゾハヅラフ」（三―一二〇頁）という和歌を詠むことで、菖蒲前を手に入れるのであった。その後、後白河院時代に化鳥退治をしたと『盛衰記』はする。(2)

鳥羽院政の開始を一一二九年とし、覚一本をベースに年齢計算すると、そのとき頼政は二六歳。一一五五年に鳥羽院が没したとき、頼政は五二歳であり、鳥羽院から「菖蒲前」を賜ったときの年齢には幅がある。しかし、昇殿を許されるまでにはまだ時間がかかるのであった。これによると鵺退治の後の頼政は老年となるのだが、「菖蒲前」の頼政は青年でなければならなかった。滅びいく青年として頼政は〈美学〉的に造型されているからである。

『太平記』では、高師直が聞く平家琵琶のなかに頼政と菖蒲前とが登場する。そのなかで、近衛院の時代、頼政は化鳥退治の褒美として菖蒲前を賜っている。頼政が菖蒲前を一度も見たことがないなか、菖蒲前を含む一二人の女性たちから菖蒲前を見つけろという指令は『源平盛衰記』と同じであり、和歌により苦境を脱すると、菖蒲前を賜るというのも同工である。近衛院の時代であるから、頼政四八～五一歳の出来事である。

三島由紀夫「菖蒲前」では、化鳥退治（いわゆる鵺退治）の後、頼政は菖蒲前に懸想した。頼政の友人・綾小路顕景卿が関白に伝えたことで、頼政は菖蒲前を手に入れることができた。〈化鳥退治→菖蒲前を得る〉という時系列は『太平記』と同じである。「跋に代へて」は、『源平盛衰記』では〈菖蒲前を得る→化鳥退治〉となっているが、近世庶民文学では〈化鳥退治→菖蒲前を得る〉という順であることが多いことによるとし、「菖蒲前」はいわゆる鵺退治に関心はなく、「菖蒲前といふ固有名詞が与へるイメエヂの他のものではなかつた」（26―五八八頁）としている。

『源平盛衰記』が頼政の和歌を称揚する菖蒲前説話と、武の側面を強調する化鳥退治説話を置くのに対して、『太平記』は菖蒲前＝褒美となっている。三島「菖蒲前」でも「鵺退治の功により、思ひがけずその人〔菖蒲前〕を褒美に賜はる」（16―二二六頁）のである。『太平記』や「菖蒲前」で、菖蒲前は頼政に褒美として与えられる。菖蒲前は『平家物語』における報償・「獅子王」や「御衣」と同じ〈物〉なのである。

ここで「菖蒲前」の梗概を小嶋［2000］から引用しよう（ただし、改行は高木による）。

謡曲仕立てで、「序」「破」「急」よりなる。

「序」では二人〔源頼政と菖蒲前〕の出会いと、その〈異常な力〉をもつ愛、〈寧《やす》らかな浄福〉を語る。それは〈知られぬ遠い所から来るもののやう〉であり、その〈なにかしら外なる力のままに〉、[A]〈霊妙な喜び〉に満たされる二人であった。

「破（一段）」関白家の競射で勝つように祈れと、頼政は菖蒲前に頼むが不首尾におわる。菖蒲前は杜若の霊をはじめとする五月の花々の精に、その〈花の力〉で頼政に勝利をもたらしてくれるようにと依頼したが無駄だった。頼政は菖蒲前の愛を試すべく、庭の鶚を射的にした〈遊戯〉をもちかけるが、それも[A]菖蒲前の祈り及ばず失敗し、頼政は菖蒲前の浮気を疑い憤る。

「破（二段）」色好みの美しい女房・小波（輝愛卿の想われ人）が、四季の花の品定めの場で菖蒲を腐し、[B]頼政の心をとらえ深い仲となる。頼政は菖蒲前とのことを案じて諭す、[B]綾小路景顕《ママ》卿のことを逆に疑い、菖蒲前の不貞相手だと勘違いする。

「破（三段）」頼政と小波とのあいだに亀裂が生じるいっぽうで、菖蒲前は花々の精にしたがって[C]貴船明神に詣で、〈不思議な浄福の刹那〉を体験する。

「急」輝愛卿によって官位を剝奪され、一介の武士に落ちぶれた頼政は〈あの浄福〉へと還りたいと切望し、ふたたび菖蒲前と〈合歓の喜び〉を分かちあう。が、[D]目覚めた時、彼の腕のなかにあったのは、〈一ト本の菖蒲草〉であった。

（p. 20）

エピソードによってA～Dと分けた。Aは菖蒲前を手に入れた頼政と菖蒲前との完全な至福な日々から、その終焉まで。Bは頼政が親友・顕景と菖蒲前との関係を疑い、自身は輝愛卿の想われ人・小波と関係を持つまで。Ｃは頼政の愛を失った菖蒲前が貴船明神に祈り、その愛を取り戻そうとすること。Ｄは再び愛しあった二人であったが、菖蒲草の化身であった菖蒲前が消え去るまでとした。

以降、三角関係のなかの恋愛と異類婚姻譚について分析していくこととする。

二、からっぽな女と空虚な〈恋愛〉と

二人の恋愛関係（Ａ）について見ていこう。頼政が「ひそかに思ひを寄せてゐた」（16―二二五頁）[3]「菖蒲前」はどのような人物とされているのか。「物謐かな人」で「誰にもひけをとらぬ美しさ」で「始終つゝましく消え入りさう」な「消えも入りなむ風情の女」（二二六頁）とされる。同時に、頼政に想いを寄せている女房たちは頼政が菖蒲前を慕っていると知ると「あのやうな取柄のないたゞ美しいだけの人」（二二五頁）[4]と争うのは「矜がゆるさぬ」ゆえに頼政から離れていく。菖蒲前を慕っていることで「頼政といふ男が値踏みされる」のである。色事の友たちも菖蒲前を慕う頼政から距離をとる。菖蒲前は、『源平盛衰記』で鳥羽院の寵愛甚だしく多くの男たちが懸想するとされるのとは違い、「菖蒲前」では評価が低い。美しいだけの空白の女として造型される菖蒲前である。

「創作ノート」によると、二人の恋は「前世の因縁なりと言伝へたり」（六一二頁）、「菖蒲前

ある日　夢に頼政なる強者ありて之を救ふべしと見たりといふ」（六一三頁）と超越的な出来事によるとしたかったようだ。

「菖蒲前」発表の三年後に書かれた戯曲「あやめ」が菖蒲前の深草の家での二人の出会いを描いている。そこで頼政は「このお庭へ一度来たことがあるやうな心地がいたしまする」（21―一八四頁）と述べる。菖蒲前は「そのやうなことはございますまい」と言いながら、「あなたさまは、あの夢におあらわれなすつて、あの壇の林からにつこりとなさつたお姿に生写、……それとみるよりわらはには以前どこぞでお目にかゝつた・どこぞでお姿をみたといふ心地がしましてございます」（一八五頁）と述べるのである。夢のなかで出会った貴公子との恋としては室町時代物語「転寝草子《うたたね》」にも見られるモチーフである。(5) ただしこのプロットは「菖蒲前」には存在しない。

後になってわかることだが、菖蒲前は「菖蒲の精」である。二人の恋愛は異類婚姻譚となっている。助けられた異類が人間に恩返しするために人間の姿となって婚姻関係になる報恩譚もある（例えば「浦島太郎」）が、「木幡狐」のように、異類である狐（女性）が、人間（男性）を見初《みそ》めて、人間に変化し、婚姻関係を結ぶものもある。「玉水物語」では、申し子として生まれた女性に一目惚れした狐（男性）が、女性の側にいたいがために女性の姿に変化して女房として仕える。「いなり妻草子」「鶴の草子（三冊本）」という例外をのぞいて、異類婚姻譚は最後には別れ（死別、生き別れ）がやってくる。それが日本中世の物語の定番なのである。

したがって、異類婚姻譚としての「菖蒲前」が出会いから婚姻そして別れという流れを持つことは自然なことである。だが、「菖蒲前」には一目惚れした異類が人間に化けて人間世界にやってくるという異類婚姻譚の起点が存在しないのである。頼政に与えられた後、菖蒲前は「自らも頼政を慕ってゐ」（二二六頁）たことを打ち明ける。しかし、なぜ菖蒲前が人間となり、頼政と結ばれなければならないかという説明がない。異類婚姻譚の出発点が欠落しているのである。

菖蒲前と頼政の恋愛はそれを支える内実がない。空虚な恋愛なのである。

結ばれた後の二人は、「異常な力をもつた愛であつたのに、二人乍《なが》らその異常さに気附かなかつた」とされ、「謐かに漲《みなぎ》つた寧《やす》らかな浄福」があった。そして、「お互に黙つてゐながら、心は人の言葉では企て得ない饒舌を豊かに次々と交はしたのである」。囲碁をしていても、無意識のうちに自分が不利になるようなところに（それを有利な石だと信じ込んで）お互いに石を打つ。そこには「相手を庇《かば》はうといふ心持ちなど微塵もな」いのだと語られる。あるいは、頼政が外出時に矢で指に怪我をした時間に菖蒲前も琴爪で指に怪我をしたというシンクロニシティが語られる。

コミュニケーション不要で、絶対的に利他的な〈恋愛〉であるとされる。まさしく絶対的な贈与の関係と言える。二者間における見返りをまったく求めないポトラッチ合戦である。〈私〉はなんの努力をする必要もない。感謝をする必要もなければ、お返しをしなければと気に病むこともない。デリダ［1997］的に言えば、この絶対的贈与を目指して、〈私たち〉は不完全な贈与をしつづけなければならない。絶対的な贈与は不可能な贈与であり、それが可能となったときには、贈与は終焉を迎えることになる。

気づかれることのない贈与の応酬、つまり本来的には不可能な歓待は、二者の絶対的な対称性によってのみ支えられる。しかし、それはもはや恋愛とは呼べないだろう。なんの努力もなしに意思疎通ができ、関係が終わることもなく持続すればいいという思春期の少年が抱くような妄想的〈恋愛〉は、〈私〉の個別性を必要としない。このような〈恋愛〉観は、自他が溶け合った鏡像段階以前の赤ん坊のものだ。そこでは〈自〉も〈他〉も〈関係〉も存在しない（例えば、湯浅［2009］参照）。菖蒲前の〈私〉など必要ないのである。二者が溶けあった〈一人の私〉だけしかいない世界が「謐かに漲つた寧らかな浄福」を可能としたのである。

二者の対称性が崩れるとき、絶対的な贈与は不可能となる。二人（正確には一人ぼっち）の完全なる恋愛の終わりの始まりのエピソードが「序」の末尾に置かれる。

しかし不思議はけふも起るのであつた。馬の道を上りつゝ幽谷にかゝる。先達が橋をわたる。渡らふとして頼政は橋の袂《たもと》に見事な菖蒲が咲いてゐるのを見て蹄にかけぬやうに馬を控へる。刹那轟音を立てゝ橋は壊《つひ》え落ちる。橋の半ばまで行った先達は馬諸共墜落した。菖蒲はとみれば見し場所に影も形もなかつた。

（二二八頁）

頼政は二人の関係における「不思議」を知ってしまっている。頼政と菖蒲前との対称な関係が壊れているのである。また恩返し譚と同じように、頼政は「菖蒲」＝菖蒲前によって危機から逃れることができた（菖蒲前は菖蒲の精なのだ）。ここにおいて相互の純粋な贈与が不可能になっていることが示される。頼政は一方的に、「不思議」と認識している「力」によって救われているのである。この負債は返さなければならないものとして、頼政に重くのしかかるだろう。

一言付け加えるとすると、二人の利他的な関係を知っているのは語る主体だけだということである。お互いに無意識のうちに自分が不利になるようなところに打つというように、無意識的に行動しているのであるから、頼政も菖蒲前も自身が利他的行為をしているとわかるはずがない。にもかかわらず、頼政は菖蒲前の「無礙《むげ》の愛に大胆に」（二二八頁）なっている。語る主体の持つ情報を頼政もまた知っているかのような構造になっている。菖蒲を見て命が助かったという偶然は（もちろん「菖蒲」のイメージによる連想はあるものの）、菖蒲前（とその仲間）と語る主体とだけが知っている、菖蒲前の正体が菖蒲の精であるという情報によってはじめて、菖蒲前の不思議な力によると確信できるのである。頼政がそれを菖蒲前の力であると認識できるのは、頼政と語る主体とが共犯的に情報の共有をしているからであろう。頼政は、菖蒲前から情報を提供されているのではない。語る主体から情報を得ているのである。頼政と語る主体との男同士の絆があり、そこから菖蒲前は排除されている。そのようなホモソーシャル的構造が「菖蒲前」を支えているのである。[6]

三、ホモソーシャルと菖蒲前と

つづく「破の一段」で、二人の繭のなかの〈恋愛〉は崩壊しはじめる。自由直接話法で「われらが一ト度幸福のなかへ入ると、何をしようと幸福の方でわれらを捕へて放さぬやうにみえる。しかしわれらの意識せぬ別な力が、いつのまにかわれらを幸福から放逐してくれる」（二二八頁）とされる。語る主体の言語と頼政の言語とが混合しているわけである。語る主体と頼政との共犯関係が成立するわけだ。

頼政と菖蒲前との場合、その「意識せぬ別な力」は外部から来るのではない。〈完全なる恋愛〉とみえたことが、つまり二者関係なしのどろどろに溶けあった根拠や内実を持たない〈空虚な恋愛〉のあり方自体が、二人の関係を破壊するのである。

頼政は「次第に頼政はその無礙の愛に大胆になつた。その愛がなし能はぬことは世界にないと信じたのだ」と愛に力があると信じるに至る。そして自身の弓矢の能力が衰えていると感じると、関白家での競射において「「どうか私が勝つやうに祈つておくれ。お前が祈つてゐてくれれば、当たらぬ矢があらうともおもはれない」」（二二九頁）と、「今まで菖蒲前に何一つ求めたことのなかつた頼政が」菖蒲前に要求するのである。

語る主体は「無礙の愛に大胆になつた」とその理由を説明しようとするが、与えられる奇跡的な報酬への自覚と自身の弓矢の能力の減退という現実が、完全なる贈与関係を破壊しはじめたのである。「矢の当る当らぬを考の外に置い」ていた「昔」の「頼政」とは違い、「技倆の落ちつゝあると」自覚した今の頼政は「矢の当る当らぬを重く見」るように欲望を持ちはじめてしまう。昔話の「竜宮童子」において、主人公の行いに感動した竜宮の主が使わした童子による、無限の利益の提供を当然と思いはじめた主人公が、より多くの物質を欲望し、童子を邪険に扱うようになった途端すべてを喪うように、欲望と排除とが頼政からすべてを奪うのである。

自身の欠損を埋めるべく、愛の力＝異形なる力を利用しようとする頼政とそれに応えようとするが応えられない菖蒲前との関係は、もはや対称的なものではなくなってしまう。

競射の敗北後、頼政は〈奇跡の恋愛関係〉と〈菖蒲前の不思議な力〉との間で葛藤する。

菖蒲前を信ずるとしようか。さうすればあの浄福の霊妙な力を否むことになる。その力の不思議を信ずるとしようか。菖蒲前の祈りは他人に向けられてゐたことになる！

（二三〇頁）

菖蒲前の「心」を信じるとすると、競射に失敗した以上菖蒲前の「力」は信じられない。菖蒲前の「力」を信じるとすると、失敗の原因は菖蒲前の「心」にあるという不思議なロジックである。神秘的な力や出来事を認識し、外部化したことこそが問題であるのに、頼政はすべてを菖蒲前の「心」の問題へ還元していく。

ここにおいて、閉じられた関係としての〈恋愛〉に、他者が参入してくる。競射にも敗れ、最後の機会と庭の鵜を射るが失敗してしまうと、「「隠せまい！　お前は他の男を想つてゐるな」」（一三三頁）と疑うのである。

そして頼政は前々から頼政に気があった女性で、輝愛卿の想い人である「色好みの女」・小波と関係を持つ（B）。輝愛と頼政と小波の三角関係が発生するわけだ。三角関係は同性愛恐怖と女性嫌悪《ミソジニー》から成り立つホモソーシャルによって維持される（セジウィック［1985］）。小波との恋愛関係は、菖蒲前の恋心を疑ったことに端を発するとみせながら、輝愛というライバルがいるという点が重要なのである。

そのように考えると、菖蒲前にしても関白のところにいた女性であった。この空白とされる女性に関心を持つのも、ライバルとしての関白がいたからこそ始動したのではないか。そして、弓と頼政という関係に、まったく無関係な菖蒲前が巻き込まれるのも、頼政が弓をライバル視するようになったからと考えると納得がいくだろう。

頼政と菖蒲前との完全なる恋愛が描かれるのだが、その背後には女性を排除する女性嫌悪が存在していたのである。

「破の二段」で、菖蒲前が懸想する相手を、関白との仲介をした友人・綾小路顕景だと認定するのも、まさに「仲介」という形で二人の関係に入り込んでいた、ライバルとしての地位を獲得できる顕景――そして頼政の友人――であるからだ。

顕景と頼政とがホモソーシャルの一対の男性であることは、顕景サイドからも確認できる。顕景は頼政が小波と恋愛関係になると、「友の道ならぬ情事を知るやいさめにいさめ」（二三七頁）、頼政に愛想を尽かされたことで病となった菖蒲前のところに「友情のしるしにとて」（二四一頁）見舞いにも行く。一人の女性をめぐって二人の男性が蠢き、それを「友情」とする。まさにホモソーシャルではないか。

顕景が菖蒲前を愛していると思っている頼政は、顕景がいる以上は菖蒲前への欲望をなくすことはない。語る主体のみが語りえる顕景の欲望が「破の三段」で語られる。頼政の愛情を取り戻すべく、菖蒲前は貴船明神に参拝する。その菖蒲前の「跡を追うて」（二四五頁）顕景は「己れ自らにさへ偽つてゐた恋」を認識しながら車を走らせる。菖蒲前も頼政も知りようがない顕景の内面だが、語る主体と共犯的な関係にある頼政には共有される情報であろう。小波への愛情を持ち続ける理由をなくした頼政は（次節で詳述）、再び顕景とのホモソーシャル関係に戻り、菖蒲前を奪い合うことになるのである。

菖蒲前の第一の悲劇は「寧らかな浄福」という不可能な関係が生みだした。そして第二の悲劇は男たちのホモソーシャルな欲望に晒されたことによって発生するのである。

病を得た菖蒲前は頼政の愛を取り戻すために最後の行動を起こす。対して、小波は輝愛卿の存在によって頼政の欲望の対象となったが、やがて頼政の愛情を喪うことになる。次節ではホモソーシャルに巻き込まれた二人の女性について見ていくこととする。

四、ホモソーシャルを利用する女と貴船明神に詣でる女と

色好みの女・小波は、輝愛卿が訪れることを知りながら頼政と過ごしていた。頼政が帰ろうとするまさにそのとき、輝愛が小波のところを訪れてくる。頼政は「人の噂に輝愛卿が頼政の留守の間夜毎に小波を訪れたと」（二四一頁）聞いていた。訪問した輝愛は「みす内には頼政がゐるに相違ない！　女は私を弄んでゐる！」（二四三頁）と怒る。男たちのライバル心が小波への欲望をかき立てるのである。しかし、二人の男の接近遭遇は小波の策略でもあった。「頼政を永劫わが物とせんため」（二四二頁）にとった「一つの危険な方法」として選んだものである。輝愛が「小波の無情を嘆き、その冷淡を怪しみ、その情けを乞うて慟哭した」（二四三頁）のを見た頼政に、小波は「この刹那から小波を離れて生きえぬと確信」を持ったのである。ホモソー

シャルを利用して、頼政の愛を手に入れようとし、手に入れたと確信したとき、小波は頼政に「顔をそむけ」られてしまう。ホモソーシャルを利用しようとした、排除されるべきであった〈女〉は、排除されないようにしようとして、逆に捨てられてしまうのである。

ホモソーシャルを利用するという小賢しい〈女〉は、やはり排除される。しかし、それだけではないだろう。小波は「色好みの女」（二三六頁）であった。日本において、色好みの男は王者のしるし、主人公のしるしである（『源氏物語』の光源氏、『伊勢物語』の昔男を見よ）。しかし、色好みの女は排除される存在でしかなかった（高木［2014］参照）。ホモソーシャルにおいては、過剰な存在であり忌避される者であり、将来的に没落して当然の〈女〉であった。小波はこのようにしてホモソーシャルから棄却されてしまうのである。

では、菖蒲前はどうなったのか。病に伏せっていた菖蒲前は「死ぬまへに」（二四四頁）頼政に「会はせて」ほしいと願うが、「花の力」でできることはもうないと花々の精に言われ、「人界の恋の神さまから人の魂をお授かりになる外は」ないと言われる。その恋の神とは「「貴船《きぶね》明神」」（C）であった。

貴船明神は、百二十句本『平家物語』「剣巻」や能《鉄輪》や室町時代物語「かなわ」からすると、嫉妬に狂った女が鬼と化す物語において重要な位置を占める神である。百二十句本では、嫉妬に狂った女が「貴船の大明神に祈りけるは、「願はくは鬼となり、妬ましと思ふ者をとり殺さばや」と祈り、鬼となる。「『宇治の橋姫』とはこれなり」とされ、「にくし」と思ふ女の縁者どもを取る」（下―二七六頁）のである。能《鉄輪》でも貴船明神に詣でた女が、後妻を殺すために鬼になる。少し違うのは「かなわ」では、夫の浮気を知った妻が自身を「悪鬼」と成してくれと祈るのが貴船明神で、この悪鬼が渡辺綱や坂田金時に成敗されそうになるが往生鎮護の神となると誓い、宇治の橋姫となる。鎮魂されて鎮護の神となるのが「かなわ」の特徴ではある。ただし、すべてに共通するのは、男の浮気や再婚などによって嫉妬に狂った女性が、悪鬼となるために詣でる場所が貴船明神であるということだ。これを踏まえると「菖蒲前」で菖蒲前が貴船明神に行くことの背後に、嫉妬と復讐のイメージがあるとは言えよう。

愛する男が別の女性を懸想するようになってしまったので復讐のために悪鬼になりたい〈宇治の橋姫〉の女と男ともう一度会いたいがために人間の魂がほしい菖蒲前とは正反対の指向性を持つものの、男性に裏切られた二人の女性が訪れるのが「貴船明神」であった。そこには、二人の女性のそれぞれの復讐心があるのではなかろうか。

からっぽな女とされる菖蒲前が、菖蒲の精としては取り込むことができない人間の魂を得るために〈変身〉する契機となる場所として貴船明神は選ばれた。しかし、その〈変身〉は「花の器」（二四六頁）には「耐へ得ぬであらう」ものであった。菖蒲前は「命ををしまぬ」決意で人間の魂を手に入れようとするのである。宇治の橋姫が二度と人間の姿に戻れぬように、菖蒲の精が人の姿となった菖蒲前は、人間の魂を手に入れたら、消滅するしかないのである。
もう一度頼政と会いたい菖蒲前と、「命を捨てゝもあの浄福へ還りたかつた」頼政であるが、貴船明神の力を借りての再会は、一度は叶っても二度とは叶わないであろう。それこそが、菖蒲前の復讐にほかなるまい。ホモソーシャルに弄ばれた菖蒲前の復讐である。

五、女性嫌悪と異類嫌悪と

頼政を取り戻すべく貴船明神に菖蒲前が詣でたところ、都合よく顕景の恋心が明かされ、また小波の策略が裏目に出ることで、頼政の心は（ホモソーシャル的には当然のことだが）菖蒲前に向かうことになる。頼政は菖蒲前の深草の家を訪れ、「合歓の喜び」（二四七頁）に浸るのであった。しかし、翌朝になると菖蒲前はその正体を顕して、死去する（D）。

腕のなかに菖蒲前は居なかつた！〔中略〕頼政の腕に凭《もた》れかゝつてゐたものが身動きと共に辷《すべ》りおちて音もなく臥床《ふしど》の上に横たはつた。不吉な思ひに責められながら、頼政はそつと、横たはれるものを手に取つた。それはあでやかな紫の花が緑濃い葉に守られてうなだれてゐる一ト本の菖蒲草であつた。　（二四九頁）

異類が人の元を去るとき、その正体を顕すという型が異類婚姻譚にはある。「雁の草子」は手紙により異類（男性）が人間（女性）に自分が死んだことと正体が雁であることを知らせる。

「菖蒲前」に似た「かざしの姫君」のストーリーはつぎのようなものである。

菊を愛するかざしの姫君のもとに少将が通うようになり、契りを結び、姫君は妊娠する。内裏で花揃が催されることになると、少将は別れを告げ、黒髪を渡す。花揃には姫君の家の菊が献上された。少将が訪れないので、姫君が黒髪を見るとそれは菊の花であった。少将は菊の精で、花揃に献上された菊なのであることがわかる。姫君は解任しているため入内することはできず、姫君を出産後、死亡する。生まれた姫君が成長すると、入内して寵愛され子どもも生まれた。この姫君が入内することで、かざしの姫君の父も母も非常に喜んだ。

異類は身を犠牲として愛する人間に尽くし、自分の正体を示すものを残して去る。また、異類の血を得た家（異類との間に子どもが産まれた場合）は栄えるのである。しかし、先述したとおり、人間に変化し人間社会を来訪した異類は去らなければならない。ホモ（人間）ソーシャルから排除されるものとして異類はある。富をもたらす存在として外部から来訪し、やがて去らなければならない。それは、ホモ（人間）ソーシャル（人間中心主義）における異類嫌悪ということであろう（高木［2022］参照）。

それは、ホモ（男性）ソーシャル（男性中心主義）における女性嫌悪と類似する。菖蒲前は女性として男性たちの絆から排除され、異類として人間たちの絆から排除されるという二重の排除を受けているのである。

　前節で貴船明神に詣でた上で頼政と再会を果たすのは、菖蒲前の復讐であるとした。しかし、「あでやかな紫の花が緑濃い葉に守られてうなだれてゐる一ト本の菖蒲」は、その正体を顕して退場していく存在として、異類婚姻譚的に消費されてしまうのである。男たちの絆、人間たちの絆を強固なものとするために、美しく死亡させられる＝殺されるのが菖蒲前なのである。菖蒲前の復讐は、男たちの、人間たちの〈美しい〉物語のなかに取り込まれてしまった。このように菖蒲前を悲劇に突き落としたのが「菖蒲前」というテクストなのであり、登場人物の頼政たち男であり、語る主体なのである。

六、空白な物語と過剰な文体と

　本稿で明らかにしてきたことは、女性にとって、そして異類にとって、残酷極まりないホモソーシャル・テクストが「菖蒲前」であるということだ。菖蒲前という女性＝異類を空虚な存在と位置づけた挙げ句に排除したにもかかわらず、美しい愛と死の物語かのように装う暴力性を持つテクストなのである。

　しかも、美しい愛というものの実態が、人間（つまり男性）に都合のいい「無礙の愛」と定位されているのでもあるのだが、その内実は第二節で見たように空虚なものでしかなかった。

空虚な恋愛をホモソーシャル的欲望と中世の異類婚姻譚的悲劇と橋姫伝説とで着飾ったのが「菖蒲前」である。先行する構造を利用しつつ、朦朧体という過剰な文体で描かれた空虚な恋愛譚が「菖蒲前」というテクストだ。（文体的に、また物語内容的に）美的であろうとした、そして指向性としてはマイノリティを排除するマッチョなテクストであり、また描かれるのは空白の女性との空虚な恋愛である。

このことは、バルト［1970］が日本の空虚な中心として皇居を見たこととアナロジカルに繋がっているのではなかろうか。中心のない空虚なテクストである「菖蒲前」と中心が空っぽな〈日本〉と。それは三島由紀夫（のテクスト）のことでもあるのではなかろうか。

このような連想を持ち込んだのも、先に見たような三島由紀夫の戦中・戦後の発言もまた空虚なものでしかないと思われるからだ。例えば、奥野［1993］が「あの時代〔太平洋戦争の時代〕こそ、自分はどうせ戦死する身だという、こわいもの知らずの心情が底流として渦巻いていたのに、三島はそういう若者らしい憤怒の発想と無縁である」（p. 133）と述べ、「敗戦直前の三島由紀夫は、武人的な皇国主義者ではなかった。むろん軍国主義者で、あるはずがない。敗戦思想の持主であり、あの一億私心を捨てる時代に、徴兵を忌避し、軍需産業の動員を怠け」た「非国民」（p. 140）と指摘している。三島由紀夫が自身で敗戦後に「美の特攻隊」（『私の遍歴時代』）と述べることで自己神話化した三島由紀夫像と、奥野［1993］が述べるような三島由紀夫像とは一見矛盾するようである。しかし、「菖蒲前」のテクストのあり方から逆に三島由紀夫像を捉えてみると、男性中心主義のマッチョな構造と華麗で過剰な文体で象られた表層の背後には、〝なにもなかった〟のではなかろうか（三島の文体の空虚さについては、丹生谷［2004］など参照。最近の「文体」研究に、藤田［2022］がある）。表層のみ、記号表現のみが、荘厳なテクスト（「菖蒲前」という、そして三島由紀夫という）を成立させていたのではなかろうか。(7)

注

（1）一九六三（昭和三八）年に、『東京新聞』（夕刊）に一月から五月にかけて、二〇回連載。単行本は一九六四（昭和三九）年に講談社より刊行。三島が三八歳のとき、一〇代から二六歳までを回顧したもの。

（2）後白河院は一一五八年に譲位し、院政を敷く。頼政は一一八〇年に以仁王の乱で反平家として挙兵し死亡。

（3）以下、引用に際して、全集16所収のテクストは、その巻数を略す。また同じ頁からの引用が続く場合は、最初に頁数を記すだけとする。

（4）菖蒲前も自身のことを「冷ややかな女」（二二九頁）と認識している。

（5）ここで室町時代物語を参照するのは、三島由紀夫が「三谷信宛書簡昭和二〇年一月二〇日付」で「中世」を執筆していた頃、「室町時代の御伽草子「硯破《すずりわり》」、「富士の人穴の草子」、「熊野の本地」」（38―九〇五頁）などを読んでいたとあるからである。ちなみに頼政と菖蒲前との物語も浄瑠璃「菖蒲前操弦《みさをのゆみはり》」で享受していたこともわかる（「跋に代へて（未刊短編集）」五八七頁）。

（6）三島由紀夫テクストのホモソーシャル構造、語る主体と男性登場人物とのホモソーシャルについては、高木［2017］［2020］参照のこと。「菖蒲前」と同時期の小説「世々に残さん」でも、平家一門の春家と貴族の秋経、そして山吹という女性とのホモソーシャルが描かれる。男性たちが、なぜ山吹に恋をするのかわからないうちに恋に落ちているのは、ホモソーシャルにおける同性愛恐怖と欲望の転移によるのだろう。

（7）このことを、ポスト・モダンと同じだと言ってはいけないだろう。日本の（マッチョな）精神構造のあり方として捉えるべきである。あるいは、ホモソーシャル的な構造の特徴として捉えるべき事柄であろう。

引用・参照文献一覧

引用に際しては、巻数・頁数を明記した。また、傍点・傍線等は断りがない限り高木による。改行は「／」で示した。〔 〕内は高木による註。

三島由紀夫テクストの引用は、「菖蒲前」「「菖蒲前」創作ノート」および「中世」「中世に於ける一殺人常習者の遺せる哲学的日記の抜萃」「世々に残さん」は『全集16』、「志賀寺上人の恋」は『全集19』、戯曲「あやめ」は『全集21』、「王朝心理文学小史」「跋に代へて（未刊短編集）」は『全集26』、『私の遍歴時代』は『全集32』、「あとがき」（『三島由紀夫短篇全集』1〜6）は『全集33』、「三谷信宛書簡昭和二〇年一月二〇日付」は『全集38』に、それぞれ依った。

『源平盛衰記』は三弥井書店『源平盛衰記』、流布本『太平記』は新潮日本古典集成、覚一本『平家物語』は小学館新編日本古典文学全集、百二十句本『平家物語』は新潮日本古典集成に、それぞれ依った。また、室町時代物語の以下のものは『室町時代物語大成』に依った。「あやめのまへ」は『大成2』、「かなわ」は『大成3』、「玉水物語」は『大成8・13』、「鶴の草子（三冊本）」は『大成9』に、それぞれ依った。「転寝草子」「かざしの姫君」「雁の草子」は岩波新日本古典文学大系『室町物語集　上』、「浦島太郎」「木幡狐」は小学館旧編日本古典文学全集『御伽草子』、「いなり妻草子」は岩本徳一「稲荷信仰縁起考」（『神道宗教』28、一九六二年一一月）に、それぞれ依った。能《鵺》《頼政》は小学館新編日本古典文学全集『謡曲集』、《鉄輪》は新潮日本古典集成『謡曲集』に、それぞれ依った。

参考文献一覧

研究史的な意義も考慮に入れて、基本的に初出年次で示し、実際に参照した文献の刊行年を「→」で示した。断りがないかぎり傍線、傍点、〔　〕内の記述などは高木による。

赤木智弘［2007→2011］：『若者を見殺しにする国―私を戦争に向かわせるものは何か』（朝日文庫）
奥野健男［1993］：『三島由紀夫伝説』（新潮社）→新潮文庫
小嶋菜温子［2000］：「菖蒲前」（『三島由紀夫事典』勉誠出版）
佐藤秀明［2020］：『三島由紀夫　悲劇への欲動』（岩波新書）
セジウィック，イヴ・K［1985→2001］：『男同士の絆―イギリス文学とホモソーシャルな欲望―』（名古屋大学出版会）

高木　信［2009］:『「死の美学化」に抗する『平家物語』の語り方』（青弓社）

——［2014→2020］:「小宰相と小野小町との絆、あるいは男たちの〈欲望〉を逆なでする」（『亡霊たちの中世　引用・語り・憑在』水声社）

——［2017→2021］:「秘密で女神を拘束する——三島由紀夫「美神」」（『亡霊論的テクスト分析入門』水声社）

——［2020→2021］:「語らぬ東北の〈女〉を動物化する——三島由紀夫「橋づくし」」（『亡霊論的テクスト分析入門』水声社）

——［2022］:「異〈人＝神＝獣〉が「村」にやってくる　YEAH! YEAH! YEAH!—*Stranger Than Alien World*」（物語研究会編「物語研究　22号」）

デリダ，ジャック［1997→1999］:『歓待について——パリのゼミナールの記録』（産業図書）

丹生谷貴志［2000→2004］:「三島とリアリズム」（『三島由紀夫とフーコー〈不在〉の思考』青土社）

馬場重行［2000］:「世々に残さん」（『三島由紀夫事典』勉誠出版）

原田香織［2005］:「『世々に残さん』試論——三島由紀夫の初期小説の位相——」（東洋大学通信教育部編「東洋　42号」）

——［2008］:「三島由紀夫『菖蒲前』における能楽の影響」（東洋大学通信教育部編「東洋　45号」）

バルト，ロラン［1970→2004］:『記号の国』（みすず書房）

フーコー，ミシェル［1969→2006］:「作者とは何か」（『フーコーコレクション（2）　文学・侵犯』ちくま学芸文庫）

藤田　佑［2022］：『小説の戦後―三島由紀夫論―』（鼎書房）
松尾　瞭［1975］：「三島由紀夫『菖蒲前』について」（「鶴見大学紀要　第12号」）
――［1976］：「三島由紀夫『菖蒲前』について・補遺」（「鶴見大学紀要　第13号」）
湯浅博雄［2009］：『応答する呼びかけ　言葉の文学的次元から他者関係の次元へ』（未來社）

※本稿は、科研費（研究課題番号24K03642）による成果の一部である。

昭和二〇年代

性と再生

年も経ぬ祈る契りは初瀬山尾上の鐘のよその夕暮れ

何年も祈り続けた恋。「契りは果つ」（神仏との約束が完了する）とあるにもかかわらず、自分の恋は満たされていない。「初瀬山」とは大和国（現在の奈良県）の歌枕であり、人との出会いを叶える長谷寺のある場所。「尾上の鐘」は長谷寺にある鐘のことで、その鐘が、恋人たちの出会いの時間である「夕暮れ」に鳴り響く。しかしその鐘の音は「よその」ものである。さて、自分は……。そういう恋の嘆きを詠むものだが、三島作品の登場人物たちは、世界の虚無を認識しているがゆえに、それぞれにしたたかに、独自の内的世界を再生させていく。

「翼」――〈かぐや姫〉たちの物語

千野裕子

はじめに

「翼―ゴーティエ風の物語―」（以下「翼」）は、一九五一（昭和二十六）年五月に『文学界』に発表された短編小説である。太平洋戦争末期の一組の男女の恋を描いたもので、あらすじは次の通りである。

従兄妹である葉子と杉男は、祖母の家で時々会う仲である。ふたりは互いに相手の背中に翼があると信じているが、そのことは相手に打ち明けていない。やがて杉男は勤労動員に行くことになり、再会の機会のないまま葉子は空襲で死ぬ。生き残った杉男は平凡な勤め人になる。杉男は気づいていないが、彼の背には灰色に汚れた翼があり、それが出世の妨げとなっている。

この通り、互いに相手に翼があると信じている若い男女の恋物語である。散っていく「葉子」と常緑樹たる「杉男」の名に象徴されるように、女は死に、男は生き残る。(1)

空襲で命を落とす葉子は、次のように描写される。

葉子の首は喪はれてゐた。首のない少女は地にひざまづいたまま、ふしぎな力に支へられて倒れなかつた。ただ双の白い腕を、何度か翼のやうにはげしく上下に羽搏たかせた。（三九一）

葉子の死は翼による飛翔のイメージで描かれている。(2) 背中に翼がある若い女が死を迎え、彼女に恋する男は取り残される。そのモチーフは、古典文学に親しんだ者ならばこう思わずにはいられないだろう——かぐや姫だ、と。(3) 天の羽衣をまとって月に帰るかぐや姫の昇天は、地上での死と同義である。そして彼女を恋い慕った男たちは地上で悲しむほかない。葉子の死には、かぐや姫の影がある。

古典文学、特に貴族男女の恋を描く王朝物語文学は、実に様々な形でかぐや姫という存在を受け継いできたが、(4) その中には〝月に帰れないかぐや姫〟の系譜がある。かぐや姫のような存在として描かれながら、人間であるがゆえに、月に帰還することなく地上で苦悩しながら生き続ける者たち。かぐや姫はどの男のものにもならず、「この衣着つる人は、もの思ひなくなりにければ」（七五）という天の羽衣をまとって昇天するが、地上の女たちは恋の「もの思ひ」

に悩まされ続ける。『源氏物語』の紫の上の葬送が、かぐや姫の昇天と同じ八月十五日に設定されているのが代表的な例である。また、平安後期物語の『夜の寝覚』ではそのモチーフがヒロイン像に明確に打ち出され、[5] 物語はヒロイン中の君の十三歳と十四歳の八月十五夜の夢に天人が現れ、二年目には「あはれ、あたら、人のいたくものを思ひ、心を乱したまふべき宿世のおはするかな」（巻一・二〇）と「もの思ひ」の人生が予言されるという場面から始まる。三年目に天人が現れなかったとき、中の君が、

天の原雲のかよひ路とぢてけり月の都のひとも問ひ来ず　（同）

と詠んだことからも明らかな通り、彼女は「月の都」からの迎えの来ないかぐや姫として描かれている。

こうしたかぐや姫の系譜は、ヒロインに限らない。『源氏物語』の光源氏にも、そのかぐや姫性は指摘されている。[6] しかし、〈男かぐや姫〉といえば、何より平安後期の『狭衣物語』であろう。主人公の狭衣は物語の序盤で吹笛によって天稚御子《あめわかみこ》を降臨させ、天に連れていかれそうになるが、引き留められて未遂に終わる。狭衣は〝月に帰れない〈男かぐや姫〉〟なのだ。[7]

とするならば、「翼」の杉男もまた、〈男かぐや姫〉たる狭衣の末裔であると位置づけられるだろう。彼は、かぐや姫（＝葉子）の昇天（＝死）に取り残された男であると同時に、彼自身もまた翼を持った〝月に帰れない〈男かぐや姫〉〟である。古典文学研究の立場から「翼」を

読むならば、この物語は〈かぐや姫〉たちの物語として位置づけられる。こうした視点から、「翼」を、特に『狭衣物語』を遠い先祖として睨みつつ考えてみたい。

一　疑似的な兄妹愛

「翼」の杉男と葉子は従兄妹同士である。それは次のように説明されている。

杉男は葉子の伯父の息子である。すなはち従兄である。云ひかへれば、彼は恋人と兄とを生れながらに兼ねそなへることのできる立場にあつた。

二人はいろんな点がよく似てゐたので、本当の兄妹とまちがへられることがたびたびあつた。相似といふものは一種甘美なものだ。ただ似てゐるといふだけで、その相似たもののあひだには、無言の諒解や、口に出さなくても通ふ思ひや、静かな信頼が存在してゐるやうに思はれる。なかんづく似てゐるのは澄んだ目である。その目は、濁つた不純な水をかならず濾過して、清浄な飲料水に変へてしまふ濾過機のやうに、そこに影を落して来る現世の汚濁を浄化してやまない目であつた。（三八〇）

杉男が葉子の従兄であることは、「恋人と兄とを生れながらに兼ねそなへることのできる立場」と意味づけられている。しかも「よく似てゐ」るふたりは、「本当の兄妹とまちがへられることがたびたびあつた」という。従兄妹でありながら、ふたりの関係は兄妹愛としての相貌を持っている。しかし従兄妹である以上、その兄妹愛は疑似的なものである。

この疑似的な兄妹愛は、葉子の行動からも裏づけることができる。「昭和十八年の初夏」(三八四)の場面で、杉男と葉子は祖母の家の風呂に入る。

先にお祖母様が入られた。次に杉男が入つた。次に葉子が入つた。葉子ははじめ入らないつもりでゐたが、杉男が入るといふので、その真似をしたのである。少女はかういふ咄嗟の場合にも好きな人の模倣を忘れない。模倣が少女の愛の形式であり、これが中年女の愛し方ともつとも差異の顕著な点である。(三八九〜三九〇)

葉子が杉男の模倣をするのは、「少女の愛の形式」であると語られる。そもそもこのふたりは、「いろんな点がよく似てゐた」ので、「本当の兄妹とまちがへられることがたびたびあつた」とされていた。しかし、この風呂の場面での葉子の行動は〝似ている〟というより、〝似せている〟ではないか。つまり彼女は杉男と「よく似てゐた」だけでなく、似ることを望んでいたと考えられるのだ。「相似といふものは一種甘美なものだ」ともあるように、葉子は「本当の兄妹」との恋を疑似的に味わおうとしていたのではないだろうか。

兄妹愛といえば、三島の近い時期の作品として『幸福号出帆』(一九五六〈昭和三十一〉年刊)が想起される。『幸福号出帆』の敏夫と三津子は、異父兄妹でありながら、それ以上に互いを想い合うふたりとして描かれていた。それが最終盤になって、実は血がつながっていないということが明かされるものの、本人たちは知らないままで物語が終わる。そんな彼らの恋を、三津子の母である正代はこう述べる。

「もし二人が、お互ひに男と女として愛し合つてよいことに気がついたら、それで幸福になつたとも限りませんもの。兄妹愛、美しい清らかな愛、永久に終りのない愛」（七二五）

『幸福号出帆』の場合は、本当は兄妹ではないのに、兄妹であると思っている者たちの恋だった。従兄妹であるのに「本当の兄妹とまちがへられる」とされる「翼」とは逆になる。しかし、「翼」の杉男と葉子の恋に、『幸福号出帆』の正代の言葉を重ね合わせることは十分に可能である。というのは、「本当の兄妹」と間違われるほど似ている彼らは、「なかんづく似てゐるのは澄んだ目である」（三八〇）とされ、正代のいう「美しい清らかな愛」と呼ぶにふさわしい関係性がことさらに強調されているからである。

彼らの恋は、秋のある朝に「何年ぶりかで会つた」（三八二）ところから始まった。彼らは電車の中で偶然に背中に「遠いところから来る一条の清浄な光線の温かみ」（三八一）のようなものを感じ、「翼ではあるまいか」（同）と思う。そして振り返ったところで相手が誰であったか知る。ふたりは「活動写真でも見に行くべきか」（同）と考えるが、「この邂逅に何か真面目な味はひを残したかつたので、杉男は結局学校へ行くはうへ傾き、葉子もそれに従つた」

（三八一～三八二）となる。「崇高な代物」（三八一）である翼を互いに信じている彼らは、それゆえに、「真面目な味はひ」を望んだのである。彼らの関係は「美しい清らかな愛」でなければならないものとして始まったのだ。

ただし彼らも、性愛的な欲望を抱いていないわけではない。ふたりは祖母の家の庭にある「涼亭を愛した」(三八〇)が、その理由は「眺めもよく、家人に見つかりはしないかといふ危険の快さもあり、しようと思へば、接吻もできたから」(同)とされ、つまり接吻ぐらいはしているのである。

それでも、彼らのそうした欲望はことさらに否定される。葉子と久しぶりに再会し、彼女の背に翼があるのではないかと思った杉男は、それを見たいと思うようになる。

その翼を見たいといふねがひが、それ以後、杉男の念頭を離れなかつた。結果において、それは葉子の裸を見ることであるが、杉男は翼を見たいとねがつてゐるのであつて、裸を見たいとねがつてゐるわけではない。(三八二)

杉男が望んでいるのはあくまで翼を見ることで、裸を見たいという性愛的な欲望ではないと語られる。その一方で、彼は葉子の夢を見るようになるが、そこに現れる葉子は「裸の少女」(三八三)である。つまり性愛的な欲望が全くないのではなく、それを否定することに彼らの愛の意味があるのだ。

葉子の場合もそうである。初夏の場面、杉男が勤労動員に行くことになったと打ち明けた後に、次のような様子が描かれる。

杉男が何か言ひ出しかねてためらつてゐる風情を見ると、葉子は曲解した。ほかの女のことを言はうとしてゐるか、さうでなければ、思ふさへ恥かしいことを葉子に切り出さうとしてゐるか、どちらかに相違ない。どちらの予測もこの無垢な少女には愉快でなかつた。少女は怒つたふりをして頑なに黙つた。（三八八）

「思ふさへ恥かしいこと」の詳細は説明されないが、杉男の何らかの欲望が口に出されることを指しているのだろう。「無垢な少女」である葉子にはそれが「愉快でなかった」とされる。しかしこれは葉子の「曲解」なのであり、葉子は杉男が考えてもいなかったことに想像が至っていたことになる。彼女は「無垢な少女」であるが、何も知らないわけではない。知らないのではなく、それを否定することで、「無垢な少女」であり続けているといえよう。

そして、この場面の葉子で明らかなように、彼らの「美しい清らかな愛」と呼ぶべきものは、少年少女性とともに描かれる。そもそも、互いの背に翼があるという想像は、

かうして二人は、しばしば逢ふやうになつたその後も、自分たちの子供らしい空想や願望や危惧についてては打ち明けずにゐた。（三八四）

と、「子供らしい」ものであるとされる。そして、相手に打ち明けられない彼らの様子は次の

ように描かれる。

従兄妹同志はおづおづと相手の目のなかをのぞき込んだ。お互ひのまことに澄み切った美しい瞳の中には、無限の野の彼方へ没してゆく一条の微細な径がつづいてゐるやうに思はれた。（三八四）

ここでもまた、ふたりの目が「まことに澄み切った美しい瞳」であることが示される。これは先にみたように、ふたりの「なかんづく似てゐる」（三八〇）ところだった。

背中に翼があるのではないかという想像をするふたりは、その美しくも子供らしい想像を抱き続けるために、無垢な少年少女であり続けようとしている。そして、彼らの澄んだ目こそが、従兄妹同士であるはずのふたりを「本当の兄妹」であるかのように見せるものであり、ふたりの恋が疑似的な兄妹愛であることを支えるものだった。

そうなると、ここで思い浮かぶのが『狭衣物語』である。(8) というのも、この物語の主人公狭衣も、従妹である源氏の宮に、兄妹としての関係性の中で恋心を抱いているからである。狭衣と源氏の宮は従兄妹同士である。しかし源氏の宮が両親を早くに失ったため、狭衣の母である堀川の上が引き取り、ふたりは「一つ妹背」（巻一①一九）、すなわち兄妹同然に育った。そのために狭衣は、源氏の宮への恋心を次のように考えている。

あはれに思ひかはしたまへるに、思はずなる心ありけると、思し疎まれこそせめ、世の人の聞き思はんことも、むげに思ひやりなく、うたてあるべし、大殿、母宮なども、並びなき御心ざしと言ひながら、この御事はいかがせん、さらばさてあれかしとは、よに思さじ、いづ方につけても、いかばかり思し嘆かんなど、方々あるまじきことと、深く思ひ知りたまふにしも……

（巻一①一九〜二〇）

このように、源氏の宮本人に嫌われるだろう、世間の理解を得られないだろう、両親も嘆くだろうと、各方面への想像を巡らせたうえで、「あるまじきこと」と思っている。とはいえ、これらはすべて狭衣の想像の中だけの危惧である。実際には従兄妹であるのだから、彼の恋が本当に禁忌であるかといえば、そうではない。しかし、禁忌であると深く思い込んでいる。『狭衣物語』の場合は狭衣の片想いであり、互いに想い合っている「翼」とは異なるが、いずれの場合でも、従兄妹であるにもかかわらず、その恋が当人の認識の中では兄妹としての恋として位置づけられていることが共通する。

しかも、『狭衣物語』は、

少年の春惜しめども留らぬものなりければ、三月も半ば過ぎぬ。(9)

（巻一①一七）

と始まる。晩春の夕暮れの景色を、惜しんでも留まることのない「少年の春」と重ね合わせて描く。この冒頭場面では、狭衣が藤と山吹の花を摘ませて源氏の宮に会いに行く。その際に狭衣は、「東宮の、盛りには必ず見せよ、とのたまひしを、いかで一枝御覧ぜさせてしがな」（巻一①一七）と言う。東宮の見たがっている花には源氏の宮が暗示され、つまり源氏の宮には東宮からの求婚があることが示される。「惜しめども留らぬ」という「少年の春」はまもなく終わるのであり、狭衣も源氏の宮も、やがてはそれぞれ別の相手と結婚しなければならない時が来る。それが大人になるということである。もちろん、源氏の宮への恋を「あるまじきこと」と思う狭衣には、本当は従兄妹なのだからと開き直って求婚する勇気もない。狭衣は「少年の春」に留まり、源氏の宮と兄妹のまま、密かに恋い慕い続けることを望んでいるのである。[10]

本当は従兄妹であるのに、無垢な少年少女の兄妹愛でありたい。それを望んだ「翼」の杉男と葉子は、狭衣と同じ「少年の春」を生きているといえはしないだろうか。

二　天の羽衣としての翼

『幸福号出帆』の正代は、敏夫と三津子との関係を「兄妹愛、美しい清らかな愛、永久に終りのない愛」と評した。その「兄妹愛、美しい清らかな愛」は翼の杉男と葉子にも当てはまる。一方で、「永久に終りのない愛」という点はどうだろうか。『狭衣物語』が「少年の春」を「惜しめども留らぬもの」と語り出したように、無垢な少年少女の時間はいつか終わる。杉男と葉子の関係は、〃終わりのある愛〃である。ふたりは「家人に見つかりはしないか」（三八〇）とあるように関係を隠している。しかし、彼らの様子から察した祖母は、次のように言う。

「おやおや、あんた方はおばあさんに隠して大分仲が好いね。従兄妹同士なんてお手軽でつまらないぢやないか、およしなさい。杉男もこんなのが好きになるなんて、目を疑ふよ。このおばさんのやうな別嬪を探さなくちやいけないよ。尤も日本中に二人とゐるまいがね」（三八九）

いくら兄妹に間違われることがあろうと、祖母となれば話は別であり、ふたりの関係は「従兄妹同士」以上のものではない。そしてそれは、「お手軽でつまらない」ものとされてしまうのだ。ちなみに、ここの祖母の言葉は、『源氏物語』で夕霧と雲居雁の関係を知った内大臣（頭中将）の心中として語られる「いと口惜しく悪しきことにはあらねど、めづらしげなきあはひに、世人も思ひ言ふべきこと」（少女③四〇）を想起させる。『源氏物語』の夕霧と雲居雁も従兄妹同士であり、しかも祖母のもとで幼い恋をはぐくんでいたのであるが、いまはこれ以上の深入りはしない。ともあれ、「翼」の杉男と葉子の無垢な少年少女の兄妹愛は、期限付きの、いつか終わりになる愛なのだ。

しかし、この小説においてふたりの愛に終わりをもたらすものは他にある。言うまでもなく、それは戦争である。

ふたりが互いに背中に翼があると信じたことが描かれた後、場面は「昭和十八年の初夏」（三八四）となる。「このあたりは都心よりも空襲に対する危険がよほど少なかつた」（同）としつつも、祖母の家にも「堅固な横穴壕」（同）があることが語られるところから始まり、この場面には戦争中であることが色濃く描き込まれている。この場面に至ると、ふたりの翼には、死のイメージが付与されることとなる。

そもそも、互いの背に翼があると信じた始発時点において、翼は「崇高な代物」（三八一）とされるものの、そこに死のイメージはなかった。それが変化したわけである。ふたりはいつもの涼亭で庭を眺めているが、そこには次のような描写もある。

雲はひろい眺望のかなたに、鳶尾の花のやうに巻いてはほぐれてゐた。対岸の緑をぬきん出て、空中遊覧車の黄いろい椅子が、何か天から降りて来て坐る人を待ちあぐねてゐるやうに、ふしぎな様子で空中に懸つてゐる。（中略）自然は死の肥料によつて美しさを増す。戦争末期の空があれほど青く澄んでゐたのは、墓地の緑があれほどにあざやかなのと同断の理由によるのではなからうか？（三八五〜三八六）

空の青さは「死の肥料」によるものとして描かれ、運転をやめた遊園地の空中遊覧車に、「何か天から降りて来て坐る人を待ちあぐねてゐるやう」という喩えがなされたとき、〝死＝天からの迎え〟となり、杉男は「この人はきつと翼をもつてゐる。今飛び翔たうとしてゐる」（三八六）と思い、葉子もまた、「この人はきつと翼をもつてゐる」（同）と思う。そしてそれはまた、次のように語られる。

お互ひに相手の上にだけ翼の存在を信じてゐる二人は、自分を残して飛び去つてゆくであらう恋人に、いひしれぬ果敢《はか》なさを感じたのである。いつの日か愛する者が自分の傍らから飛び去つてゆくことは、殆ど確実なことに思はれた。（三八六～三八七）

こうして、互いの背にあると信じている翼は、ふたりに死別をもたらすものとして位置づけ直される。飛翔は地上での死であり、翼はかぐや姫にとっての天の羽衣となるのだ。

ただし、続いて葉子が想像する杉男の死は、飛翔とはやや異なるものであることにも気をつけておきたい。杉男が勤労動員で飛行機を作る工場に行くと聞いた葉子は、飛行機の翼を作る見本として杉男が彼自身の翼を見せる光景を想像する。

しかしこの天然の翼のやうに完全な翼は誰にも作れない。彼は嫉視に会ふだらう。もう一度飛んでみるやうに迫られるだらう。飛ぶ。すると銃口が彼の翼を狙ふ。翼は血に濡れそぼち、彼の身体はまつすぐに地上に落ち、射られた鳥のやうに、しばらく狂ほしく羽搏いて地上をころげまはるだらう。彼は死ぬだらう。（三八七）

葉子が想像するのは、「嫉視」による理不尽な殺害である。しかも飛んだところを撃ち落とされるのだ。葉子の想像では、杉男の死は飛翔ではなく墜落なのである。ただし、殺害される原因は翼を持っていることによる周囲からの「嫉視」である。翼を持っているという特別な人間であるがゆえに、殺害されなければならない。翼の存在そのものが死をもたらすという想像力はやはり、この世の人間ではないために月に帰還しなければならないかぐや姫と重なるところである。

しかし、死を迎えたのは葉子の方であった。先に引用したところであるが、再掲すると次の通りである。

葉子の首は喪はれてゐた。首のない少女は地にひざまづいたまま、ふしぎな力に支へられて倒れなかつた。ただ双の白い腕を、何度か翼のやうにはげしく上下に羽搏たかせた。（三九一）

葉子は死に際して、腕を「翼のやうにはげしく上下に羽搏たかせた」という。これは彼女が杉男に抱いた想像と同じである。先に引用したように、彼女の想像の中で、杉男は撃たれて「しばらく狂ほしく羽搏いて」死ぬことになっていた。とするならば、葉子は想像の中の杉男を模倣して死んでいったといえる。先に「模倣が少女の愛の形式」（三九〇）と語られていたが、これが葉子の愛の行きついた先なのだ。

かぐや姫はどの男とも結婚せず、月からの迎えを受けて天の羽衣をまとって昇天する。葉子もまた、無垢な少女のまま、空から降ってくる爆弾によって、翼を羽搏かせて死んでいった。そして、かぐや姫が最後に帝への想いを「君をあはれと思ひいでける」（七五）と残したように、葉子は模倣という形の愛を示したのだった。

ところで、葉子の背に本当に翼が存在していたのかは明らかではない。杉男の場合は、葉子の死後の「或る朝」(三九二) 以降の場面で翼の存在が語られるが、葉子に関しては言及がないからだ。ただし、杉男は次のように信じている。

葉子の翼は彼がたしかに信じた。葉子の死がそれを立証した。死によって翼の存在が証明される。それは『狭衣物語』にもみられるものである。狭衣の場合、彼は、
(三九二)

母宮などは、天人などのしばし天降りたまひたるにやと、恐ろしう、かりそめに思ひきこえさせたまひて……
(巻一①二三)

と、天人が仮にこの世に身を置いているだけだから、いつか天に帰ってしまうのではないかと日頃から危惧されていた。特別な存在だからこそ夭折する。それは杉男と葉子が互いに背中に翼があると信じるがゆえに、いずれ死を迎えるだろうと思っていたことと通じる。そして、『狭衣物語』では、宮中での宴で狭衣が横笛を吹くことによって、天稚御子が降臨し、狭衣を天へと連れて行こうとする。そのとき、その光景を見た帝の反応は次のようなものであった。

世の人の言ぐさに、「この世の人にはおはせず、天人の天降りたる」とのみ言ひきこえたる、今宵ぞまことなりけりと、あさましう御覧じける。
(巻一①四五)

『狭衣物語』の場合、狭衣は引き留められて昇天未遂に終わるのだが、天からの迎えが来た

ことによって、彼が「天人の天降りたる」存在であることが「まことなりけり」、つまりは立証されたのである。

繰り返すが、葉子に本当に翼があったのかは分からない。翼ではなく腕を羽搏かせたという死に様は、むしろ翼がないことの証明といえる。しかも彼女が模倣したのは墜落のイメージだった。葉子は飛翔できない、ただの人間の女だったのかもしれない。しかし、死によって杉男は彼女の翼を信じた。死ぬことによって、彼女は確かに〈かぐや姫〉になったのだ。

三　夏の女たち

葉子が死んだのは、「翌年の三月の空襲」（三九一）のことだった。一九四四（昭和十九）年三月の東京大空襲を思わせる。[11] このときの葉子の服装は、
友人三人と、葉子一人はいつもの折目正しいスカートと半袖のセーラア服で、都心にちかい駅を出て来たとき、たまたま匆卒の警報が鳴つた。（三九一）
と描写されている。三月（東京大空襲を重ね合わせるならば三月十日）であるにもかかわらず、葉子はなぜか「半袖のセーラア服」を着ている。この服装は、以前の初夏の場面で描写されていた。
葉子は潜り門の前に立つてゐる。半袖のセーラア服に、ズボンをきらつて、折り目正しい

スカートをつけてゐる。胸もとの白いリボンは、風を孕みかけては羞らつてゐたが、その白絹の光沢と見まがふばかりに、彼女のあらはな腕は白い。夏が来てもその腕は残雪のやうに白かつた。（三八四）

夏服とともに、葉子の白い腕が描写されている。また、彼女が風呂に入る場面では、

今、葉子はあの半袖のセーラアを脱ぎすて、その白い腕よりもさらに白いあたりを鏡面にさらしてゐるに相違ない。今こそ翼は湯気に濡れ、つややかな白瀝青《しろペンキ》を塗つたやうに見えるであらう。（三九〇）

と杉男が想像している。死の場面で描かれた「双の白い腕」は、このときの描写を引き受けるものだろう。そもそも杉男は、

来年の夏になれば、葉子と一緒に海水浴をする機会があるであらう。翼の芽生えのやうなものでもあるかないかを、彼女の裸の肩に探すことができるであらう。（三八三）

と望んでいた。待ち望んでいた初夏、杉男は半袖のセーラア服から露出する「白い腕」を目にし、「その白い腕よりもさらに白いあたり」にあるであろう翼を見たがる。しかし、その「白い腕」こそが葉子にとっての翼であった。それを描写しようとするならば、死の場面では腕が露出する半袖を着ていなければならないというのも分かる。しかし、それにしても季節感がそぐわない。三月には不似合いな半袖の描写は、不似合いであるがゆえに、葉子に〝夏の女〟と

してのイメージを付与するものとなる。

ここで再び『狭衣物語』を参照したい。先に狭衣が笛を吹いて天稚御子を降臨させたことは述べた。その後、帝は狭衣を地上につなぎとめるため、娘である女二宮と結婚させることをほのめかす。[12] しかし、源氏の宮を恋い慕う狭衣はそれでますます苦悩を深める。そして衝動的に源氏の宮に想いを告白してしまうという場面があるのだが、『狭衣物語』においてそれは、「暑さのわりなき頃」（巻一①五七）と夏に設定されている。そこで源氏の宮は「白き薄物の単衣」（同）という夏の装束を着ていて、狭衣はその「隠れなき御単衣に透きたまへるうつくしさ」（同）と、薄い布から透き通る肌の美しさに魅了されている。狭衣は源氏の宮が見ていた「在五中将の日記」（『伊勢物語』のこと。四九段に兄が妹に恋の和歌を詠む話があり、『源氏物語』総角巻にも用いられている）に触発され、「御手をさへ取りて」（巻一①五九）衝動的に告白をする。「少年の春」を生きていた狭衣が、一歩踏み出してしまった瞬間、それが夏に設定されていることに意味があろう。

それから紆余曲折あって、巻四（最終巻である）で狭衣は宰相中将妹君という、源氏の宮によく似た姫君を手にすることになるが、その後に再び源氏の宮に会いに行く場面も、「暑きほど」（巻四②三三四）に設定されている。そこでも先にみたのと同じように、狭衣は「二藍の薄物をたてまつりて引き被かせたまへれば、御顔も身も露ばかり隠れなきに」（巻四②三三五）という、夏の装束から透ける源氏の宮の姿を凝視している。そして、この場面の後、疫病の流行によって後一条帝が退位を考えるようになり、「夏深うなるままに」（巻四②三四二）、天にも異変が生じ、さらに天照神の託宣があって、狭衣が帝に即位することになる。源氏の宮は物語の途中で斎院になっていて、狭衣が帝となればますます会うことは難しくなる。即位前、最後に狭衣が源氏の宮に会いに行く場面でも、「常よりは暑さ心なき年にて」（巻四②三四六）と暑さが強調されている。巻一で想いを告白した場面も、この巻四で最後に別れる場面も、描写されたのは「暑さ」であり、源氏の宮は〝夏の女〟なのである。「少年の春」に始まった物語の終着点が決定づけられる季節は、夏でなければならないのだ。

こうした『狭衣物語』の文脈を「翼」に重ね合わせれば、葉子が三月であるのに不自然に半袖を着ていたのも腑に落ちる。彼女もまた、「少年の春」を終わらせる〝夏の女〟なのだった。

四　「少年の春」を生き続ける男

「翼」の葉子も『狭衣物語』の源氏の宮も〝夏の女〟だ。ただし、「翼」と『狭衣物語』では、季節の設定がちょうど反対になっている。

『狭衣物語』は「少年の春」という晩春の場面から始まり、「九月一日頃」（巻四②四〇四）という晩秋の場面で幕を閉じる。冒頭では山吹の花が登場したが、最後に出てくるのは女郎花で、同じくちなし色の花が用いられる見事な構成である。[13] 物語は十二年目になっていて、狭衣も二十代の終わりであり、既にその子供たちの縁談も話題とされる。『狭衣物語』は「少年の春」を生きていたかった若い男が、夏も過ぎ、もはや晩年である秋になっているところで終わるのである。

では、「翼」の場合はどうか。ちょうど逆である。「翼」は大きく分けて四つの場面で構成されているといえるだろう。①冒頭のふたりの関係が語られる場面、②ふたりが再会し互いに翼があると信じる場面、③昭和十八年の初夏の場面、④葉子が空襲で死に杉男が戦後を生きる場面、である。時系列でいえば、「何年かぶりで」再会する②が先で、「お祖母様の隠居所でよく会つた」という①は後になる。

②の再会場面は、「秋であつた。空気には菊の匂ひが漂つてゐた」(三八一)とあるように、秋である。そして、④では葉子が死んだ後のことが語られ、「春が来た。きのふ彼は外套を脱いだ」(三九二)という春の場面で終わる。春で始まり秋で終わる『狭衣物語』とは逆で、「翼」は秋で始まり春で終わるのだ。

「翼」の文脈に即して読んでいくならば、この季節設定は、翼を確かめる機会と密接にかかわっている。秋なので服の下の翼を見られない、というところから始まるからだ。

杉男も葉子も、互いの背に翼があると信じているが、見たいと願っていることが描かれるのは杉男だけである。葉子は「ウヰリアム・ブレイクの簡単な評伝」（三八二）に自分を重ね合わせ、「お母さんに打たれることが、罰せられることが、それを信じるためには必要な手続きだつたのにちがひない」（同）と思うのみだ（それゆえ、死という「罰」の瞬間に彼女は杉男の翼を確信したかもしれない）[14]。一方の杉男は、先にもみた通り、

来年の夏になれば、葉子と一緒に海水浴をする機会があるであらう。翼の芽生えのやうなものでもあるかないかを、彼女の裸の肩に探すことができるであらう。それに手を触れることもできるであらう。しかしまだ秋である。（三八三）

と、夏を望む。そして夏が来るが、「この戦局では、夏の一日の海水浴さへ覚束ない。さりとて躊躇にみちた二人の間柄では、杉男が葉子の翼の在処を検め見るやうな機会は訪れなかつた」（三八八）と、やはり願いはかなわないが、風呂に入る葉子を硝子戸越しに見て、「杉男は翼を見たと信じた」（三九〇）という姿が描かれ、やがて葉子の死によって確信するに至る。季節の移り変わりは、葉子の翼を見たいという杉男の願いとともに描かれている。

そして、最後の場面である。「小春日の中」（三九二）で背中を振り返り、「彼の翼がはじめて彼自身に気づかれたのはこれが最初である」（同）と、杉男の背に翼があったことが語られる。さらに、

春が来た。きのふ彼は外套を脱いだ。

とはいへ外套を脱いでも肩に沈殿してゐる凝りは癒されない。
（三九二〜三九三）

と、春の到来とともに翼による肩凝りが描かれる。

繰り返すが、葉子の背に翼があったことは作中で明言されない。しかし、杉男の方はこのように描かれている。つまり、葉子の背に翼があると信じ、それを見たいと思っていた杉男だが、本当に翼を持っていたのは彼の方だったという結末である。そして、セーラア服を脱いだ葉子の翼はついに見ることができなかったが、実は外套を脱いだ彼自身に翼があったのだ、という種明かしの季節としての春である。

その杉男の翼はどのようなものとして描かれているだろうか。それは「何の役にも立たない巨きな翼」（三九二）であり、「剝製の羽毛のやうに灰いろに汚れてゐる」（同）という。さらに、

この翼さへなかつたら彼の人生は、少くとも七割方は軽やかになつたかもしれないのに。翼は地上を歩くのには適してゐない。
（三九二）

とあり、最後は次の一文で閉じられる。

——それが出世の無言の妨げになつてゐるとも知らない杉男に、誰か翼を脱ぐすべを教へてやる者はないのか？
（三九三）

杉男の翼は、彼の人生にかかる負荷であり、「出世の無言の妨げ」となっている。ここに描かれるのは、翼の存在による社会への不適応だ。彼が「歩くのには適してゐない」という「地

上」は、彼が「忠実な勤め人」（三九二）として生きる社会を指していよう。

春に始まり秋に終わる『狭衣物語』において、狭衣は、天稚御子に連れていかれそうになるが未遂に終わる。彼を引き留めた帝は、

みのしろも我脱ぎ着せん返しつと思ひなわびそ天の羽衣

（巻一①五二）

と詠む。女二宮と結婚させることをほのめかした和歌であるが、ここで帝は、狭衣が「天の羽衣」を返したととらえる。狭衣は、天の羽衣を失った、〃月に帰れない〈男かぐや姫〉〃である。そして「少年の春」に留まることはもはや不可能であり、いよいよ大人になる＝結婚する時が迫っている。では、杉男はどうか。天からの迎えがあることによって特別な存在であると信じられた狭衣のように、葉子もまた、死によって翼があることを杉男に確信させた。しかし、本当に翼があったのは葉子ではなく杉男の方であった。杉男こそが月に帰れない〈男かぐや姫〉だったのだ。しかも、狭衣と異なり、彼は「天の羽衣」たる翼を返していない。そもそも存在すら気づいていない。「翼」においては、〃大人になる＝社会人になる〃なのだろう。〃結婚する＝大人になる〃ことなく月に帰るかぐや姫と違い、杉男は地上で大人として生きなければならない。しかし、彼にはいまだ〈男かぐや姫〉の証である翼がある。だから、地上を歩くのに適していないし、出世などできようはずもない。春に終わることの意味はここにある。杉男は「天の羽衣」を抱えたまま、「少年の春」を生き続ける、〃月に帰れない〈男かぐや姫〉〃であっ

たのだ。

おわりに

以上、古典文学、特に王朝物語文学研究の立場から、『狭衣物語』をその遠い先祖と位置づけて「翼」を読んでみた。「少年の春」を生き、疑似的な兄妹愛の世界にいるのが杉男と葉子である。互いの背に翼があると信じている彼らだが、葉子の背に本当に翼があったかどうかは語られない。むしろ彼女は、普通の人間の女だったと考えるべきだろう。しかし、杉男は葉子が死ぬことによって、彼女の翼の存在を信じた。天からの迎えがあるからこそ、かぐや姫はかぐや姫なのだ。ただの人間の女だったかもしれない葉子は、その死によって〈かぐや姫〉となった。

一方で、真に翼を持っていたのは杉男だった。しかし、彼自身は翼の存在に気づいていない。「みんなが生きてゐるやうに、今も彼は生きてゐる」（三九二）とあるように、彼は平凡な人間として、かぐや姫を失った地上の男たちと同じように生きている。しかし、彼の背には「不可視の翼」（三九三）がある。彼は翼を持った無垢な少年であり、今なお「少年の春」を生きている。杉男は自分がそうであるとついぞ知らずに、ただの人間の男として生き続けるしかない〈男かぐや姫〉なのだった。

＊『竹取物語』『夜の寝覚』『狭衣物語』『源氏物語』の引用は新編日本古典文学全集（小学館）に拠り、表記を私に改めたところがある。

注

（1）阿部孝子「三島由紀夫「翼」における愛の形――「ゴーティエ風の物語」の優しさと悲しさ――」（『解釈』六八、二〇二二年八月）は、つながり合う名前から「比翼の鳥」としてのイメージを読み込んでいる。

（2）安智史は『三島由紀夫事典』（勉誠出版、二〇〇〇年）の本作の項目において、「〈翼〉は、戦中の「苧菟と瑪耶」（死んだ女と残された男という点でも本作の先駆）から遺作「天人五衰」に至るまで、現世的なものからの飛翔の比喩表現としてしばしば登場している」とし、池野美穂「三島由紀夫の翼――『翼』を中心に――」（『武蔵野女子大学大学院紀要』一、二〇〇一年二月）は「苧菟と瑪耶」から「天人五衰」に至る翼のイメージが具体化する重要な作品として「翼」を位置づけている。また、石丸佳那「三島由紀夫「翼」論―青年に託された告白―」（『國文學』（関西大学国文学会）九九、二〇一五年三月）は三島の翼への憧憬の起源は倭健命ではないかとしている。

（3）小嶋菜温子「三島『豊饒の海』にみる転生と不死　『竹取物語』をプレ・テクストとして」（『かぐや姫幻想』森話社、二〇〇二年）、伊藤禎子「〈三島由紀夫〉は古典をどのように小説化したのか」（『円環の文学』新典社、二〇二三年）では、「天人五衰」および『豊饒の海』と『竹取物語』との関連が指摘されている。注2で示したように、「翼」は『豊饒の海』を考えるうえでも重要なテクストであるが、古典文学研究の立場からも同様のことがいえよう。

（4）関根賢司「かぐや姫とその裔」（『物語文学論』桜楓社、一九八〇年）、小嶋菜温子『源氏物語批評』（有精堂、一九九五年）、伊勢光「『源氏物語』「尚侍」であるということ―「寝覚の上」的要素を探る」（『『夜の寝覚』から読む物語文学史』新典社、二〇二〇年）など。

（5）『夜の寝覚』の中の君とかぐや姫の関連については、永井和子「寝覚物語―かぐや姫と中の君と―」（『続寝覚物語の研究』笠間書院、一九九〇年）・「夜の寝覚の恋―女主人公は何を恋うたか」（『幻想の平安文学』笠間書院、二〇一八年）、佐藤えり子「『夜の寝覚』におけるかぐや姫の影響―天人降下事件を中心に―」（『東京女子大学日本文学』八二、一九九四年九月）、長南有子「夜の寝覚の帝」（『中古文学』五八、一九九六年一一月）、河添房江「『夜の寝覚』と話型―貴種流離の行方」（『源氏物語時空論』東京大学出版会、二〇〇五年）、鈴木泰恵「『夜の寝覚』における救済といやし―貴種の「物語」へのまなざし」（『狭衣物語／批評』翰林書房、二〇〇七年）など。

（6）前掲注3小嶋著書。

（7）『狭衣物語』とかぐや姫との関連については、深沢徹「往還の構図もしくは『狭衣物語』の論理構造（上下）―陰画としての『無名草子』論―」（『研究講座狭衣物語の視界』新典社、一九九四年）、鈴木泰恵「天人五衰の〈かぐや姫〉―貴種流離譚の隘路と転生」（前掲書（注5）所収）など。深沢論文は、『狭衣物語』を「翼をもがれたかぐや姫の物語」と、まさに「翼」という喩を用いて評している。また、鈴木論文においては、狭衣の即位を昇天とし帝位を〈月の都〉

とする言説がありながらも、彼と関係する女君たちの〈かぐや姫〉性によってそれが相対化されるありようを論じている。男女それぞれに〈かぐや姫〉性を付与するあり方は「翼」の杉男と葉子と通じるものがあるといえよう。

(8) 以下、『狭衣物語』における恋の禁忌の恣意性は、疑似きょうだい関係や少年性なども含めて鈴木泰恵「〈禁忌〉と物語―三島由紀夫「豊饒の海」からの批評」(前掲書(注5)所収、本書再録)が「春の雪」との関連とともに論じているところである。注2でも指摘した通り、「翼」と『豊饒の海』との関わりは深い。

(9) 他本の多くは「三月の二十日あまり」である。

(10) 神田龍身「回想とエクリチュール」(『平安朝物語文学とは何か』ミネルヴァ書房、二〇二〇年)。

(11) 葉子は「通勤の道すがら、爆弾のために殺された」(三九一)とある。実際の東京大空襲は三月十日未明のことであり、通勤中という時間設定には違和感がある。作中世界と現実世界との戦争にはズレがある。

(12) 鈴木泰恵「天稚御子のいたずら―「紫のゆかり」の謎へ」(前掲書(注5)所収)は天稚御子の降臨事件が結婚を軸に「成人儀礼の側面を持ったもの」であることを指摘している。

(13) 森下純昭「狭衣物語と山吹」(『岐阜大学教養部研究報告』一二、一九七六年二月)。

(14) あるいはこれも、「在五中将の日記」に自らを重ね合わせる狭衣と共通する点として読めるところかもしれない。

「夏子の部屋」の扉をたたく
――『羊をめぐる冒険』と遭遇する『夏子の冒険』

助川幸逸郎

○はじめに

三島由紀夫『夏子の冒険』は、それほど頻繁には論じられない。にもかかわらず、そこには三島の本質を解く鍵が豊富にかくされている。たとえば三島は、戦後社会に対する呪詛を吐きつづけた。が、その非難の拠りどころにした二・二六事件の将校を、彼は理解できていない。それがなぜなのか。『夏子の冒険』は鮮明にうかびあがらせる。

三島がみていたものを、みようとしなかったものをとおしてつかむ。そうした観点から、『夏子の冒険』にせまりたい。このやりかたを実りあるものにするべく、ここでは『羊をめぐる冒険』を召喚する。村上春樹による三作目の長編。三島がわかろうとしなかった日本近代の一面を、この小説はえぐりとる。

『夏子の冒険』と『羊をめぐる冒険』。両者の遭遇は、三島と春樹、それぞれの立ち位置を照らしだすのみではない。わたしたちの自認するこの国の像がかかえるゆがみ。それをあきらかにする糸ぐちを、二作品の比較はあきらかにするはずだ。

○夏子は『天人五衰』の透である

『夏子の冒険』は、昭和二六（一九五一）年に「週刊朝日」に連載。同年中に朝日新聞社から単行本が刊行された。

ヒロインの夏子は二十歳。ブルジョアのお嬢さまである。じぶんにひとしい情熱をもった男がいないことに失望し、修道院入りをこころざす。ところが、函館の修道院にむかう車内で、ほんものの情熱をもつ青年をみかけた。

青年は名を井田毅といった。かれは「仇討ち」にむかう途上であった。

二年前、毅は狩猟のため蘭越古潭に遊んだ。アイヌ部落に滞在し、そこでたぐいまれな美少女と出逢う。少女は、部落のちかくで心中した恋びとたちの遺児であった。実の父親は札幌の富豪の息子。母親の素性はつまびらかでないが、華族の血をうけていたらしい。この娘・秋子は、アイヌ家族に養われて人となった。毅と秋子はひかれあい、婚約する。しかし、毅の帰京後まもなく、秋子は四本指の熊に惨殺された。秋子を襲ったこの熊を屠るのが、毅の旅の目的であった。

毅から事情を聞かされた夏子は、ともに熊を追うことを申しでる。ふたりは仇をもとめて各地をめぐる。復讐に燃える毅に、夏子は夢中になる。古太内のアイヌ部落にあらわれた熊を、毅はみずから銃で仕留めた。が、熊をたおした毅から、情熱の輝きはうしなわれていた。恋が醒めた夏子は、「やっぱり修道院に入る!」と言いだすのだった。

この作品について大澤真幸はいう。

三島のこの小説は、すでに理想を理想として維持することの困難を表現していると解釈することができる。この約二十年後に三島は、実際に、理想の時代の破綻を自らの自殺をもって体現することになるわけだが、そこへと向かう問題意識は、この時点で、無意識の内に孕まれていたとも言えるだろう。(1)

また、鈴木千祥は、右の大澤の議論をふまえてこうのべる。

……昭和二六年の三島には、もう理想はなかったと推測する。『夏子の冒険』連載時の「作者の言葉」のなかで、三島はこう述べていた。「あふれるエネルギーをぶつけるに足る対象がみつからない。(中略)この若々しい青春のはけ口を託するに足る夢を、今の時代が与えてくれないことが不満なのである」と。三島の考える〈情熱〉とは、熊退治であれ、クーデターであれ、〈死〉を厭わず、否、〈死〉を前提として、命を賭して生きることであったが、無論、戦後の社会は、三島にそれを求めない。豊かさが兆した昭和二六年には、すでに〈情熱〉も〈死〉も見当たらず、その後、『憂国』という虚構の中での達成・超克に留まることのできなかった三島は、『夏子の冒険』の二〇年後、『豊饒の海』で〈情熱〉の希求と〈愛の拒絶〉を反芻し、夏子が自らの決断で修道院に向ったように、人生の終り方を自ら決断し、煙のように昇っていってしまったのではないか。(2)

大澤と鈴木の議論に、わたしは三つの点で違和感をおぼえる。

第一の点。三島作品のなかの「不可能な理想」を追う者たち。かれらは、現実での達成に挫折して夢にこもったわけではない。さいしょから、外界になにかをもとめる気はないのである。「青春のはけ口」が時代に欠けていることと、かれらのかまえは関連しない。

第二の点は、第一の点とかかわる。現実をこばみ、「夢の閉域」に生きる。そうしたありかたを、三島は戦後になってから描いたわけではない。十代の詩作品にも、夏子の志向につうじる叙述があらわれる。

第三の点。「運命につかまれる者」と、「運命につかまれたいと夢みる者」。二つを三島は峻別する。『夏子の冒険』でいえば、秋子は「つかまれる者」である。夏子は「夢みる者」である。『豊饒の海』の聡子は、悲劇をみずから生きた帰結として月修寺におもむく。彼女の出家は、サド侯爵夫人や夏子のそれのような「現実への拒絶」ではない。大澤と鈴木は、「つかまれる者」と「夢みる者」のみきわめをおこたっている（鈴木は、夏子と聡子を同一視する）。三点のそれぞれについて補足していきたい。

まず、第一の点について。橋本治は、『仮面の告白』にしめされたエロスの構造についてつぎのようにいう。

その初め、「私」は、「下層民の若者によって束縛から連れ出されて自由になりたい」という願望を持った。それであればこその「恋」であり、それは「彼になりたい」という形を取った。しかし彼は、下層民にはなれない。仮に彼がそうなって自由を得たとしても、その時、彼は暴力的な庇護者である祖母の力によって可能にされていた「彼自身の特権」を失うことになる。（中略）救出されて、しかもその後に待つものが「悲劇的な生活」（引用者注：『彼自身の特権』を失った生活」のこと）だけだと知った時、幽閉の王子さまは、救出に来た王子さまを殺す。それが「正しい」ということを反芻して、安堵の興奮がやって来る。彼は、「自分の正しさ」で射精する。「救われたいが、救われるのはいや」という矛盾した感情が、彼の欲望を「暴君の欲望」へと変え、彼はそれを「正しい」と信じて、性的な快感を得る。「殺される若者を妄想する」とは、そうした種類の欲望である。[3]

『仮面の告白』の「私」は、「じぶんをつれだす者」の到来を切望する。その救済のこころみは、失敗に終わることが必須の条件だ。「恋の相手は、男でも女でもいい。タブーとは、「恋によって自分の絶対が脅かされること」——つまり、恋そのものなのである(4)」。

夏子は「日常」に倦んでいる。とはいえ、そこを逃げだしても、いっそう凡庸な「日常」がつかまえにくる。『ああ、誰のあとをついて行っても、愛のために命を賭けたり、死の危険を冒したりすることはないんだわ(5)』。仇を追うそのあいだ、毅は「愛のために命を賭け」、「死の危険を冒し」ていた。そんな彼であっても、四本指の熊をたおしたあとは「日常」に還る。「日常」の浸食をうけずに生きとおす。それを実現するには、「日常」と無縁な修道女になるほかない。

夏子の欲望は、『仮面の告白』の「私」に似ている（このことは、千野帽子も指摘する(6)）。橋本治は「私」のありようを、祖母の支配＝庇護という観点から説明していた。ということは、夏子を「昭和二六年の申し子」とみるのも筋ちがいだろう(7)。

ここから、第二点の確認にうつる。十四歳の三島は、こんな詩句を記していた。

薄暮は青い意志のやうに
われらのまはりに塀を築いた、
たゞわれらの心のみは、
夏の白昼《まひる》であつた故(8)。

薄暮がとりまくなか、「われらの心」のみは「夏の白昼」にかがやく。「日常」に蝕まれることのない「情熱の楼閣」。夏子の希求するそれとよく似るイメージが、ここにしめされている。三島は古典歌人のなかで、永福門院に格別の関心をむけていた。これは一般的な評価のありようとはいえない。(9) 注目すべきことに、三島のみる永福門院の世界は、右の詩句の反転形になっている。それは、情熱の立ち入りを禁じた薄明の庭だ。

永福門院の晩年の歌は、孤独のなかで、彼女自身の深奥に達したものであるが、ここには個性といふよりも静謐な没個性があり、それらの歌を、建武中興のさわがしい革命時代を背景に置いて読むと、ふしぎな効果が生ずる。

彼女はカンヴァスを、擾乱の時代の前に立てた。しかるに彼女の頑なな目は、風景をしか観なかつた。そして今日われわれの見るその風景画には、「まだ霧くらき曙」や「朝明の汀のあし」や、「月さしのぼる夕暮の山」しか描かれてゐないのに、同時にこの小宇宙の清潔すぎる秩序と、情熱をもたぬ心と、ワイルドのいわゆる「人工的な人間にだけ自明な」自然愛好心と、自分の選択したものだけを見る頑なな目と、さういふもろもろの特質から、ひとつの時代の姿が、透かし絵のやうに浮かび出てくるのである。(中略)彼女は一つの世界の死の中を生き、その世界の死だけを信じた。この風景画には人物が欠けている。彼女は裸かの自然と彼女自身とのあひだに、何か人間的なものの翳がさすのを、妬ん

でゐたやうに思はれる。(10)
夏子のもとめる世界と、永福門院が詠む風景は裏がえしに一致する。修道女となった夏子は、永福門院が描く絵のなかで生きるにちがいない。(11)
つづいて、第三の点を掘りさげたい。夏子と秋子は、どちらも「美しい女性」として描かれる。だが、その美の質は対照をなす。夏子には個性があり、秋子にはそれがない。夏子の風貌はつぶさにかたられるが、秋子の顔だちは書かれない。秋子は、個別具体性のない「典型」なのである。

夏子には、いつも黙りがちで熱つぽいところがあつた。どちらかといふと南方系の顔である。祖父は紀州の大きな材木商であつたが、この国の人の顔には男にも女にも一種猛々しい、ゆたかな日光を浴びて育つた大柄な果実のやうな感じがある。目のあたたかい潤みだの、漆黒の髪だの、やや鄙びた形よく熟れた唇だの、女にしては強《きつ》いほどに鼻筋のとほつた鼻だのに、暖流の影響を見る人は見るであらう。夏子の特色は、すこし腫れぼつたいその瞼で、それが目つきにいひしれぬ睡たげな色気を添へてゐた。(12)

手を合はせながら夏子の「女」の目は、手札型の肖像写真を観察してゐた。秋子は笑つて手をあげてゐた。その髪は風に乱れ、笑ひながらその顔は、風にさらされて少しきつい

> 少年のやうな表情を、目尻のあたりに刻んでゐる。ありきたりの顔である。千の林檎の中の一つのやうに、ありきたりであればこそ新鮮な顔である。[13]

「ありきたりであればこそ新鮮」という文言に、秋子の「典型性」がうかがえる。

三島作品において、「運命につかまれる者」は「典型」として描かれる。たとえば、『豊饒の海』の転生者たちはそうした存在である。「松枝清顕は思ひもかけなかつた恋の感情につかまれ、飯沼勲は使命に、ジン・ジャンは肉につかまれてゐました[14]」。かれらの姿かたちが、具体的にしめされることはない[15]。

三島世界の「典型」たちは「選ばれる」。その意志と運命のあいだにつながりはない。それでは、「運命につかまれたいと夢みる者」はどうか。このたぐいの人物は、「じぶんがなにものであるか」に憑かれている（だからこそ、「みずからにふさわしい運命」をこいねがう）。三島最後の主人公・『天人五衰』の透はこのタイプだ。「見ることは存在を乗り越え、鳥のやうに、見ることが翼になつて、誰も見たことのない領域へ透を連れてゆくはずだ[16]」。明敏な知性を搭載する「自意識の機械」――かれは美しいが、その美には「個性」がそなわっている。

> 海を見ることに飽きると、机の抽斗から小さい手鏡を取り出して、自分の顔を眺めた。鼻筋の通つた青白い顔に、常に深夜を湛へている美しい目があつた。眉はほそいけれども侍眉で、唇はなだらかでしかも引締まつてゐた。それにしても最も美しいのは目だつた。

自意識には目なんか要らない筈なのに、彼の肉体の中で目がもつとも美しいといふのは、ひとつの皮肉だつた。他ならぬ彼の美しさを確かめるための器官が一番美しいといふことは。(17)

三島作品の法則に照らすなら、夏子と透は「同類」である。透は、みずからを「天使」と信じていた。しかしついにかれは、「天使――三人の転生者――のまがいもの」にすぎない。夏子の母親たちがいかに凡俗か。このことはくりかえし作中でしめされる。そして夏子当人も、「ブルジョアの臭み」をまとっている。(18)ヒロインを自認するいつわりのヒロイン――その疑いを、夏子から払拭しきれないのである。(19)

○「夏子の部屋」からなにが追いだされたのか

ここまでのべたことをふまえ、『夏子の冒険』を読みなおすとどうなるか。

夏子の母は、ひとめみただけで毅を「良家の子女」だと嗅ぎあてる。事実かれは、成功した実業家の次男であった。熊退治を成就すると、夏子の家族は毅を「婿がね」としてもてはやす。「凡俗なブルジョア」からたちまち「仲間」とみなされる。そうなるだけの「臭み」を毅はそなえていた。かれもまた「英雄」には遠いのである。

夏子も毅も、どちらもまがいものの主役にすぎない。にもかかわらず、かれらは「四本指の熊＝悪しき神」を自力でたおす。

銃弾が剔出されたが、毅のミッドランド銃の弾丸は、右の肋から入って見事に心臓を貫いてゐた。この一発が致命傷を与へたのである。

それを見ながら黒川氏は、うんと背のびをして、毅の肩を叩いた。

「よくやりましたな」

「いや、まぐれですよ」

「まぐれはわかつてをる。こんなに具合よく行くことは、めつたにあるものぢやない。何か目に見えないものの導きですよ」

スポーツマンには案外迷信家が多いものである。

『……目に見えない何かの導き……』

毅は空に大熊座を探したが、暗い天には星一つ見えなかった。(20)

夏子と毅をみちびいた「目に見えない何か」——まちがいなくこれは「秋子の霊」である。

秋子は、三島作品の主役にふさわしい「典型」だ。華族の血をひく真の「貴種」でもある。

熊に出くわしたとき、秋子は義理の姉妹と草とりをしていた。姉と妹はその場をのがれ、秋子だけは「どうしたのか葡萄蔓の上へよぢ上」った。

秋子は覚悟のうえで、四本指の熊のいけにえとなったのだ。「流離する貴種」である秋子と、魔性の熊の異類婚姻譚。『夏子の冒険』は、話型的にはそうに読める。秋子と熊がともに昇天するには、熊にも死がおとずれなくてはならない。秋子と熊の心中劇を完結させるための「代理人《エージェント》」。夏子と毅は、その任を秋子から託されたのだ。使命が終われば、「代理人」は「ただのひと」にもどる。毅は輝きをうしない、「ブルジョアの坊ちゃん」の本性をさらけだす。永遠におとずれない「運命」をまつため、夏子は修道院にむかわねばならない。

いうまでもなく、「運命につかまれる者」に「夢の閉域」は不要である。それは、「運命につかまれたいと夢みる者」のためにある。

『天人五衰』の透は、「二十歳での死」を招きよせることに失敗し、視力をなくす。「転生者たちの劇」から放逐されたかれは、外界とのかかわりを絶つ。傍らにあることをゆるされるのは、狂気の醜女・絹江のみである。

物語から「用済み」にされ、隔離空間におもむく。夏子と透の末路は似ている。夏子の「修道院」と、透がひきこもる「本多家の離れ」。その原型は、『仮面の告白』の「私」がそだった「祖母の部屋」である。橋本治によれば、「私」はその部屋から「出たいが、出たくない」――根源に矛盾をかかえるゆえ、そこは天国にも地獄にもなる。「薄暮をはねのける情熱」の棲家。同時に「情熱の死滅した薄明の箱庭」……。

三島は、「その場所」をくりかえし描いた。たとえば、『近代能楽集』のなかの一編・『班女』。独身の女流画家・本田実子は、狂疾をわずらう花子と暮している。花子は、将来を約した吉雄の迎えをまちわび、精神に異常を来したのだ。そのふたりのまえに、吉雄が姿をあらわす。

花子 吉雄さん？

吉雄 さうだよ。僕が吉雄だ。

花子 （永き間。――頭をかすかに振る）ちがふわ。あなたはさうじやない。

吉雄 何を言ふんだ。忘れたのかい？　僕を。

花子 いいえ、よく似ているわ。夢にまで見たお顔そつくりだわ。でもちがふの。世界中の男の顔は死んでゐて、吉雄さんのお顔だけは生きていたの。あなたはちがふわ。あなたのお顔は死んでゐるんだもの。

吉雄 え？

花子 あなたも髑髏《されこうべ》だわ。骨だけのお顔。骨だけのうつろな目で、どうして私をそんなに見るの？(21)

吉雄は、花子に拒まれたままその場を去る。実子と花子に、「いつもの生活」がもどってくる。

花子 （再び扇を弄びつゝ）待つのね。待つて、待つて、……さうして日が暮れる。

実子　あなたは待つのよ。……私は何も待たない。
花子　私は待つ。
実子　私は何も待たない。
花子　私は待つ。かうして今日も日が暮れるのね。
実子　（目をかがやかして）すばらしい人生！(22)

「待たないこと」と「待つこと」。両者は「その場所」では同義である。そこに住む者は、「永遠におとずれない運命」をまつからである。

花子は吉雄のまなざしを、「骨だけのうつろな目」と呼んでしりぞける。これは、男たちをこばむ夏子が、「目の輝きを失つてゐ」るとのべるのを彷彿させる。実子はだれにも愛されないことを自認、現実世界における幸せをあきらめている。そういう人物が、狂気の女性をともない、「その場所」にこもる。実子は「透のさきがけ」なのだ。(23)『夏子の冒険』と『天人五衰』。『班女』をあいだに置くことで、両者のつながりは明瞭になる。

実子の職業は画家である。「その場所」に住む者は「芸術」をなりわいとする。「その場所」の雛型は、『仮面の告白』の「私」がいた「祖母の部屋」。三島の祖母の名前は夏子である。夏子は冒険の果てに、「夏子の部屋」に還ったのだ。

祖母・夏子は三島にとってどういう存在だったのか。この点にかんする猪瀬直樹の指摘は興味ぶかい。

三島由紀夫が祖父定太郎について直接言及したのは『仮面の告白』の一ヵ所のみである、と第一章で述べた。他の膨大な著作、小説と評論と戯曲のなかでは、まったく無視した。ところが夏子については、あるいは母方の家系については、さまざまな形で繰り返し描いた。

明治の官僚である定太郎、そして定太郎にまつわる志方町の風景を扼殺した。これは三島の意志である[24]。

夏子は、若年寄もつとめた旗本・永井玄蕃頭の孫。宍戸藩主だった松平頼徳の側室腹の子を母にもつ。少女時代には、「行儀見習」の名目で有栖川宮家に入り、公家文化に親しんだ。日本古典や泉鏡花に三島が開眼したのは祖母の影響である[25]。そして、三島に作家志望を植えつけたのは母であった。

作家として形成されていく過程――これを視野に入れるなら、三島が母や祖母を好んで語るのにも得心がいく。祖父に触れないのは、その裏がえしとみればいちおうは理解できる（祖父・定太郎をめぐる問題についてはのちにくわしくふれる）。定太郎は、三島に「古典の教養」と「貴種意識」をあたえた祖母の「敵」であった[26]。

ともあれ三島は、「夏子の部屋」から祖父を放逐した。結果、三島文学は、ある重大な要因をうしなった。それはなんだったのか——この点をあきらかにするべく、わたしたちは『羊をめぐる冒険』におもむかねばならない。

○「羊」が担うもの——「定太郎」の逆襲

村上春樹の『羊をめぐる冒険』は、『夏子の冒険』の書きかえである。そういう説を、複数の論者がとなえている。(27)

この意見にわたしは組みしない。ふたつの小説は、プロットの骨格がちがう。『夏子の冒険』は、すでにふれたとおり、秋子と熊の異類婚姻譚だ。『羊をめぐる冒険』は、「僕」と「鼠」が協力して「父」をたおす話である。(28)

たしかに、「羊」をさがす「僕」は、「先生の秘書」の「代理人《エージェント》」だ。(29)しかし、かれが「羊」を抹殺することで「先生の秘書」の野望は砕かれる。いっぽう、夏子と毅の「熊ごろし」は秋子の悲願を成就させる。ふたつの「冒険」は、おなじ鋳型からつくられたとみるには隔たりすぎている。

とはいえ、『羊をめぐる冒険』にさしこむ「三島の影」は無視できない。その第一章の扉には「1970/11/25」の文字が刻されている。

我々は林を抜けてＩＣＵのキャンパスまで歩き、いつものようにラウンジに座ってホットドッグをかじった。午後の二時で、ラウンジのテレビには三島由紀夫の姿が何度も何度もくりかえし映し出されていた。ヴォリュームが故障していたせいで、音声は殆ど聞きとれなかったが、どちらにしてもそれは我々にとってはどうでもいいことだった。

（P二一二）[30]

八年後、「僕」はふしぎな耳をもつガール・フレンドとつきあっていた。翻訳や広告を手がける会社を相棒と立ちあげ、経営は順調。その会社の事務所に、右翼の巨頭の秘書を名のる男がやってくる。

男は、「僕」が広告グラビアにつかった写真の撮影地をつきとめるよう要求する。写真には、日本には存在しないはずの羊が一頭だけうつっていた。羊は、危篤におちいっている「先生＝右翼の巨頭」から脱けだしたものだった。「先生」は羊の力に支えられて、日本を裏から支配する王国を築いた。その死は、王国を崩壊させる。羊のあらたな宿主をさがし、組織の頂きにすえなくてはならない。一ヵ月のうちに羊がみつからなかったら、「僕」を社会的に抹殺すると男は告げる。

羊の写真は、「鼠」――ふるくからの「僕」の親友――が送りつけてきたものだった。「鼠」は現在、ゆくえがわからない。写真の投函元は北海道であった。「僕」はガール・フレンドをつれて札幌にむかう。

札幌では、ガール・フレンドの直感にしたがい、いるかホテルに投宿する。その二階に、ホテル・オーナーの父親である羊博士が住んでいた。羊博士は、一九〇五年生まれ。東大農学部を卒業し、農林省に入省した。羊毛増産計画の一環として視察におもむいた満州で「あの羊」と一体化する。以後、言動に異常をきたし、本国に召還されて閑職においやられた。ほどなく羊にも去られ、農林省を辞職。十二滝町から山ふかく入ったところにある緬羊牧場のあるじとなった。敗戦後は、牧場を米軍に接収され、緬羊協会に勤務。その後、緬羊会館の長となるも、一九六七年、会館は閉鎖された。羊博士は会館を買いとり、緬羊関連資料とともに二階にこもった。会館ののこりのフロアは、いるかホテルに改装された。羊博士から「僕」は、問題の写真がどこで撮られたかをおしえられる。そこは、かつて博士が所有していた牧場であった。

ガール・フレンドとともに、「僕」は牧場をおとずれる。付設された住居は、「鼠」の父親の別荘になっていた。十二滝町の緬羊飼育係は、「「鼠」らしき男が、ひとりで牧場にいる」と話す。だが、「僕」とガール・フレンドが到着したとき、「鼠」は不在だった。「僕」は別荘にとどまり、「鼠」の帰りをまつことに決める。

その日のうちに、ガール・フレンドは姿を消す。翌日、全身に羊の皮をかぶった小男があらわれた。かれ――羊男――は、「ガール・フレンドはじぶんが追いかえした。「僕」は二度とあの女にあえない」と語る。

滞在十二日目の夜、「鼠」が「僕」のもとにやってくる。「鼠」は、憑依した羊を呑みこんだまま、すでに自殺していた。かれは明日の朝、時限爆弾をセットしてここを出てほしいと「僕」にたのむ。

翌日、「僕」が別荘を引きあげる路上で、「先生」の秘書がまっていた。羊が「鼠」を宿主にえらんだことを、秘書はさいしょから承知ずみだった。羊に憑かれた人間は自失状態におちいる。「鼠」がそこから脱する引きがねをひくのが、「僕」のほんとうの役割であった。秘書は、莫大な金額のしるされた小切手を「僕」に渡し、別荘にむかった。

「僕」は北海道から、東京には立ちよらず神戸に飛ぶ。めざすは「僕」と「鼠」の思い出の店、ジェイズ・バーである。「僕」はオーナーのジェイに、秘書からわたされた小切手を託す。そして、「僕」と「鼠」を店の共同経営者にしてほしいと申しでるのだった。

『羊をめぐる冒険』の筋立てをくわしくふりかえってみた。この小説は、三島の祖父がそうであったような「近代日本の統治者」を撃っている。そのことを確認したかったからだ。

三島の祖父・定太郎は、内務官僚となり、樺太庁長官をつとめた。満鉄総裁に栄転する話もあったものの、部下の汚職事件に連座して下野。その後、原敬とちかかったため、政友会の資金調達にかかわった。樺太時代の人脈をいかし、満州で製紙利権を開拓。長春駅でアヘンを没収されたりもしている（「運び屋」をやらされていたようだ[31]）。

樺太と満州。定太郎が活動した舞台は、「植民地」という点でつながる。樺太、北海道といった「北」は、「大陸のシミュレーター」であった。生産や行軍のあたらしいノウハウが「北」で実験され、大陸へともちこまれた。近代国家においては、農業も「軍事」や「侵略」と直結する。羊博士の生涯や緬羊事業の歴史は、この事実をあぶりだす[32]。

そして、「北」もふくむ「植民地」には、内地の困窮層が移住していった。この作品に登場する、十二滝町の開拓民。かれらも、アイヌ青年にみちびかれた「貧しい津軽の小作農」である。近代日本の「植民地」を、内地の貧困とべつに考察するわけにはいかない。

三島は、「定太郎」にふれることをこばんだ。これにともない、かれの「日本」から「植民地」は排斥される[33]。これでは、戦前の日本をただしく語ることはむずかしい。

問題はそれだけにとどまらない。「植民地」を視野にいれないかぎり、戦後日本もつかまえそこねるのだ。岸信介を中心とする満州人脈が戦後の高度成長をささえた。この事実を指摘したうえで、小林英夫はいう。

> 間に敗戦という壊滅的な打撃をはさみながら戦前戦後を通じて、つまり、企画院、商工省、安本、通産省と、これまでにいくつもの経済計画がなされてきた。（中略）
>
> そこでなされた計画においては、少なくとも目標の達成を主導する政府という主役が、自分の〝統制下〟に置くべき事柄を綿密に検討し、掌握していた。その主役は、時として

軍であったり官僚であったりしたが、また目標そのものの方向が国民の希望と大きくかけ離れていたりもしたが、とにかくも計画の実行と責任は政府の名でおこなわれた。そうした積み重ねと試行錯誤の結果として、ようやくたどり着いたのが、一九六〇年という一つの大きな転換期であったのだ。（中略）

後に「日本株式会社」と称されることになる通産省を中心とした官僚主導の政財官三位一体の経済成長推進をめざす日本的経営システムの創業期はここで終わったのだ。つまり、後は完成された〝会社〟をどう運営していくかだけが問題なのであった。

その意味で、これ以後の〝会社首脳〟に経営哲学や創意工夫はさして必要ではなかった。定められたレールの上をひたすら走れば、事は足りたのである。池田隼人、佐藤栄作、そして田中角栄と続くその後の宰相の顔ぶれは、はからずも彼らの才能がどこにあったかをよく示しているといえるだろう。

そういえば、訪欧した池田がフランスのドゴール大統領と会見した後、ドゴールは「私はアジアの有力な国のトップに会ったのに、何やらトランジスタ商人に会った気がする」と言ったという有名な話がある。第一次世界大戦から生き延びてきたこの歴戦将軍は、さすが慧眼であった。(34)

戦後の日本に対し、三島は不快をあらわにする。「二十五年前に私が憎んだものは、多少形を変へはしたが、今もあひかはらずしぶとく生き永らへてゐる。生き永らへてゐるどころか、おどろくべき繁殖力で日本中に完成に浸透してしまつた。それは戦後民主主義とそこから生ずる偽善といふおそるべきバチルスである。（中略）このまま行つたら「日本」はなくなつてしまふのではないかといふ感を日ましに深くする。日本はなくなつて、その代はりに、無機的な、からつぽな、ニュートラルな、中間色の、富裕な、抜け目がない、或る経済的大国が極東の一角に残るのであらう。それでもいいと思つてゐる人たちと、私は口をきく気にもなれなくなつてゐるのである(35)」。

三島がきらう「戦後日本」。その正体は、戦前に構想された統制経済の完成型だった。それを打ちたてる実験は、定太郎も暗躍していた満州でなされた。

『羊をめぐる冒険』の「先生」は、児玉誉士夫がモデルだという説がある(36)。「先生」の閲歴は、たしかに児玉に似ている。だが、「羊の力でつくられた闇の王国」は、「日本株式会社」だとみるほうがいい。

戦後の繁栄は、「植民地」での試行を土台とする。三島はこの事実をかえりみない。そんなかれがとなえる「日本」復権に、「どうでもいい」という批判を突きつける。『羊をめぐる冒険』に春樹が三島を登場させた意図は、おそらくそこにある。

○なにが三島を「夏子の部屋」に閉じこめたか

村上春樹の作品では、しばしば「植民地」が舞台となる（『ねじまき鳥クロニクル』がその代表）。その背後をなすのが、春樹の父親の「中国体験」である。[37]おのれを犠牲にしても、「日本株式会社」を打倒する。作家のそんな決意を、わたしは「鼠」の自死に読む。「戦後」をほんきでとがめたいのなら、三島も「鼠」のようなかたちで死ぬべきだ。それが『羊をめぐる冒険』の主張なのである。

「植民地」を視野からはずした三島は、これと連動する貧困問題もとりにがす。このことがたたり、あこがれの「二・二六事件の将校」ともすれちがう結果となった。

一九六三年、事件の当事者であった末松太平が手記を公表した。『私の昭和史』と題されたこの書に、三島はくりかえし賛辞をよせている。[38]しかし、末松を決起へとうごかした「兵士たちの故郷の窮状」に三島はふれない。末松に対する三島の「誤認」。この点を評して筒井清忠はいう。「著者に傾倒した三島は以後軍隊関係の著作のアドヴァイザー的役割などを著者に求めたようだが、自決事件に帰結する三島の美学的二・二六事件観と「軍服を着た百姓一揆」と著者が言う実際の二・二六事件との間には距離があったように解説者（筒井）には思われる[39]」。

三島は『憂国』についてつぎのようにのべる。「物語自体は単なる二・二六事件外伝であるが、ここに描かれた愛と死の光景、エロスと大義との完全な融合と相乗作用は、私がこの人生に期待する唯一の至福であると云ってよい」[40]。「二・二六」は、かれにとってそれほどたっとぶべきものだった。そうした対象への認知をゆがませてまで、「定太郎」をさける——祖父が作家・三島由紀夫誕生の阻害要因だったこと。「夏子の部屋」から「定太郎」が放逐された一因は、さきにみたとおりそこにある。だが、それだけでは腑におちないほど、三島の無視は徹底している[41]。

三島は晩年、学習院の先輩にあたる東文彦の作品集に序文を寄せた。

私は今の若い読者が、自分と同年配の青年が戦時中いかに生きいかに死んだかに、興味を寄せてゐることを知つてゐる。そこには多くの壮烈なヒロイズムの例証があつた。同時に、もつと静かな、もつと苦痛に充ちた、もつと目立たないヒロイズムもあつたことを知つてもらはねばならない。

明るい面持で、少女について語り、いささかの感傷もなしに、少年期について語り、感情の均衡を破ることなしに、人間の日常について語ること、それも亦、あの時代にはとりわけ貴重なヒロイズムだつた。ただ耐へること、しかも矜持を以て耐へること、それも亦、ヒロイズムだつた[42]。

戦乱の時代に、あえてえらびとられた「静謐」——三島は東の作品に、永福門院につながるものをみている。

東や永福門院に対する三島の評は、『弱法師』の俊徳のせりふへと連想をさそう。

> 僕はたしかにこの世のをはりを見た。五つのとき、戦争の最後の年、僕の目を炎で灼いたその最後の炎までも見た。それ以来、いつも僕の目の前には、この世のをはりの焔が燃えさかってゐるんです。何度か僕もあなたのやつに、それを静かな入日の景色だと思はうとした。でもだめなんだ。僕の見たものはたしかにこの世界が火に包まれてゐる姿なんだから。(43)

「静かな入日の景色」とかさなる「この世のをはり」。これに言及することで、三島はいいたかったにちがいない。じぶんは戦火によって目を灼かれた。だから、「植民地」を直視することなどできない――。

しかし、三島は戦地を体験していない(44)。空襲の直撃をうけたわけでもなかった。すでにみたとおり中学時代から、「内なる部屋」にこもる性癖がかれにはあった。その資質に合致した、生きのこりの罪悪感を糊塗する言いわけ。そういうものとして、「戦火による失明」はえらばれたのではないか。

「植民地」ネグレクトの母胎をなす、生きのこりの罪悪感。わたしたちは、戦後精神の核心をさぐる道の入り口にたどりついた。『夏子の冒険』のヒロイン・夏子は、結末で作者の祖母・

夏子が領ずる部屋にかえる。こうした展開も、ここにのべた罪悪感を土台としてしくまれたとわたしは解釈する。ここからさらなるさきへ、またの機会を得て歩みをすすめることを期したい。

注

（1）大澤真幸「虚構の時代」（『不可能性の時代』岩波新書、二〇〇八年）。
（2）鈴木千祥「戦後メディアから読み解く『夏子の冒険』」（「日本文學誌要　九五」法政大學国文学會、二〇一七年三月）。
（3）橋本治「同性愛を書かない作家」（『「三島由紀夫」とはなにものだったのか』新潮文庫、二〇二〇年　単行本は二〇〇五年）。
（4）注3におなじ。
（5）『夏子の冒険』（P四〇三）。
（6）「最終頁まで読むと、夏子の欲望がじつは、三島が前々年に発表した『仮面の告白』の〈私〉の欲望、前年の『愛の渇き』の悦子の欲望を反復し、発展させたものだったとも思われる」と千野はいう（「熊をめぐる冒険――一九五一年の文藝ガーリッシュ」『夏子の冒険』角川文庫、二〇〇九年）。
（7）鈴木は「あふれるエネルギーをぶつけるに足る対象がみつからない。（中略）この若々しい青春のはけ口を託するに足る夢を、今の時代が与えてくれないことが不満なのである」という

「作者の言葉」を引く。こうした「不満」に対し、夏子みずからが批判をさしむけている。「男の人たちは二言目には時代がわるいの社会がわるいのとこぼしてゐるけれど、自分の目のなかに情熱をもたないことが、いちばん悪いことだとは気づいてゐない」(『夏子の冒険』P四〇三)。藤田佑もこの内言にふれ、夏子のありようは「戦後批判」とつながらないと指摘する(「三島由紀夫『夏子の冒険』論」「三島由紀夫研究㉔　三島由紀夫のエンターテイメント　1」鼎書房、二〇二四年五月)。

(8)『ロマンチック』(『決定版全集37巻』P四三二)。

(9)近代の文人は多くの場合、『萬葉集』、『古今集』、『新古今集』などに目をとめる。そんななか、永福門院を重視した歌人として折口信夫=釋迢空がいる。「此で凡、日本の歌が伏見院・永福門院の御二方を中心とする玉葉と、後の風雅との二集で、その最高峯に登りつめたと考へてよい。尠くとも、明治から大正までの歌の達した處も、本道の文學になつた物は、言はず語らず、知らず識らずに、玉葉・風雅の境地に来てゐると言へよう」(「短歌本質の成立」『全集第十巻』中央公論社、一九六六年)三島は『三熊野詣』のなかで、折口を戯画化した。これは、太宰治や松本清張に対するのとおなじ「近親憎悪」といえる。

(10)『小説家の休暇』(『決定版全集28巻』P六〇七〜六〇八)。

(11)現に夏子は、修道院での暮らしについてこういう空想をする。「この肉体がいづれ空気のやうになる、魂だけになる、しづかに漂ふ薔薇の薫りのやうなものだけになる。(中略)さう思ふと、彼女には自分の体が、どんな男よりも力強いしかもやさしい無限の力で徐々にしめつけられてゆくやうな酔ひ心地が想像された。ちやうどレモンが清浄な硝子の圧搾器の上で搾られてゆくやうに」（『夏子の冒険』P四一〇）。ここで夏子が脳裏にえがく「清浄な自己」の姿は、永福門院が詠む風景につうじる。

(12)『夏子の冒険』（P三九六）。
(13)『夏子の冒険』（P五七七）。
(14)『天人五衰』（P六一二）。
(15)『春の雪』のヒロインである聡子も、容姿を具体的にかたられない。この点については、助川幸逸郎「〈腐女子〉となるレッスン——精神分析が照らす、三島由紀夫『三熊野詣』の予見性」（『文学理論の冒険』東海大学出版会、二〇〇八年）参照。
(16)『天人五衰』（P三七六）。
(17)『天人五衰』（P三九七）。
(18)たとえば白老の牧場主夫人は、夏子を評してつぎのようにいう。「本当にきれいな奥さんね。一寸、神経質で、あれで中年になつたら、すごいヒステリーになりそうなところもみえますけれど、お若いうちは、ああいふ奥さんを持つたら、面白くてたまらないでせう。それに、東京風の近代的なお嬢さんのタイプを、ほんたうに永いこと見ないでせう。女の私でも、目の保養をしましたわ。洋服の仕立てのいいことね。よほどブルジョアのお嬢さんなのね」（『夏子の冒険』P五〇九）。
(19)透とおなじく、夏子も鏡をみる習慣をもつ（『夏子の冒険』P四〇九）。夏子は「おのずから劇のただなかにみちびきいれられるヒロイン」ではない。みずからにむかってヒロインを演じる「自意識家」である。

(20)『夏子の冒険』(P六一四)。
(21)『班女』(P三五六)。
(22)『班女』(P三五八)。
(23) 実子の姓が「本田」であることもおそらく偶然ではない。自殺をこころみて失明したとき、透は本多の養子になっている。絹江と「その場所」にこもるのは、「本多透」なのである。
(24) 猪瀬直樹「幽閉された少年」(『ペルソナ　三島由紀夫伝』文春文庫、一九九九年)。
(25)「私は一度も人に強ひられて日本古典文学の勉強をしたことはない。むしろ私が古い日本語の美しさに目ざめたのは、中学一年生のころ祖母にはじめて歌舞伎に連れていかれ、同じころ母方の祖母に能見物に連れて行かれたところに発してゐるやうに思ふ」(「日本の古典と私」『決定版全集34巻』P六二〇)。「祖母が鏡花きちがひで、幼時から、鏡花の初版本を瞥見する機会があつた私には、その新作を買ふことは当然のことに思はれて、渋谷の本屋で、「縷紅新草を下さい」と言つて、店員に呆れ顔で笑われたおぼえがある。そのとき私は十四歳の中学生だつたのである」(「解説「日本の文学4　尾崎紅葉・泉鏡花」」『決定版全集35巻』P三三六)。
(26) 定太郎が女遊びをしてひろってきた淋病に夏子も感染。これに起因する神経痛に、かのじょは終生、悩まされた。定太郎の借金を取りたてにきた男に、夏子がなぐられたこともあった。(猪瀬直樹「幽閉された少年」前掲書〔注24〕所収)
(27) 佐藤幹夫「太宰と三島という「二」の問題『風の歌を聴け』」(『村上春樹の隣には三島由紀夫がいつもいる。』PHP新書、二〇〇六年)・高澤秀次「三島由紀夫から村上春樹へ――『夏子の冒険』と『羊をめぐる冒険』――北の文学誌［17］」(「北の発言　一八」西部邁事務所、二〇〇六年四月）。注1にあげた大澤真幸も同様の指摘をする。

(28) 小説の最後で、「羊」を体内にやどしたまま「鼠」は自死する。小林正明はこれを「超自我に寄り添いつつも、なおかつそれを破綻させる、きわどい方法」と評する（「去勢と同化をめぐる遺言」『村上春樹・塔と海の彼方に』森話社、一九九八年）。大塚英志もこの場面を「父殺し」に相当するとのべている（「『羊をめぐる冒険』の「僕」はいかにしてルーク・スカイウォーカーになったか」『物語論で読む村上春樹と宮崎駿』角川ＯＮＥテーマ21、二〇〇九年）。

(29) 「黒幕の依頼による宝探し」。八〇年代小説の多くがこの構造をもつことを蓮實重彦は指摘。そのうえで、このタイプの作品のひとつとして、『羊をめぐる冒険』を分析した（『小説から遠く離れて』日本文芸社、一九八九年）。

(30) 『羊をめぐる冒険』の引用は、『村上春樹全作品1979〜1989 ②』（講談社、一九九〇年）による。

(31) 猪瀬直樹「原敬暗殺の謎」（前掲書（注24）所収）。

(32) 『羊をめぐる冒険』について、山﨑眞紀子はつぎのようにいう。『羊をめぐる冒険』は、帝国主義のもとで行われた大陸支配の歴史とともに、北海道開拓によって先住民の権利を不当に奪われたアイヌ民族の歴史をほのめかすように、札幌のアイヌ部落から開拓民に同行する「アイヌ青年」も描かれ、北海道における先住民族の問題にも切り込んだ画期的な作品である。この小説は彼にとって日本が今現在も内包する〈戦争の記憶〉に大きく切り込んだ記念碑的な作品とも言えるだろう」（「〈戦争の記憶〉アイヌ青年の死——『羊をめぐる冒険』論——」『村上春樹と女性、北海道…』彩流社、二〇一三年）。おなじ論文のなかで山﨑は、『羊をめぐる冒険』

と『夏子の冒険』の比較もおこなっている。

(33)『豊饒の海』には、タイとインドが登場する。欧米についても、三島はエッセイなどでさかんにとりあげた。いっぽう、台湾・中国・南北朝鮮にはほとんど興味をしめさない(国防上の観点からこれらの国家に言及した例はある。「武士道と軍国主義」『決定版全集36巻』)。

一九六九年度下半期の芥川賞は、清岡卓行『アカシヤの大連』が受賞した。タイトルからわかるとおり、植民地・大連を舞台とする小説である。選考委員だった三島は、つぎのような選評を記した。「大連は心象風景であるから、外地であると同時に内地であり、「にせアカシヤ」の「にせ」に関する考察などに、この作家の心情が窺はれる」(「澄んだ美しさ——芥川賞選評」『決定版全集36巻』P七〇)。「植民地」はどのように描かれるべきか。この点に対する真摯な関心が、三島のことばには感じられない。

(34)「見果てぬ夢の行方」(『満州と自民党』新潮新書、二〇〇五年)。

(35)「果たし得てゐない約束——私の中の二十五年」(『決定版全集36巻』P二一二〜二一五)。

(36)倉田晃宏「コラム9　先生のモデル」(加藤典洋編『村上春樹　イエローページ』荒地出版社、一九九六年)。

(37)春樹の父は、兵士として大陸に生き、中国兵を軍刀で処刑したときの経験を春樹にかたった。これについて春樹はつぎのように書く。「父は戦場での体験についてほとんど語ることがなかった。自らが手を下したことであれ、あるいはただ目撃したことであれ、おそらく思い出したくもなく、話したくもなかったのだろう。しかしこのことだけは、たとえ双方の心の傷となって残ったとしても、何らかの形で、血を分けた息子である僕に言い残し、伝えておかなくてはならないと感じていたのではないか」（『猫を棄てる　父親について語るとき』文春文庫、二〇二二年　初出は二〇二〇年）。

（38）「利用とあこがれ」（『決定版全集32巻』）・「二・二六事件と私」「人生の本——末松太平著「私の昭和史」」（『決定版全集34巻』）。

（39）「解説」（末松太平『完本　私の昭和史　二・二六事件異聞』中央公論新社、二〇二三年）

（40）「「花ざかりの森・憂国」解説」（『決定版全集35巻』Ｐ一七六）。

（41）佐藤秀明は、『絹と明察』と『宴のあと』を評してつぎのようにいう。「三島は祖父の「豪傑」を模倣しようとし、そこに古い「日本」を呼び込もうとしていたのではないだろうか。この時期の三島の三島作品には、継続はしなかったが、この二作のように闇雲で民衆的な情熱を描く路線もありえたのである」（「泥臭い生き方」『三島由紀夫　悲劇への欲動』岩波新書、二〇二〇年）。わたしの判断は佐藤とことなる。「定太郎」を直視できなかったゆえに、『絹と明察』と『宴のあと』は失敗したのだ（この問題については別稿を用意している）。

（42）「序」（Ｐ三六七）。

（43）『弱法師』（Ｐ四一二）。

（44）「二月六日、三島は父とともに祖父の郷里に向かった。（中略）親戚の家に泊めてもらい、十日に高岡廠舎で入隊検査を受けた。母の風邪がうつったのか、前日から熱を発し、寒気と眩暈に襲われた。その症状が新米の軍医によって肺浸潤と誤診され、運良く即日帰郷となった」（佐藤秀明「第一部　評伝　三島由紀夫」『三島由紀夫——人と文学』勉誠出版、二〇〇六年）。

戦後小説として『禁色』を読む

木村朗子

はじめに

三島由紀夫は、時代錯誤な思想とその奇怪な死に様によって、かなり長く研究に手をつけにくい作家であったと思う。切腹という身体を張っての武士道の再演は、多分に彼のセクシュアル・ファンタジーに由来していて、彼は自身の切腹シーンを見せ場とする短編映画『憂国』（一九六六年公開）を制作公開したというだけでなく、一九六九年公開の司馬遼太郎原作、五社英雄監督『人斬り』でもまた凄惨な切腹シーンを演じてみせている。それは同時に一九六八年に澁澤龍彥らと出した雑誌『血と薔薇』のグラビア「男の死」において、聖セバスチャンに扮したことにもかかわっていよう。

彼の扮した聖セバスチャンは、私小説風に自らの男性同性愛の性の遍歴を描いた『仮面の告白』（一九四九（昭和二四）年）に次のようにあるとおりの姿で撮影されている。

それはゼノアのパラッツォ・ロッソに所蔵されているグイド・レーニの「聖《サン》セバスチャン」であつた。

チシアン風の憂鬱な森と夕空との仄暗《ほのぐら》い遠景を背に、やゝ傾いた黒い樹木の幹が彼の刑架だつた。非常に美しい青年が裸かでその幹に縛られてゐた。手は高く交叉させて、両の手首を縛《いまし》めた縄が樹につづいてゐた。その他に縄目は見えず、青年の裸体を覆ふものとては、腰のまはりにゆるやかに巻きつけられた白い粗布があるばかりだつた。

（『仮面の告白』二〇三頁）

グイド・レーニ「聖セバスチャン」（ジェノヴァ、ストラーダ・ヌオーヴァ美術館蔵）のあどけない青年の若々しい肉体に比して三島の演じた聖セバスチャンは、ほとんどアンドレア・マンテーニャの「聖セバスティアヌス」（パリ、ルーブル美術館蔵）の趣きである。注意したいのはグイド・レーニの聖セバスチャンが左の脇の下と右脇腹の二箇所に矢を受けているのに対し、三島は左下腹部にももう一本矢を足していることである。『憂国』で演じられているように切腹を右利きの者がするなら切先が最初に刺し込まれるところだ。

矢は彼の引緊つた・香り高い・青春の肉へと喰ひ入り、彼の肉体を、無上の苦痛と歓喜の焔で、内部から焼かうとしてゐた。しかし流血はゐがかれず、他のセバスチャン図のやうな無数の矢もゐがかれず、ただ二本の矢が、その物静かな端麗な影を、あたかも石階に落ちてゐる枝影のやうに、彼の大理石の肌の上へ落してゐた。

何はさて、右のやうな判断と観察は、すべてあとからのものだつた。

その絵を見た刹那《せつな》、私の全存在は、或る異教的な歓喜に押しゆるがされた。

（「仮面の告白」二〇四頁）

矢が刺さっているにもかかわらず、聖セバスチャンは恍惚の表情を浮かべている。このバタイユ的な苦痛のうちのエロスが三島由紀夫のくり返すセクシュアル・ファンタジーである。グイド・レーニの「聖セバスチャン」を父の持つ画集に見つけた十三歳の主人公が、このあと自慰による「めくるめく酩酊」に至ったことがつづられていく。

『禁色』（全三十三章）は二十代の総決算として書かれたという。なんと老成した二十代だろう。描かれるのは男性同性愛の世界である。それも若き青春を描いたわけではない。すでに六十六歳となった老作家が中心人物なのである。

現在、『禁色』はまごうことなきクィア小説として理解されているが、しかし『群像』の連載を開始した一九五一（昭和二六）年、そして出版にいたった一九五三（昭和二八）年において、この小説はどのような位置にあったのだろう。一九五一年代といえば、敗戦後の連合軍による占領期の只中であり、ＧＨＱによる検閲は一九四九年一〇月にはなくなったとはいえ、いまだ自縄自縛のなかで小説が書かれていた頃である。三島由紀夫が小説を次々と発表しているときに芥川賞をとっていたのは安岡章太郎、遠藤周作、小島信夫らの戦後作家である。こうした文壇のなかで十六歳のときに書いた「花ざかりの森」で文芸誌に登場した若き天才、三島由紀夫とはどのような存在だったのだろうか。本稿では、三島由紀夫の『禁色』を一九五〇年代の敗戦直後の時代において読んでみたい。

一、戦争とその影で

『禁色』は、檜俊輔という老作家が狂言回しとなって、南悠一という世にも美しいゲイの青年によってヘテロセクシュアルの女たちを誘惑と嫉妬でかきまわす、さしずめ、オスカー・ワイルド『ドリアン・グレイの肖像』によるラクロの『危険な関係』といった筋立てである。冒頭、すでに三度も全集本を出している六十六歳の老作家が、のちに南悠一の妻となる女学生の康子をまとわせキスしたりするあたり、『瘋癲老人日記』は一九六一年まで俟たねばならぬとしても、どこか谷崎潤一郎を彷彿とさせる。あるいは一九四六年に連載がはじまった川端康成『山の音』を思わせるとしたら、容貌が醜いとする檜俊輔の設定はあまりにも酷に響くだろうか。いずれにしろ檜俊輔の造形は当時二十六歳であった作家三島由紀夫とは似ても似つかない。

檜俊輔は三度の結婚に失敗しており、三度目の妻にいたっては「戦後二年目の初秋に」若い情夫と心中したのである。それから三年が経っているとあるから、およそ執筆時の現在に一致する一九五〇年が舞台となっている。ただし第二部は三島由紀夫のギリシア旅行を経てのち、一九五三年に出されているから、占領期のただなかから解放後の発表当時の同時代に物語世界はあることになる。女に裏切られつづけ、恨みつらみを募らせていた檜俊輔は、誰もが惚れずにいられない美しい容貌の南悠一を使って足蹴にすることで女たちに復讐しようと企む。のちにミイラ取りがミイラとなってヘテロセクシュアルを自認していた檜俊輔が悠一に惚れ込んでしまうわけだが、実のところ檜俊輔は、最初に悠一をみた瞬間からまったく無自覚に彼の虜になっていたのである。

友達と旅立ったという女学生の康子を追ってでかけていった海辺で、檜俊輔は海からあがってきた南悠一を偶然にはじめて目にする。

それは愕くべく美しい青年である。希臘《ギリシヤ》古典期の彫像よりも、むしろペロポンネソス派青銅彫像作家の制作にかかるアポロンのやうな、一種もどかしい温柔な美にあふれたその肉体は、気高く立てた頸《くび》、なだらかな肩、ゆるやかな広い胸郭、優雅な丸みを帯びた腕、俄《には》かに細まつた清潔な充実した胴、剣《つるぎ》のやうに雄々しく締つた脚をもつてゐた。波打際に立止つたその青年は、岩角に打ちつけたらしい左の肘《ひぢ》をしらべるために、やや身を捩つて右手と顔を、左手の肱のはうへうつむけた。すると足もとをのがれてゆく余波《なごり》の反射が、そのうつむいた横顔を、俄かに喜色をうかべたかのやうに明るませた。俊敏な細い眉、深い憂はしい目、やや厚味を帯びた初々しい唇、これらが彼の稀な横顔の意匠であつた。そして見事な鼻梁は、その引締つた頬と共に、青年の顔立ちに、気高さと飢ゑのほかはまだ何も知らない或る純潔な野性の印象を与へてゐた。それはさらに、暗い無感動な眼差、白い強烈な歯、すずろに振られる腕のものうさ、躍動する身のこなしなどと相俟《あひま》つて、この若い美しい狼の習性を際立たせてゐた。さうだ、その面差は狼の美貌であつた。

とはいふもののその肩のやさしい丸み、その胸のあまりに露はな無垢、その唇のあでやかさ、……これらの部分にはふしぎな言ひ難い甘さがあつたのである。（「禁色」三四頁）

微に入り細を穿ったギリシア彫刻のような描写は、檜俊輔の目がとらえた男の風貌である。身体の全体をなめまわすように描写したあとで、肩、胸、唇とまるで抱き合うときの近い目線でその肉体が放つ「ふしぎな言ひ難い甘さ」を捉え直している。

「女を決して愛することができない」悠一の女性嫌悪と、女に裏切られ続けてきた檜俊輔のミソジニーとが共鳴し、共犯関係になることで、檜俊輔は悠一をたやすく手に入れる。それには「すでに思春期このかた七年といふもの、悠一は肉慾を真向から憎んでゐた。彼は純潔に身を持した」とあるように、ゲイである自分に悩み、世間を偽って生きている南悠一が自らの性を封じてきたせいでもある。南悠一は檜俊輔によって性的に開かれていくのだった。

檜俊輔は、はじめの海辺の出会いでは自らの欲望に無自覚であったが、悠一はこのときに俊輔が自分に魅了されたことを知っていた。のちに第二十章にいたって、悠一は「去年の夏海ではじめてお目にかかったときも」肉慾を感じなかったのかと問いかけ、俊輔を愕然とさせる場面がある。

『俺はこの美しい青年に肉感を感じてゐるのではないか』と彼はぞつとして考へた。『そうでなければ、こんなに胸苦しい感動の生れるわけはない。いつのまにか、俺は欲望を抱いてゐたらしい。ありうべからざることだ。俺がこの若者の肉に恋をしている！』

（「禁色」三一八頁）

ここで見られ愛でられる人形として俊輔に操られていた悠一との関係が逆転する。性的に閉ざされ初々しかった悠一はゲイとしてのアイデンティティを奔放にかつ太々しく獲得していき、性の指南役だった檜俊輔は逆に悠一にふりまわされることになる。

物語冒頭で康子を追ってきた檜俊輔は康子がこの美しき青年と旅館に来ていたことを知る。ところが悠一が檜俊輔に自分は女を愛せないことを告白し、俊輔はこの秘密を担保に悠一を女への復讐の計略にひきこんだ。言われるがままに悠一は康子と結婚するが、ここには同性婚はおろか同性同士の付き合いすらも世に認められていなかった当時において、「男を愛する人たちも、大多数は結婚して父親になるといふ、ざらにある実例[1]」についての注釈がつく。例えば一九九一年に刊行され、その翌年には映画化もされた江國香織『きらきらひかる』はゲイ男性と精神病院通院歴のある女性といういずれも結婚のできない二人が偽装結婚をする小説だった。九〇年代にはまだゲイの偽装結婚があり得る選択肢として残されていたのである。

やがて悠一は俊輔が「相手を薪ざっぽうだと思ひなさい、座蒲団だと思ひなさい、肉屋の軒に下つた牛肉の塊りだと思ひなさい」と言う言葉を護符に康子と性的関係をむすぶ。その後、悠一ははじめて男性とも性的関係を持つようになる。

火事につられて一人家を出た悠一は都電のなかで男たちが公園に相手を探しにいく話をしているのを耳にする。都電がとおっていたH公園という日比谷公園を思わせる場所は、いわゆるハッテン場らしく、「若くて美貌だと」男娼たちに営業妨害として嫌がられること、遅い時間になると外国人が多くなると語られている。悠一は好奇心に駆られながらも、自らの内なるホモフォビアにうちのめされる。

しかしはじめて見出したこの同類の醜さは、彼の自恃の念を傷つけた。永いあひだ育てて来た人外《にんぐわい》の懊悩に、かれらの醜さはぴつたりしてゐた。『これに比べれば』と悠一は考へた。『檜《ひのき》さんの顔には年輪がある。少くとも男らしい醜さがある』（「禁色」七六頁）

公園で男たちにとりまかれようとしたとき、かねてみかけていた少年と出会い、悠一ははじめて「熱い瀑布」にさらされた「官能のよろこび」に満ちた三時間を過ごし、それからというものゲイの集う喫茶店「ルドン」に入り浸るなど次第に交際の幅を広げていくのだった。

物語中、重要な役割を果たす鏑木伯爵と鏑木夫人の夫婦は、「伯爵」とあるように元華族だが、戦後、一九四七年五月三日の日本国憲法発布による華族解体で没落していた。財産税を納めるにあたって母屋を売却し旅館としていて、自身はかつて執事が住まっていた別館を住居としている。鏑木伯爵にはまるで経済的な才覚がなく、家計を支えていたのは進駐軍の要人たちを次々に情夫としていた鏑木夫人であった。檜俊輔は、鏑木夫人に誘惑され、鏑木伯爵に脅されて金を巻き上げられた過去がある。それを恨んで鏑木夫人が悠一に惚れ込み袖にされるところをみてやろうという魂胆である。

鏑木夫人が浮かれ女のように「娼婦のまねごと」をするにいたったエピソードとして、招集令がくだった青年に出征前の常として男女の関係を結んでやったところ、それを愛情だと思われたことの不快さに由来することが語られている。

単なる贈与をお互ひに愛と考へねばならぬことは、贈与といふ純粋な行為に対する不可避の冒瀆《ぼうとく》としか思はれず、同じあやまちをくりかへすごとに、味はふのはいつも屈辱であつた。戦争は瀆《けが》された贈与だつた。戦争は巨大な血みどろの感傷だつた。愛の濫費、つまり合言葉の濫費、彼女はこの騒々しさに心底《しんそこ》からの嘲笑で報いた。人目をかまはぬ派手な身装《みなり》と、ますます悪くなる身持とは、ある夜事もあらうに帝国ホテルの廊下で注意人物の外人と接吻をしてゐるところを見つけられて、憲兵隊の取調べをうけ、新聞に名前を出される始末になるまで募つた。鏑木家の郵便函には、無名の手紙が跡を絶たない。その多くは脅迫状で、伯爵夫人を売国奴と呼び、あるは手紙のごときは、懇《ねんご》ろに夫人の自決を勧めてゐた。（「禁色」三〇〇頁）

鏑木夫人の淫蕩は、戦時下あるいは占領下において「嘲笑で報いた」反乱であったわけであり、当時の世相においてむしろあっぱれな反戦の態度を示していたものだった。こうした表現ができたのも戦後文学ならではと言えるだろう。

二、男色の伝統のもとに

檜俊輔は、永福門院の和歌を読み、文人僧侶の正徹の歌集「草根集」、「徹書記物語」と題された歌論書を読むなど中世古典文学に親しんでいる人である。悠一に中世の「児灌頂」の秘儀を記した書物「弘児聖教秘伝」をみせたり、鎌倉時代の「稚児乃草子」をみせたりして、男性同性愛が男色の伝統のもとにあることを教える。小説内に印象深く引用されるのはお伽草子の「硯破《すずりわり》」である。父親の大事な硯を使用人の中太が割ってしまうがその罪を被った実の息子の首を父親は容赦なくはねてしまったという話である。ここに出てくる使用人が中太であることが、のちに悠一をともなって醍醐寺三宝院でみることになる「稚児乃草子」で稚児の相手をする忠臣の名もまた中太であることにつながって、俊輔は自らを稚児の性の手ほどきを手伝った中太になぞらえるようになる。

ところで俊輔が書斎で悠一にみせたと描かれる「弘児聖教秘伝」については出家して僧侶となった作家の今東光が、自らのだした『稚児』からの引用だと跋文で指摘している。『稚児』は一九四六年に谷崎潤一郎の序文をつけて出版されたが、当時のGHQの検閲を恐れて削除箇所があったのだという。削除箇所を戻してあらためて出版したのが一九七三年で、次に引く跋文はここに付されている。なお三島由紀夫はすでにその三年前の一九七〇（昭和四五）年に没しているからこれを読んではいない。

ところで三島由紀夫君が彼の作中にこの「弘児聖教秘伝」を見て書いたように述べているそうだ。僕はその作品を知らない。と言うのは右の写本は比叡山文庫の秘庫に蔵せられ門外不出の秘本なので、天台宗の僧侶と雖《いえど》もかりそめには披閲することが出来ないほどなのに、況《いわ》んや俗人の三島君が該写本を見ることなど不可能なのだ。これは明らかに拙作を引用したのは疑いもないことなのだ。その後、三島君に会った時、彼は僕に謝りを述べ引用させてもらったことを明記すべきなのに〆切日《しめきり》が迫っていて書き落したが、書物になる時に挿入しますと言いながらそのままになって仕舞ったらしい。僕は別に苦情を言ってるのではなく若し三島由紀夫全集を読む人が、本当に三島君がこの珍書を披見したと誤解しては後世を誤るので一言附言して置く方が親切だと考えたからだ。(2)

ただし、稲垣足穂『少年愛の美学』によると「叡山文庫天海蔵の写本四十八葉を私の知人が写真に撮ってゆっくり判読しようとした(3)」とあって、写しは作家たちが見られる状況にあったらしい。稲垣足穂の「E氏との一夕——同性愛の理想と現実をめぐりて(4)」によれば、E氏こと江戸川乱歩は、今東光の『稚児』をみせながら「弘児聖教秘伝」文明十年本の百年後の再写である元亀二年本の写しを持っていてみせてくれたとある。このとき醍醐三宝院蔵「稚児之草紙」を見せてもらったときの話をきいてもいる。三島由紀夫は稲垣足穂が『少年愛の美学』を出版するのに尽力し、『黒蜥蜴』の戯曲を書き、丸山明宏主演の映画『黒蜥蜴』に出演もしているわけだから、原作者の江戸川乱歩とも近い。『禁色』で醍醐寺三宝院を訪ねて悠一と「稚児乃草子」をみる場面はおそらく江戸川乱歩経由の知識で書かれているところだろう。江戸川乱歩は自らの作品の挿絵を描いていた岩田準一のライフワークであった日本文学の男色ものをリストアップした『本朝男色考』の出版に尽力したという。「本朝男色考」は雑誌『犯罪科学』に一九三〇年から三一年にかけて連載されており、戦後を待たず一九四五年に岩田は早逝している。岩田準一は南方熊楠と男色をめぐって往復書簡を交わしている人である。一九六五年に没し入れ替わりに澁澤龍彥らが出てくるまでは江戸川乱歩は男性同性愛ネットワークの中核にいたとおぼしい。今東光の『稚児』が一般に「児灌頂」の秘儀を教えるはじめの一書であったとしても男性同性愛ネットワークに別のルートでそれが漏れていたことがうかがえるのである。

三島由紀夫の『仮面の告白』は一九〇九年に森鷗外が出版した『ヰタ・セクスアリス』の昭和版だったわけだが、戦後になるまで男女別学であった時代には、男色を硬派とし、商売女との交際を軟派だとしていたような森鷗外の描いた男子学生の気質がいまだ肯定的な意味を持ち続けていただろう。今東光の『稚児』を絶賛し序文を寄せたのは谷崎潤一郎であったわけで、男色文化に連なる気風は衰えていないどころかむしろ盛んであったといえる。

ただし、敗戦と占領期を経て、小島信夫『アメリカン・スクール』（一九五四年）、『抱擁家族』（一九六五年）にみられるように男性の性愛はアメリカへの劣等意識に鬱屈していく。三島由紀夫はマゾヒスト小説である沼正三『家畜人ヤプー』の出版にも手を貸したことが知られるが、黄色人種が白人女性の糞便処理の道具として使われるようになる未来を描いた『家畜人ヤプー』はまさに敗戦と占領の文学だといえる。『家畜人ヤプー』の普及版に付されたあとがきによると、沼正三は、終戦時に学徒兵として外地にいて捕虜となっていたという。「捕虜生活中、ある運命から白人女性に対して被虐的性感を抱くことを強制されるような境遇に置かれ、性的異常者として復員して来た」とある。

祖国が白人の軍隊に占領されているという事態が、そのまま捕虜時代の体験に短絡し、私は、白人による日本の屈辱という観念自体に昂奮を覚えるようになって行った。

（中略）

日本人の人種的劣等感は正当視されていた。私は日本中が沖縄のように植民地化されたら、と妄想した。当時ナチスは狂気の集団と断罪されていた。理性ではそれに賛同しつつも、ナチスの人種理論は正しいのではないかという感じを捨てかねた。全面講和か否かが論ぜられ、一国民としては講和による占領状態の終結を期待しながらも、裸の人間としては占領継続をこそ希望した。Occupied Japan という字面の屈辱感を失いたくなかったからだ。(5)

このような性的指向の下に、沼正三は本作を『奇譚クラブ』という雑誌に「マゾヒストによるマゾヒズム小説」として発表したのである。ここで沼正三は谷崎潤一郎の『痴人の愛』や『瘋癲老人日記』などはマゾヒスト小説といわれているが、それは単なる「SMのプレイに過ぎない」もので、「プレイでない本当の隷属状態は、奴隷制とか捕虜状態とかの、制度的契機を必要とするのだ」としている。こうした戦後の占領期のなかで理解された「被虐性」と「マゾヒズム」は、おそらく三島由紀夫が『仮面の告白』で五歳のときに感じた「汚穢屋―糞尿汲取人」への欲望や「聖セバスチャン」に潜む被虐性が、単なるクィアというよりも、戦時下および占領下の時代に固有のものであったことに通じるだろう。

三、戦後文学のほうへ

『禁色』第二十六章で、悠一はナチズムに潜む男性同性愛の欲望について次のように考えをめぐらせる。

> 新たな経済学体系は、新たな欲望を発見せねばならない。民衆の欲望の再発見は、全体主義と共産主義とが、おのおの別な形で意図したものであったが、前者は市民階級の衰弱した欲望にも、人為的な昂奮剤に似た哲学でもって火を点じ、これをよみがへらして結集しようとこころみた。ナチズムは深く衰弱を理解した。悠一はナチズムの人工的な神話、かくされた男色的原理、美青年をあつめた親衛隊や、美少年をあつめたヒトラー・ユーゲントの組織のうちに、この衰弱に関する該博な知識と深い知的共感を見出さざるをえなかつた。（「禁色」四二九頁）

津島佑子は『狩りの時代』[6]で、子供のころに甲府駅にやってきたヒトラー・ユーゲントを見たきょうだいたちの一人に、戦後にアウシュビッツのことが明らかになったあとでも美しい少年に魅了されたことを忘れられないでいると語らせている。

> ……だけど困ったことに、おれさ、そういうひどいことがわかってても、ヒトラー・ユーゲントの連中をわるく思えないんだよ。あいつら、きれいな顔をしていてさ、おれたちが

見つめていると恥ずかしくて、顔を赤らめたりしているんだ。どうしてもあいつらをアウシュビッツと結びつけられない。だけど、必ずつながりはあるんだよな。

創兄さんと呼ばれる彼は、アメリカでドイツ人のヘルマンに取り入るために、レズビアンでありながら彼と結婚したブリジットとつきあっていた。外交官のヘルマンは「とても優秀で、なおかつ眉目秀麗ということばがぴったりの男だった。むかしのナチスだったら、模範的アーリア人種と称えただろう。金髪で、美しいサファイアブルーの瞳。かつて甲府を訪れたヒトラー・ユーゲントにも、このような美少年がいたのではなかったか」というほどの美男子である。ブリジットと創が食事をしているレストランにヘルマンがやってきたことがあった。そのときに創は体を震わせながら「わたしはあなたのお役に立ちたいと思っているんです。本当です。どんなことでも、わたしに言ってください。できるかぎり、ご要望に添うようにいたします。」と泣きながら言ったというのである。創のヒトラー・ユーゲントに対する一種の被虐性が、後年、金髪碧眼の男性への奇妙に鬱屈した欲望を喚起しているという筋立てである。圧倒的な人種的な差異による被虐性は、沼正三が捕虜となって感じていたものに似ている。

大江健三郎は、自らを戦後文学者を引き継ぐ作家と位置付け、十歳で終戦を迎え、戦後の占領期を過ごした日本の戦争体験を文学的出発点においていた。『同時代としての戦後』として、一九七二年に野間宏、大岡昇平、埴谷雄高、武田泰淳、堀田善衛といった作家たちの作品を読み解く評論を書いている。これが『大江健三郎　同時代論集』に収められたときの「自己解釈」で大江は、戦後文学者と同時代にいながら三島由紀夫という作家はまったく「異質」だったと述べている。戦後文学者たちが青春の時期を終えてから戦後を迎えたのに対し、「三島由紀夫は、まだ青春のただなかにある人間として戦後に入り込んだ」がゆえに、戦後文学者たちが戦前、戦中に国家権力の圧力のなかで自由な表現がかなわなかったからこそ持っていた「憂悶」を三島由紀夫は持っていなかったとして次のように述べている。

> したがって戦後文学者たちが、その戦争体験を軸に、表現をもとめるなにものかを持っており、なにはともあれそれを表現することに励んだのに対して、三島由紀夫は、どのように表現するかを、もっぱら創作の課題としたのであった。戦後文学者の文体が、それによって表現すべきなにものかのためにつくりだされたものであったのに（武田泰淳をその典型とするが、当初から完成された文体の持主だった大岡昇平も、その使用する言葉についてはストイックで、かりにも言葉に淫することはなかった）、三島由紀夫は言葉をきらびやかなものとして選びだし、かざりたてる文体づくりにのみ腐心して、その文体はどの作品でも同じであった。[7]

三島由紀夫には表現すべきものがなかったし、なにを書いても同じ文体であったと大江健三郎はみていた。さらに、彼が自決を生き延びたとしても、『豊饒の海』の輪廻転生の主題？

そんなものがどうしておれの、この世に生を受けて作家となった、究極の表現目標であっただろう?」と笑っただろうとしていて、傑作と名高い最後の作品についても手厳しい。一九六六年に書かれた「戦後文学をどう受けとめたか」という文章のなかで、大江健三郎は、ほぼ同世代の石原慎太郎と江藤淳と席を共にしたある座談会で戦後文学者たちについてどう思うかと尋ねられた石原慎太郎が「ああ、あのだめになった人たちか」と言ったこと、江藤淳が戦後文学に「精神の衰弱」をみていることをひいている。それはおそらく六十年代の学生運動の機運の、戦争体験世代を若者がつきあげるような構造のなかで、前時代的なものとしてまとめて葬り去られたものであったかもしれない。大江健三郎は、それとは一線を画し、「ぼくが小説を発表しはじめたとき、いつも心にかかっていたのは、これはすでに戦後文学者がのりこえた問題ではないか?　という不安だった。それはとくに政治とセックスについてそうだった」(8)と述べるのである。「政治とセックス」の主題を前面化した小説に十七歳の右翼少年山口二矢が社会党の政治家浅沼稲次郎を刺殺した実際の事件に基づいて書かれた『セヴンティーン』(一九六三年)がある。一九六三年に書かれた「現代文学と性」という文章で、「性をあつかう文学に、ほぼ二種類ある」としている。ひとつは「エロティシズムの文学」で「古典文学に造詣の深い人たち」による「擬古典的」なもの、もうひとつが「性的な、むきだしの言葉で、直接に性的実体にたちむかう文学である。その作家たちは、おおむね擬古典的でなく、むしろ反古典的だ。かれらは、過去の影よりも未来からの呼び声に、範をとらざるをえない[9]」とし、大江自身は後者に属するとしている。その意味でいうと三島由紀夫の扱う性は「擬古典的」な「エロティシズムの文学」そのものであるといえるだろう。その意味でも、大江は三島とは異なるという自負がある。

ところが大江健三郎は、のちに自身の小説『さようなら、私の本よ!』[10]のなかで「二十六歳のぼくが“Seventeen”というアメリカの雑誌の名を借りて書いた小説に反応して」ミシマが手紙を送ってきたエピソードを披露しているのである。「ミシマさんと長江さんは、不倶戴天の敵だけれども、ミシマさんは長江さんの文学に一目置いていたのじゃないか?」と水を向けられて、長江古義人は「社会党書記長を演説会場で刺殺した少年テロリストへの、ぼくの批判はタイトル自体で示して書いた小説です」と説明される小説『セヴンティーン』に対し、ミシマは「まずこの小説を全面的に評価する」「なによりもここに、きみの真の姿が反映している」と書かれた「熱烈な手紙」を編集者をつうじて送ってきたと話す。

> きみは占領下に作られた憲法を支持すると、新聞や週刊誌に書いてきた。つまり戦後民主主義者としての、きみの政治思想は唾棄すべきものだ。しかし、少年テロリストの自己形成の描写には、きみのもっとも奥深くでの自己告白がある。
>
> いまの世の中、右翼思想をかかげた新進作家はたちまち批判にさらされるはず。そこで、

きみはまずオナニズムに熱中する少年をこまごまと書いたのだ。その上で、この妙なやつが、右翼結社に入り込む。しかもテロをやり、少年は鑑別所で首をくくる……あいつは本気だったのだ、と世間は認めるほかない。その逆転の過程を、きみは絶妙に描いた！

（「さようなら、私の本よ！」一一四〜一一五頁）

この手紙はその直後に、右翼団体が小説を載せた雑誌社に抗議した報道があったのち、やはり編集者をしてミシマのもとに取り返されたから、すでに手元にはないと長江古義人は語るが、実際には接写装置のついたカメラで写したものが残っているという可能性も示唆されている。右翼青年のテロを描いた小説にミシマがいたく感動して手紙をだすなどはいかにもありそうなことだ。

最晩年の三部作『取り替え子（チェンジリング）』（二〇〇〇年）『憂い顔の童子』（二〇〇二年）につづく第三部『さようなら、私の本よ！』（二〇〇五年）は、二〇〇〇年のアメリカ同時多発テロ後の若者たちによって三島由紀夫らしき作家「ミシマ」の再来を夢想する場面を描いている。

大江健三郎によく似た作家の長江古義人が出てきて、長江古義人の小説について研究している若者が出てくる。幼い頃から近い関係にあって、長くアメリカの大学で建築家として教鞭をとっていた椿繁が9・11後のアメリカに嫌気がさして日本に舞い戻り、軽井沢の別荘で療養する長江古義人とともに過ごす。ロシア人のウラジミール、中国系アメリカ人の清清らと「ミシマ問題」つまりミシマの政治性について議論するという趣向である。第二章からはじまって、第三章には「ミシマ問題に戻る」、第六章には「ミシマ＝フォン・ゾーン計画」と章タイトルがつけられており、ミシマが自決に失敗したときのプランBとして、自衛隊員に取り押さえられて何年か服役して世間に出てきて復活するというのが計画されていたのではないか、というのである。ウラジミールは言う。そのときには「自衛隊も、この国の社会的なアトモスフィアも、変化してたのじゃないか？　そして獄中生活の後、ミシマは練り上げた政治思想の持主としてシャバに戻って来るんです。社会も、政治指導者としてのミシマを無視できなかったのじゃないですか？」

七〇年代に革命は空々しく響いただろうが、9・11はアメリカという強国に対して劣勢にあるアフガニスタンを拠点とするイスラーム過激派テロ組織がしかけた革命だったとみてシンパシーを寄せる左翼知識人は多かった。そうした力を動員するのにミシマは機能するのではないかという議論である。「ミシマは特別なソーシャル・フィギュアだったんですね」と問われた長江古義人は、「ミシマの亡霊は、現に生きてるぼくより、今でもしっかり働くはずですよ」と答えている。

さらに自衛隊のもと幹部の羽鳥猛が議論に加わって、「ミシマ＝フォン・ゾーン計画」について語る。「ミシマという希代の才能が「タテの会」などに足をすくわれる退屈」をやめさせるために、いかにも澁澤龍彦を彷彿とさせる「翻訳家として一家をなしたタツオさん」を筆頭に、エロティシズムやグロテスク趣味に深入りして楽しむグループ」に誘ったのだという。これが一九六八年の『血と薔薇』の活動であり、一九六六年から自衛隊の体験入隊などをはじめた三島由紀夫が「楯の会」を設立するのもちょうど一九六八年のことだった。ただしここで自衛隊のもと幹部が語る計画はおよそ荒唐無稽なものである。「ともかくミシマさんをある期間、猶予期間《モラトリアム》に置こうとした。その構想の基盤にね、あの人が同性愛者だということがあった」として、次のような計画が語られている。

そのうち「タテの会」メムバーの凡庸な政治行動に担ぎ上げられて、ミシマさんは破滅する。その退屈な成り行きから救おう、そういう計画だったんだ。

東京に、とびきりの美少年たちを集めた……それもね、幼児の年齢から始めてさ、地下の魔窟を作ってね、そこにミシマさんを誘い込む。そして官憲に摘発させる、というプランだった。

（「さようなら、私の本よ！」一一七頁）

「長江さんはミシマに対して、derisively に振る舞うことがある」[11]と椿繁が言ったとわざわざ書かれていて、自衛隊もと幹部の羽鳥の発言として書かれているとしても、どこか「嘲笑的（derisively）」な響きのある設定ではある。一方で、政治的行動をとらない長江古義人を批判する人物を出して、「おたくがマスコミで商売するだけの反体制文化人であり、実際には行動しないことの大義名分に、障害のある息子を押し出している、と批判してきた」と言わせている。「長江さん、あなたはヴィエトナムの反戦運動に、蟹行さんや織田さんのようには深入りせんかった」というのは、ベトナム戦争の只中に現地入りして『ベトナム戦記』をものした開高健やべ平連を組織した小田実と比べられているのである。小説としては、ここで焚き付けられた長江古義人が椿繁と若者たちのビル破壊テロというまさに9・11を模した計画に参与しようとするが、不慮の事故で仲間が死んだことによって中途半端に頓挫する。

大江健三郎が右翼少年によるテロを描いてそれをアメリカの雑誌名をタイトルとすることで「批判」したように、ここでは「ミシマ」再来を願う若者に煽られてテロを組織したところで頓挫するという、あらためての「ミシマ」批判だったのだろう。『さようなら、私の本よ!』によって明らかになることは三島由紀夫の読まれ方は二〇〇一年のアメリカ同時多発テロ9・11を経て決定的に変わっているということだ。あらたな読みに刷新されることは作品が生き延びるために重要である。しかし同時に『禁色』は占領期の狂騒を刻印していることを読み逃すわけにはいかない。例えば二〇一六年に他ならぬ三島由紀夫賞を受賞した蓮實重彦『伯爵夫人』はどう読まれたか。戦時下を舞台としてほとんど『禁色』の鏑木伯爵夫人のような主人公がでてくるわけだが、そこに描かれたエログロぶりはほとんど失笑のもとに読まれたのではなかったか。蓮實重彦『伯爵夫人』に時代錯誤を感じるとすれば、『禁色』の鏑木夫人も読み誤られることになるだろう。『禁色』に描かれた敗戦後の占領期にこそ三島由紀夫が結果的に自決に至ることになる多くを含んでいると思うのである。

注

（1）「禁色」五九～六〇頁。
（2）『今東光代表作選集』第五巻（読売新聞社、一九七三年、一四二頁）。
（3）稲垣足穂「少年愛の美学」『稲垣足穂全集』第四巻（筑摩書房、二〇〇一年、二五〇頁）。
（4）『稲垣足穂全集』第三巻（筑摩書房、二〇〇〇年、三四六～三六六頁）。
（5）沼正三『家畜人ヤプー』第五巻（幻冬社アウトロー文庫、二〇一五年）の電子版に拠る。この「あとがき」の初出は一九七〇年刊行の普及版（都市出版社）である。
（6）津島佑子『狩りの時代』（文藝春秋、二〇一六年）の電子版に拠る。
（7）『大江健三郎　同時代論集』六（岩波書店、一九八一年、三一九頁）。
（8）『大江健三郎　同時代論集』一（岩波書店、一九八〇年、一〇七頁）。
（9）同（一五九～一六〇頁）。
（10）『さようなら、私の本よ！』の引用は、『大江健三郎全小説』一五（講談社、二〇一九年）に拠る。
（11）『大江健三郎全小説』一五（五九～六〇頁）。

『恋の都』における観念的な世界

——『豊饒の海』へと続く特質と『浜松中納言物語』への評価

八島由香

はじめに

『恋の都』は、『主婦之友』の一九五三（昭和二八）年八月号から一九五四（昭和二九）年七月号に連載された小説である[1]。雑誌掲載開始の前月号に三島は読者に向けて、次のような一文を寄せている。

私の小説のことであるから、ルポルタージュと幻想の相半ばしたものになるだらう。だからその女主人公《ヒロイン》も、東京といふ都会のヌエ的性格をそのまゝに、リアリストでもあり、空想家でもある。彼女は変つてゐる。とつぴな考へをもつてゐる。

（『主婦之友』一九五三（昭和二八）年七月号「作者の言葉」）

『恋の都』は、一九五〇年代の日本社会を物語の背景とした、現実的な小説である。その一方で、主人公である朝日奈まゆみは、亡き初恋相手の丸山五郎を想い続けるがゆえに、まゆみに好意を持つアメリカの男性達をはねつけて純潔を守り続ける「弔合戦」をする「空想家」でもある。物語終盤で明かされる、五郎がアメリカ人として生きていたという展開もさることながら、まゆみが亡き五郎との恋が続いている世界に生きているのも「幻想」的な小説である。このような幻想的であり観念的な世界に執着するあまり、現実を受け入れることができずに葛藤するまゆみの姿が物語の随所で描かれ、思い悩んだ末に結婚を決意するというのが、この物語の結末である。(3)

本論では、まず、まゆみにとって現実以上のものであった観念的な世界とその世界の崩壊を分析する。そのうえで、同様に観念的な世界を描いている『豊饒の海』が「典拠」とした『浜松中納言物語』(以下、『浜松』と略称する)と『恋の都』の類似する点を指摘し、『浜松』を評価するに至った三島の特質に迫りたい。

一　まゆみの〈国粋思想〉／「聖処女」としてのまゆみ

『恋の都』の展開の鍵となるのが、まゆみの〈国粋思想〉である。

まゆみは英語はすばらしく出来、外人との附合もうまかつたが、奇妙にアメリカ人を毛ぎらひしてゐた。こんなに一から十までアメリカナイズされた職業の中にあつての、彼女の国粋思想は、みんなの不審の種子であつた。（「人物紹介」三九一）

この〈国粋思想〉は、タクシーで皇居二重橋前を通る際、「まゆみはいつも潤んだ目を、さらに潤ませて、みんなに気附かれぬやうに、そつと皇居のはうへ目礼した」（「人物紹介」三九一）などと具体的な行動として表れる以外に、まゆみの考え方や、物事の捉え方と大きく結びついている。

これは、「彼女はこの写真とまる一日別れてゐることはできなかつた」（「人物紹介」四〇〇）とまで描かれる、まゆみが常にハンドバックに忍ばせている一枚の写真と関係してくる。

二十歳で死んだ初恋の青年の名は、写真の裏側に、稚拙な墨の字で大きく丸山五郎と読まれた。（中略）丸刈りの青年は、口をきりつと結び、切れ長の、すこし吊り上つた目を爛々と光らせてゐる。お国名産の久留米絣の衿元をキチンとあはせて、相手に決闘を挑みさうな、烈しい清潔な表情をしてゐる。（「愛の地獄と天国　四」四七五）

彼女が肌身離さず持ち歩く写真は、今は亡き初恋の相手、丸山五郎である。彼の亡くなった事情は次のように明かされている。

死んだ青年は、その二十歳の年のままである。彼は九州の生れで、戦時中、過激な右翼団体の宮原塾の塾生だつたが、まゆみ一家が疎開中、敗戦と共に代々木原頭で切腹して死んだのであつた。彼女は少女時代の彼女の耳にささやかれたこの初恋の男の熱烈な言葉の数々を思ひうかべた。それは今では神話のやうにしか思はれぬ極端な熱狂的な国粋思想であつた。（「人物紹介」四〇〇）

まゆみの〈国粋思想〉は、丸山五郎の「極端な熱狂的な国粋思想」を語る「熱烈な言葉の数々」の影響であったものの、五郎が抱いていた「国粋思想」とは大きく異なるものへと変化して形作られたものであった。

スティーヴだつて、根つから悪い人ぢやない。それなのに、どういふのかしら。言ひ寄つてくるアメリカ人を一人一人はねつけて、私自身の無傷の勝利を感じるとき、私には、何だか、死んだあの人の魂が安まるやうな気がするんだわ。（「女の戦友　一」四〇三）

このように、言い寄ってくるアメリカ人を手痛くはねのけることが、まゆみにとっては、五郎の「国粋思想」に基づいた行動であり、亡き五郎への弔い合戦でもある。

『あの人たちは、私のことをパンパンだと思つてゐるんだらう』と、青信号になつて走りだした車の軽い動揺に身を委せながら、まゆみは考へた。『……さう思はれたつて、何だといふの。もし私が心の奥の本当の気持を叫んだら、あの人たちは熱狂して、私を胴上げにしてくれるだらう』

こんな考えはまゆみの空想的な欠点をよくあらはしてゐた。（「女の戦友　一」四〇五）

この「心の奥の本当の気持」とは、アメリカ人を嫌い、言い寄ってくる彼らをはねのけることであり、白い目で見てくる日本人達もその〈国粋思想〉を知れば感激してくれるはずだと、行きすぎた空想までする。このような空想が、まゆみの「欠点」として指摘されている。

しかし、このまゆみの〈国粋思想〉に基づく行動は、アメリカ人に限ったものではなかった。

『(中略) スティーヴだつて、どういふ風に憎いといふわけではない。ただかうやつてこの人が私を求めてゐる目つきがわかると、むしやうに、ひどい目にあはせてやりたくなる。今までいつもさうだつた。これからもきつとさうだらう』

まゆみのこんな反省には、ちよつとした盲点があった。二十歳で死んだ初恋の青年、丸山五郎、の思想が乗りうつつてゐるばかりに、アメリカといふ国がひたすら憎くて、それで自分がアメリカの男たちの誘惑をはねつけることに、よろこびを見出してゐるのだと考へてゐた。しかしまゆみは、かつて自分の楽団の若い男たちの誘惑をもしりぞけたことは忘れてゐた。……**自分を求めてゐる男の目附そのものが、彼女をいつも残酷にするのだといふことを、まゆみは深く考へてはゐなかつた。**（「女の戦友 一」四〇三、四〇四）

まゆみがアメリカの男達の誘惑をしりぞけるという行動は、彼女が担当している日本人の楽団員の誘惑を退けたことを考え合わせると、純粋な「国粋思想」から生じたものではなく、五郎を思い続けて純潔を守ることから生じた、まゆみなりの〈国粋思想〉による行動であった。

まゆみに振られた楽団員達は、そのように純潔を守るまゆみを象徴する仇名をつけている。まゆみには、楽団員みんなが信じてゐる伝説があつた。のみならず、彼女だけが知らない仇名があつた。それは「聖処女」といふのである。彼女がマネージャーになつてから、楽団員は年配のバンド・マスターをのぞいて一人づつ彼女に言ひ寄つてみたが、成功した者は一人もなかつた。

（「人物紹介」三九〇）

スティーヴがマネージャーをしているナイトクラブのギャラが値上げした際、楽団員の工藤がまゆみを心配する部分にも同様の仇名が見られる。

何か交換条件があつた筈だし、まゆみがそれを呑んだから、交渉が成立したにちがひない。しかしまゆみは俺たち全部のために、身を犠牲にして十万円の値上げを獲得したのだらうか？　まゆみが進んでそんな汚ないことをするわけはない。あの「聖処女」が！

（「ジャズ・コンサート」四三二）

後に、スティーヴをうまく煙に巻いたことを知った工藤と楽団員達の様子からも、まゆみを「聖処女」として強く意識していることがうかがえる。

この話は、十万円昇給の報告より、実はもつと深く、若い楽団員たちを喜ばせ、元気づけた。かれらのどの一人も、そのとき、自分たちのまゆみに対する信頼が、マネージャーとしての手腕に対する信頼といふよりむしろ、**彼女の清らかさに対する信頼**であることを知るのであつた。
（「ジャズ・コンサート」四三五）

まゆみが「聖処女」であることへの信頼は、後にまゆみが手にした、「白いまゆみ」を意味する白檀の扇の「白」と関わるのは言うまでもない。

二　まゆみの観念的な世界と三つの事件

まゆみの五郎への一途な思いは、その後の物語展開上、三つの事件から照らし出されることになる。その事件の一つ目は［楽団員の松原と人妻との心中未遂］、二つ目は［千葉光との恋］、三つ目は［楽団員の工藤と安子の結婚］である。

まず、一つ目の［楽団員の松原と人妻との心中未遂］は、松原が人妻と不倫をし、熱海で自殺未遂をするという展開である。二人が入院している熱海の病院へと向かったまゆみは、同行していた友人のマリ子と次のような会話をしている。

「何だか私**怖い**の。松ちやんの顔を見るだけで、倒れてしまひさうに**怖い**のよ。あの二人はたしかに愛し合つてゐたわ。愛し合つて、一緒に死ぬなんて、私そんな世界を想像するだけで、それがひどく醜くても、ひどく美しくても、何だか**ぞつとするやうな気がするの**」

「**女学生**だね、まるで」
（「愛の地獄と天国　二」四六九）

また、二人のお見舞いの後、熱海から帰宅したまゆみは、母親と次のような会話をする。

「かへりがけに松ちやんが私の耳に口をつけて小声で打明けたの。なんだか、すつかり狐が落ちたやうで、恋はもうおしまひだつて言つてゐたわ」

「なるほどわかつた。あんたはその一言をきいて、何だか世の中がわからなくなつて、頭がグラグラしだしたんだね。本当に子供だよ。まゆみは」

まゆみは日頃見当外れな母親のこの炯眼におどろいた。（「愛の地獄と天国　三」四七四）

母親の「炯眼におどろいた」とあることから、母親の発言はまゆみの感情を的確に言い当てたものであったことになる。ここでのまゆみは「恋はもうおしまひ」という言葉に「世の中がわからなくなつて」しまったとある。この内容から改めて二つの会話を再検討すると、どちらもまゆみの〈恋の終わり〉に対する恐怖心が表現されたものだと捉えることができる。愛し合った男女が共に死ぬという心中は、観念的に二人の終わりなき愛を実現させる一方で、現実では死による〈恋の終わり〉でもある。このような行為に対して「怖い」「ぞつとする」といった感情を、まゆみは抱いている。このような〈恋の終わり〉という現実を受け止めることができないまゆみを、マリ子と母親は、「女学生」、「子供」と喩えるのである。

本来であれば、まゆみの五郎への恋は「死」という、越えられない障害によって〈恋の終わり〉を迎えていたはずである。しかし、五郎との恋が続いているという観念的な世界においては、まゆみがその世界を終わらせない限り〈恋の終わり〉はこない。後に描かれる仮装舞踏会では、まゆみは亡き五郎の写真の姿と合わせ、五郎のパートナーとして見合う衣装を身につけてもいる。

> 大体仮装舞踏会の仮装はパートナーの男性と対になるやうに工夫すべきものである。まゆみは丸山五郎の丸坊主の頭とあの紺絣の着物と粗末な書生袴を思ひうかべた。明治書生のやうな、多少時代離れのした格好だつた。（中略）『さうだわ。死んだパートナーと対になるやうにすればいいんだ。私、海老茶式部で行かう！』　（「仮装舞踏会　二」四九六）

このように、まゆみは自身が創り上げた〈恋の終わり〉なき観念的な世界に固執している。それが、楽団員の心中未遂後の二種類の会話部分からより明らかになるのである。

次に、二つ目の「千葉光との恋」は、友人のマリ子に誘われて参加した仮装舞踏会で、マリ子のパートナーとして参加した、俳優の千葉光と出会うところからはじまる。マリ子の光への気持ちを知ったまゆみが、マリ子のために光を振るという展開となる。ここでは、まゆみの光に対する恋心が次のように描かれている。

> これで千葉光は完全に失恋したわけであるが、その淋しさうな横顔をチラとぬすみ見たまゆみは、急に光の淋しさに伝染しさうな自分を感じて、おやと思つた。『一体失恋したのは、千葉さんなのかしら？　それとも私なのかしら？』
>
> （「真珠の頸飾　四」五四一、五四二）

まゆみが光を振ったのだから、失恋したのは光であるはずである。しかし、自身が失恋したかのような気持ちになったことに驚くほど、思っていた以上に光への好意があったということに、まゆみは気がつく。

振られた光とまゆみが踊る場面には、次のようにも描かれている。

まゆみは目をつぶつて踊つた。自分を愛している男の踊り方ははつきりわかる。まゆみはこの強い腕の中から、たとへ友達を不幸にしないためでも、どうしてこんなに逃げようとしてゐるのか、正直自分で自分がわからなかつた。『私つて恋愛ができない女なのかしら』さう思ふとつぶつてゐる目に、初恋の故丸山五郎の面影がうかんで来た。またしてもまゆみはいつもの頑固な信念にとぢこもつた。『私の愛してゐるのは五郎さんだけだわ』

しかし目をつぶつてゐるうちに、今自分を抱いて踊つてゐる千葉光の顔がいつのまにか丸山五郎の顔に入れかはり、その熱い腕は五郎の腕のやうに思はれてくる。まゆみはこれ以上**踊りつづける勇気がなかつた**。

（「真珠の頸飾　四」五三九）

まゆみはここでも「いつもの頑固な信念」に閉じこもり、光に対する自身の気持ちを否定する。続く波線部のように、愛する五郎の腕に抱かれていると思えるのなら、その空想にひたって踊り続けてもいい状況ではある。しかし、「踊りつづける勇気がなかつた」とあるところから、愛する五郎であっても、まゆみは「熱い腕」を持つ生身の男と恋愛をする「勇気」がないことがうかがえる。これは、一つ目の事件で考察をした、現実の恋だからこそ起こりうる〈恋の終わり〉を怖れることと組み合わせて考えることもできよう。

三つ目の［楽団員の工藤と安子の結婚］は、コンサートでの暴動などを乗り越えて、工藤と安子が結婚をするという展開である。まゆみは二人の結婚を目の当たりにし、次のように考える。

かういふ経緯をはたから見てゐると、まゆみは自分の心の動き方を、反省してみずにはゐられなかつた。まゆみは自分では決して道徳家のつもりはなかつたが、おそらく経験の不足から、恋愛といふものを型にはめて考へすぎ、またその結果、**経験に対して極度に臆病になつてゐる自分**を見出した。『何だつて私は、丸山さんは好き、ほかの人は好きではない、つて決めてしまふのかしら。自分の決めたことで自分を縛つてしまひ、他人の目でものを眺めてみようといふゆとりがないのかしら。さうだわ、私、忙しすぎるんだわ』

これはおそらく、まゆみがあの夢みたいな初恋に対して批判的になれた最初の機会であつた。

（「黄道吉日　一」五六一）

現実世界で〈恋の終わり〉に直面すること、生身の男と恋をすることへのまゆみの怖れは、「経験に対して極度に臆病になつてゐる自分」の発見へと繋がる。それが観念的な世界である、「夢みたいな初恋」を批判的に捉え返すきっかけとなったのである。

三 「白檀の扇」と「砂上の楼閣」の崩壊

観念的な世界に批判的になれたまゆみに、とうとう五郎が生きているという真実が突きつけられる。その媒体となるのが、白檀の扇である。すでに物語冒頭部に、アメリカX通信社の記者ドナルドが、知人に託された白檀の扇をもてあそんでいる描写はあるが、「この扇は、かうして物語のはじめに、一寸紹介されるだけで、物語がをはりに近づくまで、姿を現はさない」（「白檀の扇」三八一）という読者に向けた一文が示される。ようやく終盤で、実はその知人が、生きていた五郎で、まゆみに渡すための扇であったことが明かされる。ようやくまゆみの手に渡った扇は、次のように描かれる。

まゆみは思はず目をとぢてその匂ひをきいた。白檀のけだかい匂ひは、このアメリカ風のナイト・クラブの喧騒を一瞬忘れさせ、東洋の古い山水画のなかの、竹林にかこまれた仙人の庵にでもゐるやうな気持にさせた。静かな郷愁の匂ひ、枯寂のなかにどこか艶やかな匂ひ、まゆみは何かその匂ひが自分の心の一番深い部分にしまはれた記憶をよびおこすやうな気がした。（「扇の宛名」五七〇）

白檀の香りは、まゆみの「心の一番深い部分にしまはれた記憶」である、常に思い続けている五郎との観念的な世界に繋がるものであった。

白檀の三十の薄片に精巧な透かし彫が施され、それが白絹のリボンで綴られ、白銀の要でとめてある。手にとれば軽くしなつて、さらさらとほどけるやうに扇はひらいた。まゆみは裏表をかへしてみて、いちばん端の木片の裏に、黒い小さな字が書かれてゐるのに目をとめた。（「扇の宛名」五七一）

この「黒い小さな字」で書かれていたのは、「まゆみよ、僕は生きてゐる。丸山五郎」（「扇の宛名」五七二）という一文であった。この白檀の扇は、死んだと思っていた五郎が生きているということを知らせるものであった。

扇を受け取ったまゆみが、後に「白檀の扇」に込められた五郎の思いに気がつく場面がある。

まゆみは一人になると、白檀の扇を唇におしあてて何度も接吻した。白い扇には紅の曇りがついた。やつとその扇の香水が何を意味してゐるかをまゆみはさとつた。「白檀……白い檀《まゆみ》……私の名だわ」（「初恋はよみがへるか？　一」五七七）

まゆみのこの考えは、次のような五郎の思いをくみ取ったものであった。

僕はある日、香港の下町をぶらぶら歩いてゐました。すると名物の白檀の扇が目に入りました。（中略）僕はさうしてゐるうちに、檀といふ字が、日本で『まゆみ』と訓むことに気がついたんです。その場ですぐあなたにこれを送ることを思ひつきました。（「五郎の変貌　一」五九九）

また、「白い檀《まゆみ》」の「白」の意味合いは、後に描かれる、既婚者かを問う五郎とまゆみの会話から明らかになる。

その涙を見た五郎は、まゆみがすでに結婚してゐると釈つたものか、深い失望の色をうかべてまゆみを見戍つた。しかし気を取直すと、まゆみははつきり、「いいえ、結婚なんかしてゐないわ。結婚なんか……」

聡明なまゆみは、もう一言先を言はうとして踏止まつた。（「五郎の変貌　一」六〇一）

まゆみの会話の「……」部分は、五郎を思い続けて純潔を守ったという内容であり、楽団員達がつけた「聖処女」という仇名と関わっている。この「白」は、物語序盤からまゆみをイメージする色として描写されていた。

「まあ、待たしてすまなかつたわねえ、まゆみ。今日は、まつ白なシャークスキンね」（中略）男たちがドッと笑つた。なるほど**まゆみの純白**と、マリ子の真紅が、丁度紅白の水引のやうであつた。（「人物紹介」三九四）

マリ子の深紅と対比されるまゆみの白は、仇名の「聖処女」とも関わるものである。また古典的な掛詞として「扇《あふぎ》」に掛けられる「逢ふ」も、この白檀の扇に込められた一つのメッセージとして機能していよう。

また、この扇は隠されたメッセージを伝えるだけではなく、当然、書かれた文字から五郎が生きているという奇跡をもたらすものでもあった。この現実が信じられなかったまゆみは、ドナルドにその人の名を問うと、「コンドウ」だと答える。「それぢやあちがふんだわ」とまゆみは深い吐息をつき、次のように考える。

これはあるひは五郎の友達が、五郎の臨終に託された扇子かもしれない。それならそれでいい、**なまじ五郎が生きてゐたりせず、すべてが元のままのはうがいい**、とまゆみは**めまひのするやうな妙に甘い気持**で考へた。（「初恋はよみがへるか？ 一」五七三）

五郎との恋が続く観念的な世界を壊したくないまゆみは、五郎が生きていることを望んでいない。五郎の写真を見たドナルドが、「コンドウ」と写真の人物が似ていると言うのに対し、同様のまゆみの心情が描かれる。

「では生きてゐますのね」
まゆみはつきものの落ちたやうな**がつかりした声**で言つた。その声には**心なしか力がなかつた**。（「初恋はよみがへるか？ 一」五七五）

この場面では、五郎が生きていることに対して、まゆみは明らかにがっかりしている。これも観念的な終わりなき恋の世界が失われてしまうことに対する、失望や悲しみを表現したものとして捉えられる。

このように、がっかりしながらも五郎が生きていることを知ったまゆみは、今までの自らの生き方を振り返る。

あの五郎さんが半分アメリカ人になつてゐる！　あれほど国粋思想にこりかたまり、私に強い確信を吹き込んだあの人が！……さうだわ、私はあの人の亡きあと、まるで大事な遺産のやうに、あの人の思想を奉じてきた。今の世では時代おくれのあの思想は、いつも私の生きる糧だつた。天皇陛下への絶対の愛、日本人としての絶対の矜り。理窟はどうあらうと、私は五郎さんの肉体を抱きしめるやうに、あの人の思想を抱きしめて来たんだわ。弱りかかる心、現実を知つて利巧に妥協的になりかかる心を抑へて、いつも私は心の底からアメリカを憎んでゐた。五郎さんの死の原因をなした敵国人を憎んできた。（中略）私の肉体をほしがるアメリカ人に、すれすれのところで敗北を喫しさせてやることが、私には五郎さんの**弔合戦**のやうに思はれた。（中略）それが私の復讐だつた。

（「初恋はよみがへるか？　二」五八〇）

まゆみの〈国粋思想〉は、五郎からの「大事な遺産」であり、五郎の肉体を抱きしめるように抱き続けてきた思想であった。「理窟はどうあらうと」という前置きから、まゆみにとっては、「国粋思想」そのものよりも、それが五郎の思想であったことの方が重要なのである。現実を知り、それがもはや時代遅れと知っていながらも、アメリカを憎んできたのである。このような生き方は、後に、「狂気の振舞」、「空しい意地つ張り」（「五郎の変貌　四」六〇二）と捉え返されてもいる。

これまでの自身の生き方を振り返ったまゆみは、次に、生きている五郎に会うべきか、これからどうするべきかを葛藤する。

だが今では、……これからの私はどうなるのだらう。（中略）しかし今の五郎さんが、この写真の五郎さんとは別人になつてゐることだけはたしかだ。（中略）昔の五郎さんは決してかへつて来ない。今の五郎さんは二十歳で死んだのだ。……やつぱりさう思つたはうがいい。**昔の幻**を大事にしたはうが賢明だわ。少くともあの人の生きてゐたことを喜びにして、私は私の道を行くべきだわ。妙な手紙を出したりして、一そう**幻影**をこはすやうなことはしないはうがいい（「初恋はよみがへるか？　二」五八二）

まゆみは、自身が知る「写真の五郎」を「昔の幻」や「幻影」と表現し、その幻や幻影を壊さないほうがいいという結論に至る。そして、これまで心の支えにしてきた観念的な世界を守り通すことを決意する。このようなまゆみの葛藤は繰り返し描かれる。

何のために生きてゐるのかわからなくなり、少くともこの八年間、婚期を遅らせてまで張りをもつて暮した八年間の意味が、あとかたもなく消滅してしまつた。それでも時々、五郎が生きてゐる、と思ふことは、曇つた空に急に一ヶ所日がさしだすときのやうに、心を歓喜にもえ立たせた。だがその喜びはすぐ消えた。別の不安が、**生きてゐる人間の定めな**

さを思ふ不安が、心をどんよりと淀ませてしまふ。それに比べれば、死んだ人間の思ひ出は何と鞏固なことか！
（「再会　一」五八二）

ここでは五郎が生きていることに喜びを見出しはするものの、「生きてゐる人間の定めなさ」を思うと不安が募るとある。この「定めなさ」は、変化していく人の心や志を指しており、そこには外見も含まれよう。もはや「半分アメリカ人」になって「国粋思想」を抱いてはいない五郎、紺絣を着て丸刈りではない五郎、そして、まゆみを愛していないかもしれない五郎。このような五郎の変化は、まゆみにとって怖ろしいものである。まゆみの観念的な世界には変化というものはない。「死んだ人間の思ひ出」は永遠に変化がないから安定した安心のできるものであり、だからこそ「鞏固」にまゆみの心の底にあり続けるのである。
　このように、まゆみの葛藤は尽きることがないが、確実にわかっていることが一つだけあった。

まゆみにはわかつてゐた。それにしても今日世界は一変し、まゆみの生きる力としてゐたものは、少くとも崩壊してしまつたことが。
（「初恋はよみがへるか？　二」五八一）

まゆみの生きる力としていた〈国粋思想〉や観念的な世界は、五郎が生きていて、しかも「半分アメリカ人」になっているという事実によって崩壊してしまったのである。五郎と再会したときにも同様の表現がある。

五郎は少くともその虚しさを意識して生きた。しかしまゆみのはうがもつと虚しい生き方をしたのかもしれない。なぜなら五郎の出現によつて、はじめて**まゆみの九年間の生き方が、虚しい、無駄な、何の意味もない生き方だつた**といふことが、暴露されてしまつたのだから。それまでまゆみはそれを意識せずに生きてきたのだから。**砂上の楼閣が崩れてしまつた。**

（「五郎の変貌　五」六〇四）

まゆみがこれまで信念としてきたもの、それに基づいて生きてきた年月が、何も意味のないものであり、なおかつ、何の意味もないということを知らずして生きていたことを、まゆみは「虚しい生き方」として捉え返す。

まゆみが「生きる力」としていたものは「砂上の楼閣」であり、それは生きている五郎との再会で、完全に崩壊した。この小説がまゆみの「虚しい生き方」を描くものであるなら、題名の「恋の都」は、崩れることが運命づけられた「砂上の楼閣」だったともいえよう。

四　愛の裏切りと愛の成就

白檀の扇を手渡された翌年、五郎とまゆみは再会を果たす。写真の五郎から変貌した、生きている五郎の様子は次のように描かれている。

じつと五郎をみつめて、昔の俤を探し出さうとするのだが、そこにはアメリカ製の派手なネクタイを締めた、よく日に灼けた一人の快活さうな青年がゐるだけだつた。事実、五郎は二世だと自称しても、誰も疑ふ者がなかつたにちがひない。（「五郎の変貌　一」五九二）

まゆみが常に思い浮かべていた写真の五郎とは全く違う風貌であり、「二世」と自称できるほど、五郎はアメリカ人めいている。実際に、五郎はアメリカの国籍を買い、アメリカ人になっていたのである。

「（中略）僕の今の本当の名は、フランク・近藤といひます。僕は……アメリカ人なんです」

――この一言の衝撃はまゆみの胸を突いた。これほど怖ろしい言葉はなかつた！（「五郎の変貌　四・五」六〇三、六〇四）

五郎がアメリカ人になっているという事実は、まゆみの五郎を思っての弔い合戦がすべて無意味であったことを突きつける、「怖ろしい言葉」であった。

この対面の場で五郎に結婚を申し込まれたまゆみは、五郎に抱きしめられて接吻をされる。それはふしぎな、理性をこえた、深い淵におちてゆくやうな感動だつた。五郎の肉体がここにある。死んで土に帰したとばかり思つてゐたその唇は、まぎれのない肉の熱さと重みを以て、まゆみの唇の上にあつた。（中略）生きてゐる五郎の歯がまさにまゆみの歯にふれ、二人の熱い息は濡れて通ひ合つた。……しかしまゆみの心はその一瞬をすぎると、深い淵の底からけんめいによぢ昇らうとしてゐた。この接吻の味はひは本当にまゆみが求めてゐたものではなかつた。われを忘れてはならない接吻だつた。**それは何か怖ろしいものにたしかにつながつてゐた。**

（「五郎の変貌　五」六〇六）

五郎と唇を重ねることで、まゆみは五郎が生きていることを実感するとともに、互いを思う二人の気持ちが通い合う。しかし、この接吻は、まゆみにとって五郎との恋が永遠に続いているという観念的な世界の崩壊という、「怖ろしいもの」に繋がっている。

その後、五郎に結婚を申し込まれたまゆみは、次のように考える。

『何も考へずに、好きな人と一緒に映画を見たり、ダンスに行つたりして、ぼうつとして暮す時間が私にはなさすぎた。そのむくいかしら？　こんなにまで私が、**愛の裏切りでもあり愛の成就でもある**といふ、奇妙な結末に追ひ込まれてしまつたのは』

（「愛のゆくへ　三」六一二）

五郎の変貌は外見だけではなく、「国粋思想」を抱いてはいないうえ、アメリカ人になっているという大きな変化があった。そのように考えたとき、それは「愛の裏切り」であった。しかし、二人を隔てる死は取り除かれ、生きている五郎に結婚を申し込まれるのは「愛の成就」でもある。まゆみは、この「裏切り」と「成就」を一時に味わう奇妙な立場に追い込まれた。

結婚を申し込まれた後も、まゆみは崩れてしまった「砂上の楼閣」にしがみつこうとする。

五郎の身の上を楽団員の坂口に確認してもらった際、次のような発言をしている。

「だつて私、あなたが何か悪い情報をもつて来て、五郎さんのイメージをもつとひどく壊してくれるのを待つてゐたの」（「愛のゆくへ　三」六一六）

実は、五郎に結婚を申し込まれた日の夜、まゆみは「ノオといふ決心を固めてゐた心算《つもり》だつた」（「愛のゆくへ　一」六〇九）。そのため、五郎との結婚を妨げるような情報を願っていたのである。また、まゆみは坂口と次のような会話もしている。

「でも私は、白鳥の卵だと思ひ込んで育ててゐたのが、生れてみたらアヒルだつた、といふ目にあつたのよ」

「幻滅の悲哀か。ありふれた文句だな。いつたいどうして君はそんなに**自分のイメージに執着して、実体をつかまうとしないんだらう**。」（「愛のゆくへ　三」六一七）

まゆみが坂口に、白鳥の卵とアヒルの雛の喩えを出して「愛の裏切り」を表現すると、坂口はそれを「幻滅の悲哀」だと一般化する。坂口は、まゆみが過去の五郎との恋である観念的な世界に執着し、五郎との結婚を考えられていないことを指摘する。

「（中略）何を私こはがつているんでせう。胸に手をあてて考へてるうちにわからなくなつて来るの。ただ私は、**夢の中の五郎さん**のために、二度と来ない青春を一人で生きて来たの。**その記録に泥を塗ることはとてもできないのよ**」（「愛のゆくへ　三」六一八）

坂口の指摘を受けながらも、まだ過去の五郎との恋にとらわれているまゆみだが、後悔し続けることの恐ろしさを坂口に説かれ、五郎からの電話に次のように答えることになる。

「早速ですが、……（電話のむかうの声は、少し澱んだ）……この間、お話したことですが……あれね、御返事はイエスでせうか？　それとも……」

まゆみは、感情をまじへないはつきりした声でこたへた。

「イエスですわ」（「愛のゆくへ　五」六二五、六二六）

まゆみは、五郎の結婚の申し込みに「イエス」という返事をすることで、この奇妙な愛を成就させる。感情を交えない声なのは、未だ葛藤はあるものの、今そこにある現実を受け入れようという決意の表れと取ることができる。この返事が『恋の都』の少々唐突とも思える結末となっている。

五　『恋の都』に見られる『浜松』的要素

後に三島は、一九六四（昭和三九）年、日本古典文学大系『浜松中納言物語』の月報(4)で、この物語の魅力を次のように述べている。

異国趣味と夢幻の趣味とは、文学から力を失はせると共に、一種疲れた色香を添へるもので、世界文学の中にも、二流の作品と目されるものの中に、かういふ逸品の数々があり、

> さういふ文学は普遍的な名声を得ることはできないが、一部の人たちの渝らぬ愛着をつなぎ、匂ひやかな忘れがたい魅力を心に残す。「浜松中納言物語」は正にそのやうな作品で、もし夢が現実に先行するものならば、われわれが現実と呼ぶもののはうが不確定であり、恒久不変の現実といふものが存在しないならば、**転生のはうが自然である**、と云つた考へ方で貫ぬかれてゐる。それほど作者の目には、現実が稀薄に見えてゐたにちがひない。

この三島の評価は、不確定な現実よりも「転生のはうが自然」であることと関係する。これは、転生をすることで恋しい人と再会できる観念的な世界の方が、ある意味「恒久不変」だということを示唆している。このような『浜松』への評価は、「観念・認識の世界」を描く「三島らしさ[5]」と関わるものである。

このような「観念・認識の世界」を崩壊まで描いた、一九六五（昭和四〇）年に連載を開始した『豊饒の海[6]』の世界観の一端は、すでに約十二年前に書かれた『恋の都』に見ることができる。『豊饒の海』が典拠とした『浜松[7]』を、『恋の都』執筆前に三島が読んでいたとは考えがたいものの、『恋の都』と『浜松』には奇しくも次のような類似する内容を見出すことができる。

まず、まゆみの亡き五郎に対する思いは、『浜松』の中納言が唐后に寄せる思いの在り方に類似している。中納言は唐土で唐后と契りを交わし、二人の子である若君を伴って帰国した。

日本と唐土にはどうにもならない距離があり、二人は再会することが叶わない。まゆみと五郎の間には死が、中納言と唐后の間には海が横たわっている。まゆみは、亡き五郎との恋が未だに続いているかのような観念的な世界を形作り、その世界に固執する。対して中納言は、自らの身を代えて唐后にゆかりあるものとして転生し、再会することを希う。(8)

これは、**身を代へてのみこそ、今はかの御あたりに寄るやうもあらめ**、この世は、さんいうの春の夢をかぎりにて止みぬるぞかし、と思ひつづけては、言はむかたなう、心も肝もまどひ失する心地のすれば、極楽の望みはさし置かれ、(中略)**この御あたりに今ひとたび見せ給へ**、と念ぜらるることよりほかになきも、思へば心憂し。

(巻三　二六一、二六二)

この人を、ただかの御かたみとかしづきて、おほかたの心はなぐさむとも、夢のやうなりし一筋の思ひは、うつろはむかたなく、**身を代へても、かの御ゆかりの草木と、いまひとたびならむ**と念じても、

(巻四　三一九)

この中納言の転生をして再会をするという思いが、唐后の寿命を縮めて死を招き、天へと転生した唐后を「あはれ」と思わせ、再び地上に女として生まれてくるという物語展開を導いていく。(9) まゆみにとっても、中納言にとっても、現実で恋しい人と再会することができないからこそ、五郎との観念的な世界や、唐后と転生して再会できる世界を夢見るしかなかったといえよ

う。

　また、まゆみは白檀の扇で五郎が生きていることを知り、それが観念的な世界が崩壊していくきっかけとなった。中納言は唐后による夢告と、唐土の宰相からの日記形式の消息によって、唐后の死と天への転生、そして女への転生を現実のものとして受け止める。

　身を代へても一つ世にあらむこと祈りおぼす心にひかれて、今しばしありぬべかりし命尽きて、天にしばしありつれど、われも、深くあはれと思ひ聞こえしかば、かうおぼしなげくめる人の御腹になむやどりぬるなり。（巻五　三九七、三九八）

　送りに来たりし宰相のもとより消息あり、あはれにいみじきことども日記にして、「去りぬる年の三月十六日に、河陽県の后、光隠れさせ給ひにしかば（中略）」とあるを見るに、見し夢はかうにこそ、とおぼし合はするにも、いとどかきくらし、たましひ消ゆる心地して、涙に浮き沈み給ひけり。（巻五　四五〇、四五一）

唐后の女としての転生を現実のものとして受け止めた中納言は、ただただ涙を流す。

　転生は母胎を通して生まれ変わるため、当然、唐后はかつての面影とは異なる姿になる。『浜松』で転生後の姿が描かれる唐土の第三皇子（転生前は中納言の父）は、「御年七つ八つばかりにて、うつくしうて、うるはしく鬢づら結ひ、しやうぞきておはす」（巻一　三五）と、亡き父とは年齢も異なる上、その面影もなかった。中納言が唐后の転生を知った際の、「さばかりめでたく照りかかやき、世のひかりとおはせし御身を代へさせむとは思ひ寄らざりしを」（巻五　三九八）という亡き唐后の面影への執着を考えると、[10] 結末で中納言が流す涙は、『恋の都』同様に、「恒久不変」の観念的な世界が崩壊してしまうことを悲しむ涙として読み解くことができよう。

現存『浜松』が「涙に浮き沈み給ひけり」という唐突な結末を迎えるため、まゆみが「イエスですわ」と変貌した五郎を受け入れたように、[11] 中納言が外見の異なる唐后を現実として受け入れ、男女の契りを交わすことができるのかは、読者の読みにゆだねられる。

このように『恋の都』の「恒久不変」の観念的な世界を構築し、その世界が現実を受け入れざるを得ない状況になり、崩壊するという流れは、『豊饒の海』やその典拠である『浜松』と類似している。三島が『浜松』を評価したのも、三島作品の特質が多分に含まれた作品であったからだと考えられよう。

注

（1）『主婦之友』は、一九五四（昭和二九）年一月号から『主婦の友』と誌名を変更している。

（2）当時の社会的な情勢と小説の内容との関係は、武内佳代「三島由紀夫『潮騒』と『恋の都』──〈純愛〉小説に映じる反ヘテロセクシズムと戦後日本」（お茶の水女子大学ジェンダー研究センター『ジェンダー研究』一二号、二〇〇九年三月）に詳しい。

（3）『恋の都』の結末の「愛の裏切り」に関して、武内佳代は、「エンターテインメントとしての三島由紀夫―その〈不純〉なる文学に向けて」（井上隆史ほか『三島由紀夫小百科』水声社、二〇二一年）では、純愛小説に対する「ささやかな抵抗という〈不純〉」、「性規範からの逸脱としての『純白の夜』『恋の都』『女神』『永すぎた春』―一九五〇年代の女性誌を飾った三島由紀夫の長編小説」（東海ジェンダー研究所『ジェンダー研究』一四号、二〇一一年一二月）では、「悲劇」と捉え「ロマンテック・ラブ・イデオロギーというものに対する強い諷刺性が滲出している」と述べている。

（4）三島由紀夫「夢と人生」（日本古典文学大系『浜松中納言物語』月報、岩波書店、一九六四年）

（5）伊藤禎子「〈三島由紀夫〉と中古文学―鏡面としての豊饒の海」（『円環の文学―古典×三島由紀夫を「読む」』新典社、二〇二三年、初出二〇一八年一一月）で詳しく論じられている。

（6）『豊饒の海』は、『新潮』の一九六五（昭和四〇）年九月号から一九七一（昭和四六）年一月号に掲載された。

（7）『豊饒の海』「春の雪」の巻末の後註に「『豊饒の海』は『浜松中納言物語』を典拠とした夢と転生の物語であり、因みにその題名は、月の海の一つのラテン名なる Mare Foecunditatis の邦訳である」とある。

（8）拙稿「『浜松中納言物語』における〈あくがるる心〉―中納言の人物像を中心に」（駒澤大学大学院国文学会『論輯』二八号、二〇〇〇年五月）、「『浜松中納言物語』の源中納言―逢瀬を希う〈あくがるる心〉は、転生を惹き起こす」（室伏信助、上原作和『人物で読む源氏物語　第三

巻　光源氏Ⅱ』勉誠出版、二〇〇五年）参照。

（9）拙稿『浜松中納言物語』の唐后―母を恋う「世づかぬ」后は「あはれ」を思う」（室伏信助、上原作和『人物で読む源氏物語　第一巻　桐壺帝・桐壺更衣』勉誠出版、二〇〇五年）参照。

（10）鈴木泰恵「『浜松中納言物語』恋の文模様―唐后転生へのしらけたまなざしから」（『狭衣物語―モノガタリの彼方へ』翰林書房、二〇二一年、初出二〇一四年五月）は、中納言の唐后への思いを「イデアの恋」とし、「唐后の〈かたち〉をふみにじ」る転生に、中納言は「しらけたまなざし」を向けているという読みを提示する。

（11）『恋の都』でも、まゆみが二十歳の五郎の面影に執着している様子がうかがえる。

「その人、頭を丸刈にしてゐまして？」「いや」とドナルドはキョトンと目をひらいて、首をふつた。「長髪でした」それはさうだ。終戦後今まで丸刈でとほしてゐる義理はないのだ。

（「初恋はよみがへるか？　一」五七四）

その一方で、五郎の変貌に対して、つじつまを合わせているような描写も見られる。

そのとき五郎の髪があの丸刈の頭にかはり、その目が二十歳の若者の目にかはり、その派手なネクタイが紺絣のきちんと合はせた衿元にかはつた。**幻はまゆみをおそろしい力で惹きつけた。**

（「五郎の変貌　四」六〇三）

付記

『浜松中納言物語』の引用は新編日本古典文学全集『浜松中納言物語』（小学館、二〇〇一年）により、巻数、頁数を示した。なお、引用文の必要な箇所に関しては、傍線を引く、太字にするなどした。また、『恋の都』の一部は、行替えを省いたものもある。

昭和三〇年代

貴種と倒錯

春の夜の夢の浮橋とだえして峰にわかるる横雲の空

『源氏物語』最終巻である「夢浮橋」巻をイメージした、悲しい恋の歌である。〈貴種〉である薫が浮舟を探し求めるも、すでに出家を済ませており、俗世を断ち切ろうとしている浮舟は、涙ながらに身を隠し、再会を拒絶する。雲がわかれていく空は、男女の別れを表している。夜明けとともに、その悲しい現実が突きつけられるも、月の出ている夜の時間には微かに希望がある。倒錯する世の中において、己の「生」を〈生〉きる。

流離を〈生きる〉ものたち

――『沈める滝』と古典文学

伊藤禎子

綾倉聡子と〈浮舟〉

『豊饒の海』「春の雪」と「天人五衰」の綾倉聡子には、『源氏物語』第三部における「流離する女」、浮舟が投影されている。

綾倉伯爵家の娘、聡子と、松枝侯爵家の息子、清顕とは、幼き日を共に過ごす、「唯一の姉弟」（第三節）のような間柄であった。年を重ねるごとに、「優雅の棘」（第二節）となった清顕は「何か決定的なもの」（第二節）を求めることから、聡子への恋心をなかなか認められずにいたところ、聡子に、治典王殿下との結婚の勅許がおりることとなる。それをきっかけに、「優雅」とは「至高の禁」を犯すことだという「観念」から、「絶対の不可能」となった聡子に対する恋心を認める（第二十四、二十五節）。やがて聡子が妊娠するも堕胎させられ、聡子は月修寺にて出家する。会いに行く清顕も、体調を崩した清顕の代わりに出向いた清顕の親友、本多繁邦も、月修寺の襖の向こうにいるはずの聡子に逢うことは叶わなかった。

『源氏物語』の浮舟は、光源氏の子（本当は柏木の子か）、薫と、光源氏の孫、匂宮との間の板挟みに悩み、侍女右近から彼女の姉の話を聞かされる。

「右近が姉の、常陸にて人二人見はべりしを、ほどほどにつけてはただかくぞかし、これもかれも劣らぬ心ざしにて、思ひまどひてはべりしほどに、女は、今の方にいますこし心寄せまさりてぞはべりける。それにねたみて、つひに今のをば殺してしぞかし。さて我も住みはべらずなりにき。国にもいみじきあたら兵一人失ひつ。また、この過ちたるもよき郎等なれど、かかる過ちしたるものを、いかでかは使はんとて、国の内をも追ひ払はれ、すべて女のたいだいしきぞとて、館の内にも置いたまへらざりしかば、東国の人になりて、ままも、今に、恋ひ泣きはべるは、罪深くこそ見たまふれ。……」（浮舟⑥一七八）(1)

右近の姉の話とは、いわゆる「生田川伝説」から来ているもので(2)、二人の男の間で決意ができず、結果として自分も男二人も身を滅ぼす結果となったというものである。これにより、浮舟は入水を心に決め、宇治川へ身を投げるのだが、結果として生き残り、横川の僧都に発見され、小野で暮らすこととなる。だが、その後、浮舟健在の噂を聞いた薫は、浮舟の弟、小君を小野へ遣わす。

かくつぶつぶと書きたまへるさまの、紛らはさん方なきに、さりとて、その人にもあらぬさまを、思ひのほかに見つけられきこえたらむほどの、はしたなさなどを思ひ乱れて、いとどはればれしからぬ心は、言ひやるべき方もなし。さすがにうち泣きてひれ臥したまへれば、いと世づかぬ御ありさまかなと見わづらひぬ。　（夢浮橋⑥三九二）

薫からの手紙を読んだ浮舟は、薫の筆跡に動揺する。しかし、すでに出家の身となった自分が薫に姿を見せるわけにはいかず、泣き崩れてしまう。

この浮舟は、「春の雪」の聡子を想起させる。「春の雪」では、まだ聡子は心揺れ動き、本多が襖の向こうからの泣き声（笑い声かとも思っているが）を聴いている。しかし、「天人五衰」の聡子は、すでに月修寺門跡となり、唯識の教えどおりに、悟りを開いている。そもそも、聡子は最初から自殺をしておらず、自ら髪を切る行為にとどまっており、最終的に「そんなお方は、もともとあらしやらなかつたのと違ひますか？」（第三十節）とまで言える状態になるからには、「春の雪」の涙から「天人五衰」の笑みまでの変貌の強さを感じさせる。『源氏物語』の浮舟の姿が投影されながら、その後の、逞しさを備えた〈浮舟〉を描いたのが聡子であると言えよう。

松枝清顕と〈薫〉

綾倉聡子に浮舟の姿が投影されているならば、自然と、その相手となる男性、松枝清顕には「薫」が投影されることになるはずだが、先行論文で指摘するように、清顕には「夕霧」と「柏木」が投影されている。(3) とはいえ、たとえば鈴木泰恵氏の論文（本書掲載）によれば、「清顕」には「狭衣」の影響が見られるとの指摘があり、そのことから派生すれば、「薫」のイメージがないわけではない。

そもそも、『源氏物語』以降の後期物語（『狭衣物語』『浜松中納言物語』『夜の寝覚』『とりかへばや物語』等）の男主人公たちは、光源氏のように都の中心を生きず、宇治や吉野など、脱中心化した世界を生きようとする傾向にある。(4) これらの後期物語の男主人公は、みな薫のように厭世的な面を持つ。そういう点から言えば、浜松中納言も、狭衣も〈薫〉である。また、三島作品にも、戦後という移り変わりの時代のなかで、虚無的にものごとを見て悟っている（つもりになっている）人物が多い。大きな枠組においては、三島作品の登場人物は、清顕を含めて、〈薫〉の一面を持つ。さきの、清顕に薫のイメージが認められると言うのは、そのレベルでの〈薫〉である。

しかし、細部にわたり比較してみれば、当然ながらそれぞれの具体的な状況が違うため、同じ人物のようには見えてこない。たとえば、清顕は父母がそろっているが、薫は父が光源氏ではなく別の人ではないかと疑って生きている。清顕は聡子を求めて、自ら月修寺に出向くが、薫は、浮舟の弟、小君を使者とするだけで、自らは出向かない。清顕は、聡子という一人の女性への恋心を示すが、薫は、大君の「人形」（宿木⑤四四八）としての浮舟を求めていく。かような点で二人は異なる。清顕には〈薫〉のような厭世的・虚無的側面があろうとも、これらの大事なポイントにおいて異なるからには、清顕が「薫」であるとは言いがたい。

では、総じて〈薫〉的人物を描く三島作品のなかで、とりわけ「薫」であるのは誰か。本稿では『沈める滝』を取り上げる。

『沈める滝』について

『沈める滝』は、一九五四（昭和二九）年の一二月から一九五五（昭和三〇）年三月まで（一月号から四月号まで）の四ヶ月に渡り、『中央公論』に掲載された小説である。この小説が出来た時期としては、『潮騒』の後であり、『金閣寺』の前であることがポイントとなる。三島由紀夫の作家としての「過渡期」にあたり、作者自らがこの小説について、次のようなコメントを残している。

「潮騒」の観念が自分に回帰し、自分に再び投影するにいたる、不透明な過渡期の作品を、その翌年に書いた。ここにはかつての気質的な主人公と、反気質的な主人公との強引な結合がある。（「十八歳と三十四歳の肖像画」決定版31巻、一九五九（昭和三四）年五月）

それまでの、内側からこぼれ出る三島作品らしい（気質的な）登場人物の一面に加えて、気質に反してひねり出された要素をもつ（反気質的な）登場人物、それが「城所昇」であり、『沈める滝』の男主人公である。

電力界の重鎮、城所九造の孫・寵児として、その会社での栄誉は最初から保証され、光源氏のごとき魅力を湛える人物が城所昇である。しかし彼自身は、およそ人間らしさという部分をもたず、幼き頃から石や鉄に惹かれ、人間の女を抱きはするものの、心は枯れている。ある日出会った菊池顕子という女性は不感症の女であったが、まるで石のごとく泰然とする姿に「崇高」(5)とまで感じた。彼女との愛を醸成するべく、昇はダム建設のための奥只見への隠棲生活を自ら願い出る。そこで森の中に見つけた「小さな滝」に顕子を投影する。しかし、長きにわたる冬ごもりを経て、俗世界へ戻った昇は、今や不感症を克服した、ただの凡人になりさがった顕子に冷める。再び奥只見へ移動した昇を、顕子も追いかけるが、昇の（きわめて人間的な）同僚、瀬山によって、顕子の夫が呼ばれた。一悶着の末、顕子を慰めようとして瀬山が言った「あの人は感動しないから、好きなんだ」（第七章）という昇の言葉が顕子を傷つけ、投身自殺をさせる。ダムの完成後、昇は見下ろして「この下のところに小さな滝があつたんだ」（第八章）と回想する。

以上がおおよその『沈める滝』の内容であるが、大事な要素としたいのは、昇には祖父の力がついており、生まれた時から栄誉が約束されていること、石や鉄を愛し、女を愛さないこと、自ら「流離」を経験すること、結果的に顕子そのものへの愛は冷めるが、かつて顕子の姿を投影した「小さな滝」（＝「沈める滝」）については心に残っていること、という点である。

貴種流離譚

『沈める滝』では昇が、自ら名乗り出て奥只見で冬ごもりをするところに、「貴種流離」の構図が読み取れる。古典

奥只見の春。五月でもまだ雪が残る。

文学においての貴種流離譚は、たとえば、『竹取物語』でかぐや姫が罪により地上へ遣わされることや、『伊勢物語』の「東下り」、または『源氏物語』で光源氏が須磨に下る場面など、多く描かれる。冒頭に掲げた浮舟や薫の人生についても「流離」と言える。

『沈める滝』については、三島自身が光源氏や在原業平を引き合いに出しつつ、貴種流離譚の構造をとっていることを発言しているが、同時に、その流離譚を現代において書き直すためには、現代という時代に不足する要素を「人工的」に足す必要がある（「人工的な手段」）と述べている。(6)

『沈める滝』における「貴種」とはすなわち主人公、城所昇のことである。彼については冒頭で次のように紹介されている。

城所昇は、小説の主人公たるには不利な人物で、人の共感や同情をこれほど受けにくい男はめづらしい。世間の判断で言ふと、彼は「恵まれすぎてゐた」のである。（略）祖父の庇護は、死後もなほ、愛する孫の生活を厚く包んでゐた。（第一章）

従来の「貴種」とは、「流離」という宿命を背負うにふさわしく「恵まれてゐ」ない、不幸を負った貴人であることが主流であるが、『沈める滝』においては、主人公、城所昇は「恵まれすぎてゐた」人物とある。花﨑育代氏は、このことについて、三島は伝統的な貴種流離譚なるものへの挑戦をしていると指摘する。(7)「流離」などせずとも、栄華を約束されている人物が、世の中に不如意を感じ、自ら奥只見へ出向き、俗世から離れようとする。なるほど、このあたりに「人工的な」流離という手法が見えてくる。

　ところで、野口武彦氏は、この流離について次のようにまとめている。

> 昼は安定した資本主義社会の構造の内部に平凡にまぎれこみ、夜は夜で「任意の」何ものでもありうる人間、逆にいえば要するに何ものでもない人間に変身するこの主人公は、明らかに後の『鏡子の家』（昭和三十四年完結）の杉本清一郎を先触れする存在であるが、（略）作者自身はこの小説を「一種の貴種流離譚」として書いたとのことだが、主人公城所昇が「貴種」であるとしたら、それは彼が大実業家の孫であるからではない。わたしの考えでは、まさしく戦争の申し子である限りにおいて「貴種」なのである。「流離」とはこの場合何かといえば、戦後の生のなかの遍歴をさすに外ならない。(8)

この指摘は、三島作品全体の特徴をつかむ上では有効な指摘であるに違いないが、この指摘だけでは――たとえば『鏡子の家』の清一郎にも通用するため――、『沈める滝』独自の特徴を述べたことにはならない。花崎氏が言うように「伝統的貴種への挑戦」としてあるならば、今一度、『沈める滝』における独自の「貴種流離譚」の有様をつかみ、どのような「挑戦」がなされているのか解読する必要がある。

『沈める滝』の「貴種流離譚」

「人工的」という点についてであるが、自分から奥只見へ行くという流離を求めるのは、業平の場合など、禁忌の恋で身を滅ぼし、流離するのに比べれば、淡泊であり「人工的」である。(9)しかし、光源氏の場合、須磨流謫は、自ら申し出たものである。ただし、この場合を「人工的」と評価することはないだろう。右大臣家の娘、朧月夜が、朱雀帝に出仕する予定とされていたにもかかわらず関係を持ち、右大臣、特に弘徽殿女御（右大臣の娘、朱雀帝の母）の怒りを買った。右大臣側はこれを機に光源氏を都から追放しようとたくらむ。そうなる前に「自発的に」須磨へ下ったのである。光源氏の心には、藤壺という女性との一件という、朧月夜との罪以上の大きな罪意識を抱えている。須磨での生活は、贖罪の生活である。自ら望んだ「流離」であるが、光源氏の心内に秘められた罪意識によるもので、「人工的恋愛をなす」ために、わざと離れて籠もった昇とは異なる。貴種流離譚の構造という共通性から、光源氏や在原業平の例が出されるが、(10)昇のそれは二人のそれとは異なるものであることをまずは押さえておきたい。

また、昇の場合の「人工的な手段」とは、「人工的に」流離の環境を求めたことに加え、顕子の夫を呼び寄せるのも、顕子に昇の気持ち（「あの人は、感動しないから好きなんだ」という言葉）を知らせ、自殺へ追い込む、すなわち、物語を大きく展開させるのも、瀬山の横やりという

「人為的な方法」によることにも通じる。古典文学では、光源氏が須磨で大嵐に遭うことや、都へ戻ることになる前に父桐壺院が夢枕に立つなど、(『源氏物語』には珍しく)超人的な「力」が働いている。三島の言う「現代」の時代で、これらの超常現象の「力」に頼ることは難しいために、人間による「力」で物語が動くという「人工的な手段」が加えられていると言えよう。

さて、光源氏の場合は、流離の後、すなわち都へ復帰した後は、栄耀栄華へと向かっていく。一般的に貴種流離譚とは、「貴種」が「流離」するという不遇な宿命を乗り越えて、復活・再起するというものだが、昇の場合はどうであるか。次の栗栖真人氏の評が明確である。

> 精神的不感症は決して癒されてはならぬし、その自分も亦、決して顕子によって赦されてはならぬ。それ故にこそ、顕子は永遠に昇を嘲る存在として死なねばならなかったのである。(略)かくして、『沈める滝』は、自らの「気質的」な「強烈な生の実感」と、「反気質的」な「凡庸さのもつ存在の親和力」(『青の時代』)への憧れを断念し、虚無の直中でダム(作品)を創りつづける作家として、自己の生きる道を選びとった三島の決意表明であった、……[11]

たとえば、『近代能楽集』「邯鄲」の主人公、次郎が、邯鄲の枕など自分には効果がないことを確認したかったように――次郎は最終的に「生きたい」と叫んだが[12]――、昇もまた、「人工的な流離」を経て、己の人生の不遇を「確信」できるかどうか試したかったようである。

昇は顕子の肌着を顔に押しあてた。かういふたのしみは、顕子の不在の、最後の時間をたのしんでゐたのだともいへよう。（略）しかし青年は急に不快な記憶に襲はれて顔を離した。その香水の匂ひが、あの清純さうな手紙に染ませた匂ひを思ひ出させたからである。

昇の中でこのとき何か小さな力が崩れた。（第六章）

花﨑氏は、この場面について、「昇の内部での「崩れ」、これは明らかに昇にとって関係への、自らも変化することへの一歩になるはずのできごとであった。しかし昇はこれを糊塗してしまう。[13]」と指摘するが、栗栖氏からすればもとからわかっていてやっていることであり、その確認（確信）のための「人工的な流離」であったという主張となる。[14]

流離の生活を終えて俗世へと戻った際に、顕子の「匂ひ」を拒絶するように、流離の前と後とで異なる反応を示す。一度「異境」に入り込んだ男の目には、「俗世」の町並みの様子がことこまかく目に飛び込んでくるようになる。

田舎町の女たちは目にしみた。（略）彼にはこの町が、今日はお祭ではないかと思はれた。何の理由もなくて、それほど物象が鮮明に、行き交ふ人たちの顔がいきいきと見える筈はなかつたからである。（略）女の姿が明瞭にうかんで見える。（略）北国の女らしいその白い脚の肉は、たえず動いてゐたために、昇をそこを離れたのちも、目のなかにちかちかする幻覚を残した。（第六章）

こういった視線のあり方は、『豊饒の海』「天人五衰」においても現れる。

『自分は今日はもう決して、人の肉の裏に骸骨を見るやうなことはすまい。それはただ観念の想である。あるがままを見、あるがままを心に刻まう。これが自分のこの世での最後のたのしみでもあり、つとめでもある。今日で心ゆくばかり見ることもおしまひだから、ただ見よう。目に映るものはすべて虚心に見よう』と、車が走り出すや否や、本多は固く心に決めた。車はホテルを出ると醍醐三宝院の傍らを通つて、観月橋を渡つて奈良街道に入り、奈良公園を通り抜けてから天理街道を帯解まで往く、ほぼ一時間の行程である。京都の町には、(略)山科南詰から右折すると、(略)醍醐あたりから、(略)宇治市へ入ると、……

(第二十九節)

いよいよ月修寺という「異境」を訪れようとする際、その異境こそ自分が入り込む「本当の」世界となるはずで、反対にいまから離れゆくべき「俗世」(京都の町並み)は異質なものと変貌する。その意識を持つ本多の目には、京都の町並みが異物として飛び込んでくるのである。

光源氏の流離の場合のように、本来は、苦難を乗り越えて再び「こちら側」の世界へ戻ってくることになり、通常、「こちら側」こそ希求される「本当の」世界と考えられるのだが、時に、「流離」した「あちら側」の世界のほうこそ「貴種」らにとっての「本当の」世界となっており、その「流離」を経て戻ってきた現実は、「貴種」らにとっては真の「流離」なのであったという逆転の構造が成立する。たとえば、かぐや姫は、「変化の者」として、人間の「心（あはれ）」がわからずに求婚譚が始まるが、最終的には「心（あはれ）」を獲得し、月に戻りたくないという気持ちまで生じる。にもかかわらず、月の都の者に天の羽衣をつけさせられ、人間界の記憶・人間の「心（あはれ）」を失くしたかぐや姫にとって、人間世界と違って喜怒哀楽がなく、病気もなければ死もない清浄な月は、もはや理想的な場所とは言いがたい。『うつほ物語』の清原俊蔭は、遣唐使となるも船が難破し、漂流の半生を送り、ようよう都に戻れたが、その都には自分を育ててくれた父母はすでに亡く、流離の生活で手に入れた極楽の秘曲が彼らの人生を支える。真の流離は、流離を経た後の現実世界のほうであった。『土佐日記』においても、ようやく帰ってきた都の我が家は荒れ果てており、あれだけ早く都に帰りたいと願っていた土佐での生活こそ豊饒であったという逆転の構図が描かれている。(15) これらのように、「流離」を経た後の生活こそ真の「流離」であるという「流離譚」の一面が、古典文学においてさまざまに描かれている。(16)

昇と薫

ここで、具体的に人物を見ていこう。昇は、祖父の力によって、城所九造が牛耳った電力界という環境下で、本人の欲望とは無関係に、何をせずとも上昇する運命を持っている。誰からみても魅力的に映る昇は、さながら「光源氏」のようであるが、「創作ノート」には次のように書かれている。

持てるものの倦怠。この世の優雅なものへの何の希みももたず、女も男も誰も愛さず、たゞ少年の従者をつれてゐる。（略）彼は上流の出で、下降の血統にある。

前半部は、なるほど三島作品の人物特有の頽廃的な要素を説明するが、後半の傍線部において「下降の血統」とされるところに注意される。光源氏は「下降の血統」とは言えない。祖父、城所九造に対して、「下降の血統」としての孫、昇の魅力、という構図からすれば、在原業平のような設定である。業平の祖父、平城天皇の政治クーデターとその失敗により、孫の業平は臣籍降下し、在原姓を名乗るようになり、政治的役割としては藤原氏に遠く及ばないことから言えば、「下降の血統」は業平にふさわしい(17)。

業平は、『伊勢物語』「第六段　芥河」で、二条の后と思われる禁忌の女性を盗み出し、鬼に食われる悲劇に遭う。この「鬼」は「藤原氏」のたとえで、二条の后・藤原高子が、その兄弟である藤原基経や国経に奪い返されたことを暗示する。その後「第九段　東下り」では、都に己の居場所を失い（「身を要なきものに思ひなして」）、親しい友数名を連れて、東国へと旅をする。これが業平にとっての「流離」となるのだが、昇との大きな違いは、「恋心」の有無である。昇を業平に投影するにあたって、もっともそぐわないのは、昇の「精神的不感症(18)」である。

城所九造という「上流の出」でありながら、「下降の血統にある」昇。それでいて、自ら流離を求め、かつ、流離を経た後、上昇への変貌を遂げることを求めておらず、むしろ変わらなかった自分への安堵まで見える。そのような「流離のための流離」をしている男として考えられるのは「薫」である。

『源氏物語』は三部構成とされ、薫が主人公として活躍する第三部は、次のように「光源氏亡き後」であることが強調されて始まる。

光隠れたまひにし後、かの御影にたちつぎたまふべき人、そこらの御末々にありがたかりけり。（匂兵部卿⑤一七）

光源氏が亡くなったことを「光」が「隠れ」たと表現される点が象徴的であり、薫は光源氏の晩年に生まれた子息として、最初から出世が約束されている人物であるものの（「上流の出」）、「光」がなくなった後の暗闇の世界において、という前提が付いている（「下降の血統」※また、柏木の子という設定も含む）。

また、光源氏晩年の子息であると世間的には思われ大切にもてなされているが[19]、薫誕生当初、光源氏当人は薫の父親を疑っていた。自分の不在時に、柏木という男が女三宮と密通を犯した。その結果、女三宮が懐妊し、かつ、柏木の筆跡の恋文を見つけてしまったことで、その疑心が確信へと変わった。生まれたばかりの薫を見て、柏木に似ていると思われて仕方がない。女三宮は、幼いばかりの薫を置いて、早々に出家をしてしまう。これらの不思議な境遇から、薫の周辺でざわめきが絶えない。耳にする薫も、自らの出生について何事かを疑っている。

幼心地にほの聞きたまひしことの、をりをりいぶかしうおぼつかなう思ひわたれど、問ふべき人もなし。（略）

おぼつかな誰に問はましいかにしてはじめもはても知らぬわが身ぞ

（匂兵部卿⑤二二）

自分の「生」について自信を持てずにいる薫は、きらびやかな都人の生活をしらじらと送る余裕はない。結婚話についても、普通の都人がしかるべく婿取られるようには受け入れようと思わない。

中将は、世の中を深くあぢきなきものに思ひすましたる心なれば、なかなか心とどめて、行き離れがたき思ひや残らむなど思ふに、わづらはしき思ひあらむあたりにかかづらはんはつつましくなど思ひ棄てたまふ。

（匂兵部卿⑤二九）

薫は、世の中を無益でどうにもならないものと悟っているので、いずれ出家するものとして、良家の娘と結婚などしては出家の妨げになるであろうから、そういった面倒な恋の面については断念している。ある日、宇治の八の宮の情報を聞き入れる。

宰相中将も、御前にさぶらひたまひて、我こそ、世の中をばいとすさまじく思ひ知りながら、行ひなど人に目とどめらるばかりは勤めず、口惜しくて過ぐし来れ、と人知れず思ひつつ、俗ながら聖になりたまふ心の掟やいかに、と耳とどめて聞きたまふ。

（橋姫⑤一二八）

自分こそ、世の中を冷めた目でみているものの、とはいえ仏道修行に励むわけでもなく過ごしてきてしまったのに、俗体の身でありながら聖の境地であられる心構えとはいかなるものか、ぜひ八の宮に教えを請いたいと願うようになり、たびたび宇治の八の宮邸を訪問するようになる。これが、都人、薫にとっての「流離」となる。

このように、自己存在を疑い、「自ら」流離を求めていった薫であるが、宇治の地で、八の宮の娘である大君と中君を垣間見することで、特別な女性として面倒を見たいと思うようになる。特に姉の大君を望むが、大君は妹、中君のほうこそ大事にしてほしいと思うため、薫の想いに応えることはない。薫は中君と匂宮を結ばせることで、自分は大君と結ばれることを画策するが、妹が匂宮と結ばれた事実を知った大君のショックは大きい。それ以降、妹を心配するあまりに病がちになる日が増え、最終的には亡くなってしまう。

亡くなった大君の遺体を眺める薫の視線は優しく、むしろ大君が生きていた時よりも接近している。

中納言の君は、さりとも、いとかかることあらじ、夢かと思して、御殿油を近うかかげて見たてまつりたまふに、隠したまふ顔も、ただ寝たまへるやうにて、変りたまへるところもなく、うつくしげにてうち臥したまへるを、かくながら、虫の殻のやうにても見るわざならましかばと思ひまどはる。今はのことどもするに、御髪をかきやるに、さとうち匂ひたる、ただありしながらの匂ひになつかしうかうばしきも、ありがたう、……

（総角⑤三二九）

大君の遺骸を近く見つめては、死んでしまえば火葬されて遺骸はなくなってしまうものだけれども、せめて虫の抜け殻のように残しておいて大君を偲べる形があればと願う。

やがて中君は匂宮に迎えられて都に移り住む。かつては中君と比べて大君こそ魅力的と思っていた薫であったが、中君だけを前にすると、大君によく似ていると思う。中君とともに大君を偲ぶ際には、宇治の邸に、大君を思わせる「人形」を作り、絵にも描きたいと言う。

「思うたまへわびにてはべり。音なしの里求めまほしきを、かの山里のわたりに、わざと寺などはなくとも、昔おぼゆる人形をも作り、絵にも描きとりて、行ひはべらむとなん思うたまへなりにたる」とのたまへば、……

（宿木⑤四四八）

薫は、大君が生きている時には、大君の意向を慮る態度をとるため、極端に接近することがなかったが、死んでしまってからはより積極的になる。生きた肉体以上に、遺骸に手を触れ、接近し、虫の抜け殻を置くようにとどめておきたい、人形を作って悼みたいという想いを吐露する。大君亡き後、薫は、大君の面影を求めて中君に接近するため、今や匂宮の妻となり子も宿している中君としては困ってしまう。折しも、八の宮の残した娘、浮舟の今後を浮舟の母、中将の君に頼まれ、浮舟が姉君にうり二つであることを知った中君は、薫に浮舟のことを伝える。薫はもちろん浮舟に興味を示す。

薫にとっては、大君の代わりということを軸に、対象となる女性が変遷するが、そのなかで、薫は常にその女性たちを迎えるべき屋敷を繰り返し準備する。[20] しかし、たとえば大君を宇治から都へ移すべき屋敷は、大君の死により使われない。また、浮舟をいったん宇治の屋敷へ連れていくも、そこで愛を育むことより、浮舟を迎えるべき都の屋敷を準備することを優先する。そうこうしている間に、匂宮に発見され、浮舟が匂宮と結ばれる。そのことを知った薫が浮舟を詰問し、冒頭に掲げた右近の姉の話を契機に、浮舟は入水してしまう。ここでもまた、薫の準備した屋敷に住まう主人はいない。[21]

薫は己の内面を安定させるために建造を繰り返すのだが、その安定がないために建造行為が延期している。しかし、むしろ薫は、安定することを拒絶するがごとく、目の前の女性から離れ、建造行為へと旅立ってしまうように見える。目の前の女性を手に入れるための屋敷を建造することにいそしみ、実際に女性を手に入れることはないことに薫の安寧が透けて見える。

浮舟が入水して行方知れずになった後に、浮舟の所在を耳にし、薫は、浮舟の弟、小君を使者に遣わす。

いつしかと待ちおはするに、かくたどたどしくて帰り来たれば、すさまじく、なかなかなりと思すことさまざまにて、人の隠しすゑたるにやあらんと、わが御心の、思ひ寄らぬ隈なく落としおきたまへりしならひにとぞ、本にはべめる。（夢浮橋⑥三九五）

浮舟は、薫の手紙に動揺するも、泣き臥しながら拒絶する。打つ手なしの小君は、何も得るものなく、薫のもとへと戻る。すると、薫は、自分自身の経験を思い返し、今の浮舟を「人の隠しするゐたるにやあらん」と、誰かが隠し据えているのだろうと面白くなく思い、浮舟への無理解を示す。

高橋亨氏は、浮舟も薫も、およそ物語の登場人物たちはみな、流離をしていると指摘した上で、薫について次のような点を指摘している。

ふとふりかえれば、物語の主人公たちすべてが、この地上を流離する存在であったのではないか。（略）薫はまさしく流離のなかで救済をもとめる存在であった。にもかかわらず、そのことをここで何一つ了解しえない薫の書き様が問題なのであり、薫を主題的には否定すべき認識者と規定するゆえんである。(22)

薫は、自己存在に悩み、俗世を離れるべく宇治の八の宮に近づいたものの、女性に恋をするような姿勢をとる。しかし、目の前の女性にかかずらうよりも、女性をおさめる箱物の準備（屋敷の建造）をこそ優先し、その都度、入るべき女主人を失う。失うたびに、対象を変更しつつ、ゴールのない恋を続けていく。高橋氏の言うように、薫は「流離のなかで救済をもとめる存在」でありながら、「何一つ了解しえない」ために、救済されることはない。いわば「流離のための流離」を続ける存在である。

一方、昇も、顕子の死体を愛す。

昇は顕子の屍の幻を見ることがよくあつた。その無感動な、呼べども答へない肉体は、仰向いてしらじらと横たはつてゐる。体には温か味が残つてゐるが、手をとると、手は握りかへさずに、そのまま闇のなかに辷り落ちて横たはる。深くのけぞつた顔は半ば闇にひたされ、白い小さな引きしまつた顎だけが、陶器の破片のやうにうかんでみえるのである。あらゆる愛撫に委ねられたこの体、意志を失つて外側も内側も考へうるかぎり受身になつたこの体は、もう何も拒むものがない。羞恥もない。男の目や指や唇は、どんな微細なものも見のがさず、完全に所有してしまふのである。昇はこの幻に憑かれた。彼が今まで女に求めて得られなかつたものは、かかる死屍の幻だつたかもしれなかつた。（第四章）

「流離」を経たのちに愛が芽生える己の変貌に目標はなく、流離をすれども己の「精神的不感症」に変容はないことへの「確信」を得る、「流離のための流離」をする。自ら建造したダムの下に「沈める滝」を思い出して、かつての顕子の面影を思いながら、ひたすらダム（箱物）

を建造し続ける。

「丁度俺の立ってゐるこの下のところに小さな滝があったんだ」（第八章）

おわりに

一見、『沈める滝』の城所昇は、たとえばそれ以降に書かれる『鏡子の家』の清一郎のごとく、いわゆる三島作品によく出てくるニヒリストの一人（先蹤）であるように思われるが、どことなくぎこちないキャラクターでもある。[23] それは、それ以前の三島の「気質」が自然と作り出した登場人物に比べて、『潮騒』を含めて、三島の「反気質的」な部分がひねり出したものが、かつ強引に融合されているがために感じさせるぎこちなさなのであろう。三島が三十歳を迎え、これまでの作家生活からのさらなる飛躍を目指すべく、「反気質」を織り交ぜるという、三島の作家としての〈挑戦〉がそうさせたのだと理解する。基本的には、野口氏の言うように、「戦後の生のなかの遍歴」を生きる男として、『沈める滝』に特化される特徴ではないのだが、強引な融合であるがための「ぎこちなさ」が本作の特徴と言ってよい。三島の、作家としての新たなステージへ上がるための創造物が「城所昇」であるが、それが『源氏物語』第三部世界の男主人公、薫の造形と重なってくる偶然性が興味深い。

『源氏物語』第三部も、それまでの都生活を当然とする世界観から、宇治へと視点を移す。

脱中心化した世界を描き、宇治と都を行き来する、「境界的」な人物を主人公とする。光源氏と藤壺との不義の子、冷泉帝が登場するのは第一部・第二部の世界であるが、そんな光源氏の因果として誕生した薫は、自己存在を疑い、悩み、流離する。目の前の世界を、当たり前に生きることができない人物のドラマが描き出されるなかで、主人公薫は、「自ら」流離を続ける。そして確たるゴールがあるわけでもない。目の前のものに執心することもない。

『源氏物語』以降の物語は、すでに〈薫〉という人物をモデルとして、それに類するニヒリスト的主人公を、手を替え品を替えながら描き出す。しかし、〈光源氏―夕霧〉という、当たり前に都の生活を謳歌する人物の後に生まれた薫は、今、目の前の浮き漂う世界に投げ出される。光源氏や夕霧のような確固たる都人ではなく、『源氏物語』以降の後期物語が描く、確固たるニヒリスト的な〈薫〉でもない、「中間的な（過渡期の）存在」として、薫は流離を〈生きる〉。この当時において、時代の狭間に誕生した「ぎこちない」存在である。

三島作品のなかで、完全なる虚無的世界へ、いまだ埋没することができていない城所昇は、現世に片足を残しながら葛藤している「薫」のごとき悲劇的で魅力的な主人公である。

「どうしたんでせう。今、一瞬間、お祖父様そつくりに見えましてよ。会社の中庭にあつた、それ、戦争中金属供出で献納してしまつたお祖父様の銅像、あの銅像のお顔とそつくりに見えましてよ。」（第八章）

薫は柏木に似ているのか、それとも光源氏に似ているのか。ここで昇は、祖父の孫として「お祖父様そつくり」であるのだが、「銅像」に似ているという点をどう考えればよいか。生身の祖父に比べて、それをかたどった「石」である銅像は、祖父そのものではない。「お祖父様そつくり」と、「あの銅像のお顔とそつくり」とは、別物である。

「あなたもそろそろお嫁さんをお迎へにならなくちやいけませんね」（第八章）

この後、昇は、この一言を放たれて小説は終わる。宇治へ「流離」しながらも、決して現世から逃れられるわけではなく、薫には、女二宮との結婚が都人として整然と準備される。昇もまた、いくら奥只見への「流離」を人工的に仕組もうと、最終的には、「沈める滝」に想いを寄せるだけではすまされない。全三島作品の中間部（過渡期）に位置する『沈める滝』の城所昇の宿命である。

注

（1）『源氏物語』他、古典作品の本文は、新編日本古典文学全集による。
（2）『大和物語』より。二人の男と一人の女の話、そして三人の墓が並ぶ設定など、三島由紀夫の『獣の戯れ』にも生田川伝説が投影されている。
（3）拙稿「『源氏物語』「至高の禁」の系譜」（『円環の文学』新典社、二〇二三年）
（4）伊藤守幸「『浜松中納言物語』の反中心性」（『文芸研究』九七、一九八一年五月）、助川幸逸

郎『浜松中納言物語』と物語の彼岸――反物語空間としての唐土／吉野――」（『狭衣物語　空間／移動』翰林書房、二〇一一年）

（5）高沼利樹「三島由紀夫『沈める滝』論――自然と人間の「効用」をめぐって――」（『境界を越えて――比較文明学の現在（立教比較文明学会編）』二四、二〇二四年二月）

（6）大岡昇平・寺田透・三島由紀夫「創作合評」（『群像』一九五五（昭和三〇）年五月）

（7）花﨑育代「三島由紀夫『沈める滝』考――変化の不可抗性――」（『國學院雑誌』一〇五、二〇〇四年一一月）

（8）野口武彦「第二幕への前奏曲――『真夏の死』と『沈める滝』――」（『三島由紀夫の世界』講談社、一九六八年）

（9）『沈める滝』「創作ノート」：自分であまり次々と女に倦きるのに絶望して、倦きないため、長つゞきさせる為一人の女（人妻）に人工的恋愛をなす。倦きぬためには、会はぬこと。

（10）大久保典夫「編年体・評伝三島由紀夫」（『別冊国文学№19　三島由紀夫必携』一九八三年五月）

（11）栗栖真人「『沈める滝』小論」（『昭和文学研究』三、一九八一年六月）

（12）拙稿では、目が覚めた後の庭の景色もいまだ夢の中のことであり、真に目覚めた後に真の虚無が待っていることを述べた。

（13）（注7）に同じ。

（14）ただしそれは百パーセントではなく、当初は、昇の中に「愛」が生まれる現象が起こることも期待しているように読める。三島の言う「気質」と「反気質」の強引な融合がそうさせていると考えられ、その点では「邯鄲」の次郎よりも〈境界線上〉に生きている人物である。

(15) 神田龍身『偽装の言説』（森話社、一九九九年）

(16) 野口氏は、「戦後の生のなかの遍歴をさすに外ならない」、栗栖氏は、「虚無の直中でダム（作品）を創りつづける作家として、自己の生きる道を選びとった三島の決意表明であった」、九内悠水子氏は、「偽善と詐術に満ちた巧妙な占領戦略にまんまとはまり、占領終了後もなおその影響から逃れられない、あるいはその呪縛に陥ったことにさえ気づいていない日本、三島は非情に早い段階でこのような状況を危惧し、またそれを作品の中で描いてきた」（「三島由紀夫『沈める滝』論——占領終了後の日本と、アメリカ——」『近代文学試論（広島大学近代文学研究会編）』六〇、二〇二二年一二月）等、三島の人生に絡めてまとめる。

(17) 母との距離についても光源氏とは異なる。昇は光源氏と同様に母親を早くに亡くしており、面影すら記憶していないのだが、そのことが光源氏にとっては生きる上での「心の空隙」となり、反対に、昇にとっては「喜び」となっている。

母親が自分を産み落すと共にこの世を去り、彼のかうした愛情の対象にならなかつたことを、彼は自分のためにうれしく思つた。何故なら、ここの宿舎へもものて来てゐる家族の古いアルバムの中から、数枚の母の写真を、昇は格別の感情で、いはば世の愛情の法則にとらはれない格別の愛情で、大事にしてゐると感じてゐたからである。（第四章）

(18) （注11）に同じ。

(19) 二品の宮の若君は、院の聞こえつけたまへりしままに、冷泉院の帝とりわきて思しかしづき、后の宮も、皇子たちなどおはせず心細う思さるるままに、うれしき御後見にまめやかに頼みきこえたまへり。御元服なども、院にてせさせたまふ。十四にて、侍従になりたまふ。秋、右近中将になりて、御賜ばりの加階などをさへ、いづこの心もとなきにか、急ぎ加へておとなびさせたまふ。

（匂兵部卿⑤二二）

（20）屋敷を建造する薫の論文については、たとえば以下のものがある。後藤祥子「不義の子の視点――「橋姫」～「総角」の薫」（『源氏物語の史的空間』東京大学出版会、一九八六年）、藤本勝義「宇治の御堂造営」（『源氏物語の人ことば文化』新典社、一九九九年）、三田村雅子「〈邸〉の変転――焼失・移築・再建の宇治十帖――」（『源氏物語の思惟と表現』新典社、一九九七年）

（21）増田高士氏は、「建物が常に薫本人を裏切る形で物語を前進させていく力学と相関関係にあるといえる」と述べる（「『源氏物語』薫の「建築」論――建てることへの志向とその蹉跌――」『物語研究』二四、二〇二四年三月）。

（22）高橋亨「存在感覚の思想――〈浮舟〉について――」（『日本文学』二四、一九七五年一一月）

（23）田中美代子「女人変幻」（『決定版三島由紀夫全集第5巻』「月報」新潮社、二〇〇一年）

この作品が発表されるや、評家は一斉に〈主人公の存在感が希薄で観念的だ〉〈人間的な像を結んでいない〉などの批判をあびせた。だが作者は、光源氏や在原業平のような万人向きの主人公を描こうとしてはいない。彼の関心事は終始一貫個人的なものであり、私的なものである。これはある意味ではありふれた、破局におわる恋愛小説であるが、問題は結末に至るまでの不可解な道筋であろう。恋の障害は、社会的身分でもなければ、親の反対でもない、相手の夫でもライバルでもない、片思いでもない、すなわち外的な障壁は何もなく、もっぱら主人公内部の「気質」と「反気質」の戦いなのである。

『金閣寺』の源氏柏木物語引用

神田龍身

一 「柏木」を入口として

三島由紀夫『金閣寺』と日本古典文学というテーマで、どのようなアプローチが可能であろうか。入口はいたって解りやすく、一つは金閣寺住職のお忍びの芸妓遊びの現場を、『金閣寺』の語り手・主人公である「私（溝口）」が無粋にも追跡する契機となったのが、「黒い尨犬《むくいぬ》」とされている点である。これは『徒然草』百五十二段の西大寺の静然上人《じょうねんしょうにん》が老い耄《ぼ》れているのを、内大臣西園寺殿が「あな尊のけしきや」として矢鱈《やたら》とありがたがっているのに対して、日《ひ》野資朝《のすけとも》が「年の寄りたるに候」といい放ち、後日に毛の剝げた老尨犬を「尊く見えて候」といいつつ西園寺に嫌味を以て献上したという話を踏まえる。金閣寺住職とはいったい何者か。本稿ではこの問題には深入りしないが、この住職が「私」の内なる「悪」の醸成に一役買っているのも確かであり、この尨犬引用には住職に対する何らかの悪意が込められてもいよう。

そしてもう一つは、『金閣寺』の「私」に多大な影響を及ぼした「柏木」なる人物が、まさに「柏木」という名で登場している点に求められる。そもそも『金閣寺』というテクストにおいて、この「柏木」という命名はあまりに唐突であり、『源氏物語』の柏木物語のこれみよがしの引用というほかない。とくに源氏柏木が「乱り脚病」（「若菜 下」）で亡くなるのと対応するように、『金閣寺』柏木も「内翻足《ないほんそく》」と設定されているのが決定的である。この「柏木」なる入口から『金閣寺』の世界に参入してみたい。

まず源氏柏木物語の概要を紹介しておく。太政大臣家御曹司柏木の初登場は「玉鬘十帖」（第二十二帖「玉鬘」〜三十一帖「真木柱」）であるが、源氏晩年物語（物語第二部、第三十四帖「若菜 上」〜四十一帖「幻」）での柏木の活躍がここでの問題となる。「若菜 上」巻、六条院春御殿の東前庭での蹴鞠遊びの出来事である。若き衛府司たちの蹴鞠の輪に柏木と夕霧（源氏嫡男）も加わり、とくに「かりそめに立ちまじりたまへる足もとに並ぶ人なかりけり」として柏木の足技は目覚ましいものであった。彼ら若者たちが蹴鞠に熱中するにつれ、弥生の風のないうららかな日だったにもかかわらず、「上臈（柏木・夕霧）も乱れ」て、いつのまにやら桜花も乱れ散る。夕霧は花が雪のように降りかかるなかで桜枝を手折り、寝殿南中央の階段に腰掛ける。

柏木もその夕霧をおって蹴鞠の輪から外れて、「花、乱りがはしく散るめりや」と呟きながら、寝殿西面の女三の宮方を横目でみやる。その時に西面の御殿の御簾の端より「走り出づる」「唐猫」の紐が御簾にひっかかり、その間隙をぬって女三の宮の立ち姿が二人の視線にとまるという最大の「乱れごと」が生ずる。女三の宮も蹴鞠見物に夢中となり、つい立ち上がって御簾近くにいたのであろう。東面の簀子で蹴鞠見物していた源氏だが、柏木・夕霧の位置を見咎めて、「上達部の座、いと軽々《かろがろ》しや。こなたにこそ」と発するも一瞬遅かったとすべきであろう。源氏主催の六条院であるにもかかわらず、いつの間にやら若者たちが乱舞し専有する世界へと変容してしまっているのだ。

女三の宮の姿を認めた柏木は一人陶然としている。その横で柏木のことを心配してみていたのが夕霧である。もちろん彼とて女三の宮に興味がないはずもなく、柏木が一歩先んじて恋に狂っているがゆえに冷静になれたのである。そしてこの夕霧も遠からず認識者として完結し得ずに、柏木の生き方に感染して柏木没後にその未亡人落葉の宮との恋におちていく。

ところで柏木は蹴鞠が果てた後に先の「唐猫」を入手し、女三の宮の「形見」として溺愛することで宮への思いを代替させる。そしていずれ女三の宮と契ることになり、女三の宮は懐妊し薫を出産する。二人の関係が源氏に知れて女三の宮は出家し、そして足技でデビューした柏木はなんと皮肉なことに「乱り脚病」で亡くなる。「足」（性器）の欠損は六条院世界に深く侵入した男が負った代価であろう。

二　戦中・戦前の「私」

このように源氏柏木物語をみてくると、『金閣寺』がこの「柏木」なる人物名を引用することによって、「私」の位置が源氏夕霧と重なり、また再三話題にのぼる「南泉斬猫《なんせんざんめう》」という禅宗の公案にしても、「猫」繋がりで『源氏物語』引用ではないかと思われもする。さらに六条院と女三の宮という構図を踏襲するように、金閣寺をバックに有為子《うゐこ》の幻影が再三配されてもいる。そして『金閣寺』は、源氏柏木と夕霧の関係を「認識」と「行為」の物語と解釈したうえで、そのパロディ的展開を試みているものとも思われてくる。しかしそれにしても、源氏柏木物語と『金閣寺』との間にある質的懸隔はあまりにはなはだしいのではないのか。

ところで『金閣寺』において、如上の布置のもとに「私」における「行為」と「認識」の問題が問われるようになるのは、日本が終戦（昭和二十年八月十五日）を迎えて以降のことである点は注意されてよい。「私」に多大な影響を及ぼした柏木との出会いも、昭和二十二年春の大谷大学予科入学以降のことである。「私」には寺入りの時より「鶴川」という友人がいたが、「私」と鶴川とは「陽」と「陰」の関係にあり、このような関係では「私」の位置の確認にとどまり、それは「私」を行為へと駆り立てる力源たり得ない。また「南泉斬猫」も終戦の日に老師から初めて披露された公案である。さらに「私」にとっての金閣や有為子という存在も、終戦を境として俄然新たなる相貌のもとに蘇るのであり、ここで「私」の戦前・戦中とは何だったかをまずは振り返っておく必要がある。

東舞鶴中学校時代の「私」は「有為子」を犯そうとして待伏せしていた。しかし「吃音」の「私」はいざという時に「行為」することができず、有為子に出会うや石のごとくに押し黙ってしまう。そして有為子から「吃りのくせに」と嘲笑されて終る。かくして「私」は有為子を呪いその死を願うことになるが、この呪いがはからずも成就する。有為子は兵士との恋におちて妊娠したため看護婦の職をとかれ、さらにその脱走兵士を匿っていたため、そのことを憲兵に難詰される。そして男の隠れ場所たる「金剛院」(京都府舞鶴市)まで憲兵を導いたところ、男は裏切られたと知って有為子を銃殺する。「私」はこの事件の経緯を側近くでみつづける。

これが吃音たる「私」の人生(女)の形である。「私」は自らの「吃音」を次のように説明している。「吃りは、いふまでもなく、私と外界とのあひだに一つの障碍を置いた。最初の音がうまく出ない。その最初の音が、私の内界と外界との間の扉の鍵のやうなものであるのに、鍵がうまくあいたためしがない」とし、外界と内界との間に「鍵」がかかっているのだという。そして「行動が必要なときに、いつも私は言葉に気をとられてゐる。それといふのも、私の口から言葉が出にくいので、それに気をとられて、行動を忘れてしまふのだ」とあるように、

「吃音」を気にするがゆえに時間とのズレが生じて「行動」が一歩遅れてしまうというのである。また「感情」にも「吃音」があり、「感情はいつも間に合は」ず「感情と事件」とは「ばらばら」であるともいう。

では「私」にとっての金閣とは何か。金閣をいまだ実見せず父親からその話を聞く段階で、既に「私」は「美」から疎外された存在であると認識していたという。なぜなのか。「私は吃りで、皆より少し醜い」とか、「私はいつか金閣への偏執を、ひとへに自分の醜さのせゐにしてゐた」という言葉からも明らかなように、私は「吃音」ゆえに「醜」であり、またそれゆえに金閣が自らとは絶望的にかけ離れた「美」としてあるのだとされている。「美」はアプリオリにあるのでなく、「吃音」という凹んだ存在の「私」が呼び込んだものということになる。

しかし戦争も末期になると、「私」と金閣との関係が変容する。「戦亂と不安、多くの屍と夥しい血が、金閣の美を富ますのは自然であつた」というとともに、「金閣は、空襲の火に焼き亡ぼされるかもしれぬ。このまま行けば、金閣が灰になることは確實なのだ」として空襲により金閣が灰燼に帰してしまうことが想像されるようになる。「今まではこの建築の、不朽の時間が私を壓し、私を隔ててゐたのに、やがて焼夷弾の火に焼かれるその運命は、私たちの運命にすり寄つて来た。金閣はあるいは私たちより先に滅びるかもしれないのだ。すると金閣は私たちと同じ生を生きてゐるように思はれた」と思うようになり、かくして「私を焼き亡ぼす火は金閣をも焼き亡ぼすだらうといふ考へは、私をほとんど酔はせたのである」という。

「吃音」の「醜」い「私」は人生（女）からも「美」からも徹底的に疎外されており、だからこそ戦火により金閣ともども焼失するであろうカタストロフィーが渇望されているのだ。世の終末とともに「私」と金閣とは隔てなく滅びるのであり、この夢想は「私」をして至福なる境地へと誘う。しかし待てども待てども京都に空襲はなかったのである。

三　源氏柏木物語の転覆・反転

私のあるべき人生は戦火とともに完結するはずのものであった。にもかかわらず戦後を生き延びてしまった「私」にとって何が問題となるのか。金閣と「私」との関係が再び断絶して、「美」があちら側にあり「醜」なる「私」がこちらにあるという、この絶望的な状態にたえつづけなければならない。いや戦前・戦中以上に「私」の存在を呪縛しつづける金閣に対する憎悪はいや増しに増している。しかし吃音という行為不能の「私」が、どうやってその呪縛から解放されるのであろうか。とどのつまり、いかなる必然のもとに金閣を焼くという行為が可能となるのか。ここにして「私」における「行為」の問題が一挙にせり上がってくることになる。

柏木登場の前に、青い冬空のもと雪化粧の金閣を背景に、米兵の連れた娼婦の腹を「私」が踏むという「行為」のもつ意味を確定しておきたい。この経験がかつて有為子の惨殺現場に居合わせた「私」の原体験の強烈な反復現象であるのは明らかである。この娼婦は「私」に「目もくれなかつた」という点でまさに有為子そのものである。また女の鞠のように弾力ある妊婦腹を踏む「行為」に、「私」の「肉體は昂奮してゐた」ともある。有為子の銃殺劇で幕を閉じた原体験では「私」は傍観者である外なかったが、ここではまさに「行為」している。もちろんそれは米兵に強制された「行為」には違いないが、しかし「私」からすれば文字通り娼婦有為子の腹を踏んだのである。しかも娼婦（有為子）のバックにあるのは「金剛院」ならずの「金閣」そのものであり、有為子と金閣とが重なって、野口武彦がいうように有為子はまさに「金閣の化身」と化している。(1)

しかもこの金閣を背景に赤いコートの娼婦を踏みにじるという「行為」が、「記憶」のなかで「悪」なる輝きをますます放つようになる。「あの行為は砂金のやうに私の記憶に沈澱し、いつまでも目を射る煌めきを放ちだした。悪の煌めき」とあるように、「あの行為」は「砂金」のような「悪の煌めき」なのだという。青空・雪化粧の金閣・米兵と娼婦・赤い外套とマニキュア・娼婦の妊婦腹……ここにあるのは戦後ならではの下品にして強烈、かつ禍々しくも戦慄的な景であり、「私」のサディズムはその身体に刷り込まれて、「悪」の何たるかがまさしく体感されている。いずれ「私」は金閣と対峙することを余儀なくされることであろう。

このようなタイミングで柏木の登場となるのだが、その「内翻足」は「私」の「吃音」に相対させたものであるとともに、それは『源氏物語』引用でもあり、行為したことの代償として「乱り脚病」で亡くなった源氏柏木の人生の終着点を、『金閣寺』ではスタートにおいている。『金閣寺』にみるこのパロディ的展開相には、範例たる『源氏物語』に対するある種の悪意すら認められるのではないのか。鞠を虚空めがけて軽やかに蹴り上げる柏木の躍動する足技であったものが、この『金閣寺』柏木にいたっては、「いつもぬかるみの中を歩いてゐるやう」と評されているように、その泥土にまみれたギクシャクした内翻足のエピソードが、これでもかと思われる程に強調されているのだ。典拠たる『源氏物語』世界と『金閣寺』との間には、かくも天上と地べた程の違いがあり、この落差を落差として強調することがこの柏木物語引用の狙いであろう。

ともあれこの引用を契機として、源氏世界をガラッと転覆・反転させた世界がここに一挙に現象することになる。「吃音」の「私」と「内翻足」の柏木はともども人生に対して、その身体的負荷ゆえに「行為」から絶望的にはじきだされた同質の存在として並立する。なんと逆説的なことに、「行為」からもっとも遠い地点から「行為」の何たるかが問われているのだ。『源氏物語』にあっては、天上世界たる六条院での蹴鞠の場にて「行為」の問題が問われていたことを確認されたい。柏木の見事なまでの足技はそのまま彼をして「行為」へと飛翔させるし、また認識者を任じていた夕霧もそれに感染して行為者へと駆けのぼる。しかし『金閣寺』の二人はともども地面の窪地にずぶずぶに身を浸しており、いかなる意味でも「行為」への契機は認められない。

「私」と柏木とが認識と行為について議論する場面がある。柏木は「認識は生の耐えがたさがそのまま人間の武器になつたものだ」といい、自らを「認識者」と規定する。それに対して「私」は、「世界を変貌させるのは行為なんだ。それだけしかない」と反論する。しかし柏木は単なる行為不能者ではない。三好行雄の見事な分析があるように、彼は認識者であることで世界を変容させ、逆説的にもそこで手に入れた「行為」の論理をして「悪」を実践している。(2) その「内翻足」を武器にしてプライド高い洋館の美女や生花の師匠を彼は次々と籠絡する。このように柏木は逆説的な形で人生に参画していたのだ。「柏木は裏側から人生に達する暗い抜け道をはじめて教えてくれた友」と「私」が評しているように、「私」はこのような柏木に刺激され柏木と議論することで、「世界を変貌させるのは行為なんだ」という反論を堂々展開することができたのであり、そして「美は……美的なものはもう僕にとつては怨敵なんだ」とまでいい放つにいたる。

「吃音」の「私」が金閣を炎上させるという「行為」に辿りつく過程にあって、このような柏木との出会いにより「美」や「悪」の何たるかを学び、自身の「行為」の「認識」論上の根拠を鍛えることができたのだが、それだけでなく金閣寺住職の役割、「裏日本の海」と共鳴する金閣等という諸要素が総動員されることで、小説最後のクライマックスに向けて最大限の盛り上がりをみせている。とくに「認識」と「行為」との関係論を徹底的に突き詰めつつ、「金閣を焼かなければならぬ」「金閣を焼けば」「金閣が焼けたら」「決行を急がなければならぬ」等というように、神経症的興奮のもとに金閣放火に向けて一歩ずつ前進させていく論法は見事であり(3)、小説『金閣寺』の最高の読みどころであるが、これについては一切省略する。

四　所有／懐妊　破壊／流産

話しを源氏柏木物語の引用問題に戻す。『金閣寺』では女の腹を踏み、金閣を焼くというように、「私」の「行為」が常に「破壊」として現象している点にあらためて注意したい。なぜ「破壊」かについてはこれまでの議論で尽きている。「吃音」という凹んだ存在の「私」が、自らを呪縛してやまない「有為子」なり「金閣」という「美」に向かって「行為」するならば、それは「破壊」という「悪」なる「行為」として現象する外ないということなのだ。「悪」を犯しているのだとする享楽感が、ますます「私」をしてその「行為」へと駆り立てる。

ここで有為子も生花の師匠も米兵の娼婦も全員が「懐妊」している点、そして彼女たちのことごとくが「流産」なり「死産」であったという点に留意したい。殺された有為子は妊娠していたし、米兵の娼婦は「私」に腹を踏まれて流産、そしてかつて南禅寺の大門から覗き見た生花の師匠も死産であったという。なぜ『金閣寺』の女たちは懐妊したものとして設定され、かつそれが「流産」等で結着しなければならないのか。

ところで源氏柏木物語では、「行為」は対象の「所有」であって決して「破壊」ではなかった。源氏柏木の行為の対象はまずは「唐猫」であり、それを介して六条院正妻女三の宮へと向かい、夕霧の行為は柏木没後になってその未亡人落葉の宮へと向かっていたわけだが、それらの「行為」の目的はあくまで対象の「所有」にこそあった。かくして源氏柏木は女三の宮と密通し、その結果女三の宮は「懐妊」し「出産」する。源氏の主催する六条院の内部に柏木なる異分子の子が紛れ込むこととなり、そのことで源氏世界は内部から徐々に侵蝕されていく。そういう形で柏木は対象を乗っ取っていくのである。

しかし『金閣寺』が問題とするのは対象の「所有」ではなく「破壊」であり、これも源氏柏木物語（『源氏物語』藤壺事件を加えてもよい）を転覆・反転させた形での引用なのだと思われる。そのことを明示すべく女たちは既に孕んだものとして設定されたのではないのか。でなければ彼女たちがなぜ妊婦としてあるのかの説明がつかない。対象を「所有」した結果「懐妊」したのでなく、『金閣寺』では逆に「懐妊」した女を「破壊」することで「流産」等にいたらしめているのだ。金閣寺柏木の「内翻足」が、足の病で亡くなった源氏柏木の人生の転覆だったように、「懐妊」という結果がここでもスタートに置かれており、それは米兵の娼婦の例に顕著なように、地べたに女を踏みつけるという痛撃的快楽を誘引してやまない。鞠のような妊婦腹を踏むというサディズムのもつ意味は、引用論としては以上のように説明され得る。

また「南泉斬猫」の公案も「猫」繋がりで柏木物語引用ではないかとしたが、それは次のような話である。唐代の頃に南泉山に南泉和尚という名僧がいた。一山総出で草刈りをした時に仔猫が現れ、それをペットにせんとして東西両堂の争いとなった際に、和尚はその猫を斬って捨てた。その後に高弟の趙州が帰ってきたので、このことを話したところ、趙州は履いていた履《くつ》を脱いで頭の上にのせてでていった。和尚は今日は趙州がいたら仔猫の命も助かったものをと嘆じたという話である。

この話は「私」と柏木の間で何度か話題にのぼり、その度ごとに二人による公案の解釈は微妙に偏差していくという問題もあるがここでは触れない。結局のところ「猫」は惨殺されたという一点だけに注目しておく。南泉和尚は人々が猫を奪い合って戦いにならんかとした時に、その欲望の根源を絶つべく斬ったのである。ここでも欲望は対象の「所有」ではなく「破壊」することで封じ込まれている。源氏の「唐猫」は柏木にとって女三の宮の「形見」であり、この「猫」を媒介に柏木のエロスはますます高じていき、女三の宮そのものへと柏木の行為が向かう上で、大きな原動力たり得ていたことはいうまでもない。

そしてもっとも注目すべきは、「私」の金閣を焼くという破壊行為そのものが著しくタイミングを逸している点である。確かにそうではなかろうか、空襲の劫火によって金閣寺は「私」とともに焼かれ、世界とともに滅びるべきだったにもかかわらず、戦後になってからの放火というのでは、あまりに拍子抜けした個人プレーでしかあるまいし、そもそものことは「私」自身も解っていたことである。非行為者から放出される多大なエネルギーによる行為とは、「破壊」以外でなく、しかもその「行為」は著しく時機を逸した「行為」でしかあり得ないということであり、ここにあるのはいかなる意義付けをも欠いた単なる個人テロでしかないと評し得る。もはや確認の必要もなかろうが、源氏柏木や夕霧によって風穴をあけられた六条院は、朱雀院皇女の女三の宮を迎えとった直後の六条院であり、まさにそれは絶頂期を迎えんとしていたのであった。蹴鞠の当日が、「公私《おほやけわたくし》に事なしや」という准太上天皇源氏のまるで帝王のごとき物言いからはじまっていたことを確認したい。柏木事件は場所といい時期といい、もっとも絶妙なタイミングを以てして出来したものなのであった。

五　金閣の表象史

小説『金閣寺』は実際の事件を踏まえている。鹿苑寺金閣が炎上したのは昭和二十五年七月二日のことであり、また放火犯林承賢は「吃音」であったという。その他にも事件と小説世界との対応箇所は随所に認められる。いわば実際の事件の輪郭を堅固な枠組みとしたうえで、その形式のなかに作家が自らの世界観を流し込んだということであろう。「形式」と「内容」との緊張関係のもとに世界を定立させるという三島ならではの小説論的美学が認められる。そしておそらく作家三島は戦争で焼失しなかった金閣がなんと昭和二十五年になってから炎上したこと、そしてそれが吃音者による放火であったことに着目したのではなかろうか。

作家三島の戦前・戦中・戦後観が、小説世界の「私」の造形法に濃密に反映していることを指摘したのが磯田光一だが、(4) さらにいえば私にはとくに「純粋行為論」なるものが、ここで問題になっているものと思われてならない。「吃音」に行為不能性を認め、金閣炎上が「戦後」になっての恐ろしく時機を逸した出来事と認定した地点からすべてが発想されているのではないのか。「私」による金閣放火は、そうなるしかない必然的「行為」としてあろうとも、客観的には政治的にも美学的にもなんの意味もない蛮行・愚行でしかない。しかしだからこそ「行為」とは何かということそれ自体が、最も純粋な形で対象化し得ると三島は踏んだのではあるまいか。凹んだところから、どのような経緯を以てしてその自己陶酔的な行為が出来するのかのメカニズムを、論理的に詰めていくことが試みられており、これこそが文学が行為論なるものを俎上にのせることの意義というのではあるまいか。

三島がこの純粋行為論にいかに拘っているかを証すべくもう一例あげる。『豊饒の海』第二作『奔馬』では薩摩出身の飯沼勲《いさお》は、熊本神風連の乱に憧れて、五・一五事件（昭和七年）の余燼さめやらぬ頃、当時の腐敗した政財界を一掃すべく同士を募って昭和の神風連とばかりにクーデターを計画するも未然にことが発覚してしまう。しかし裁判では彼ら憂国の青年国士たちに同情が数多集まり、めでたく無罪をかち取る。しかしこの無罪放免は死に場所を求めていた勲にとって、もっとも恐れる結果でしかなかったのである。かくして勲は財界の大物を暗殺し、その後に一人悠然と自決するにいたる。これはまったくの一人芝居であり自刃のための自刃、犬死のための犬死でしかないのだが、逆にだからこそこれが文学の問題たり得るのであろう。(5)

ところで本稿最後に「金閣の表象史」なるものを提唱させていただきたい。『金閣寺』の世界を、かかるパースペクティブのもとに置くとどうなるのか、いやそもそも小説『金閣寺』自体が表象史を考えるうえで最も重要なテクストなのではあるまいか。

『金閣寺』の「私」は金閣が戦火にあわずに生き残ってしまったことを嘆じていたが、それをいうなら金閣はこれまでいくたびか延命してきたのである。応永十五年（一四〇八）三月八日、足利義満は美童義嗣《よしつぐ》（義満の第二子）とともに、新装なった北山第（その中心に金閣）に後小松天皇の行幸を仰いだ。この行幸については『北山殿行幸記』（『群書類従』）という仮名と真名の記録があり、とくに関白一条経嗣《つねつぐ》の仮名日記はその二十一日間に及ぶ盛儀の詳細をあますところなく伝えている。和歌・連歌・早歌・蹴鞠・船遊び・女院御所行啓……と次々と催し事があり、なかでも最大のイベントは「童舞」であった。梶井・青蓮院・妙法院・聖護院・三宝院、さらに興福寺の大乗院・一乗院からも多くの自慢の稚児たちが召集されて童舞が催され、そしてその輪の中心に燦然と輝く聖なる稚児義嗣と、それを甲斐甲斐しく後見する法体姿の義満があった。

義満が自らを上皇に擬していたことは有名である。また義満正妻日野康子は後小松帝の准母であり、義嗣も「親王御元服の准拠」(『椿葉記《ちんようき》』)で内裏にて元服していた。後は後小松の禅譲をまつのみであり、義嗣の即位まであと一歩のところまできている(6)。

しかしかかる得意の絶頂にあった義満だが、宴の果てた五月六日に突然咳気を患いあっけなく亡くなってしまう。そして将軍義持(義満長子)は父義満の政治的・文化的施策を次々と否定し、故義満に朝廷より追贈された太上天皇の宣下を惜しげもなく蹴飛ばし、また内裏にもまがう北山第を「金閣」一宇を残して解体し、さらに義満鍾愛の弟義嗣をもいずれ殺害してしまうのであった。後小松の行幸を迎えたのが義満北山第の最盛期だったのであり、義満の突然死と北山第の解体を以てしてそれは瞬く間に終焉を迎える(7)。

それにしても父なるものを全否定せんとした義持がなぜ金閣だけを残したのか。また金閣だけがしぶとく残りつづけたことの意味とは何か。それは北山文化の単なる残滓・残骸でしかないともいえるが、しかしその核心部がそれとして残されている以上、残滓と評してしまうのも問題であり、残された金閣を契機として義満の全盛期をそこに幻視することも不可能ではあるまい。

例えば曲亭馬琴に、『開巻《かいかん》驚《きょう》奇《き》侠客伝《きょうきやくでん》』（一八三二～一八四九年刊、岩波新日本古典文学大系所収）という未完の読本《よみほん》がある。なんとここでは足利義満が金閣を舞台に暗殺されてしまうという筋書きのテクストになっている。義満が金閣で弑逆されたなどという事実はもちろんないが、しかし後小松の北山第行幸とその直後の義満頓死のもつ意味を、金閣寺暗殺事件という形に凝縮して仕立てあげたものであろう。まったく注目されていないが、金閣の表象史を考えるうえで絶対に欠かすことのできないテクストがこの『侠客伝』である。

さて小説『金閣寺』についてである。ここで金閣は「暗黒時代の象徴」「時間の海をわたってきた美しい船」「丹念に構築され造型された虚無」等々と評されていて、金閣が豪勢な北山第の中心だったことや、後小松の行幸や義満の死という観点からその歴史的存在意味が説かれることはもはやない。そういう過去とはまったく切り離された孤高の建築としてそれはある。

とはいえここで再び金閣なる「美」が、戦火で滅びるのではとする祝祭的想像力が問われている点が重要であろう。滅びの予兆はこれで二度目ということになる。ただしここにあるのはあくまで「私」の個人幻想の問題としてであり、義満北山第が解体されたという時代の滅びではない。この絶対的な位相差を確認しておきたい。「私」は金閣に「美」なるものを勝手に夢想し、金閣を「私」の金閣として賦活再生せしめ、かつ世の終末とともに失せるという幻想に浸る。しかし京都は戦火にあわず世界終焉への期待は虚しく潰えるどころか、金閣はまたもしぶとく残りつづけている。なんと悠久の時間を生きてきた「金剛不壊《ふえ》」の金閣であることか。しかしそれも束の間のこと、かかる金閣が「私」の単なる個人テロの犠牲となって呆気なくも灰燼に帰してしまうのである。

極めてざっくりとした素描でしかないが、金閣の表象史なるものがここにみえてくる。時代の滅びを象徴する義満の金閣から、「私」の個人幻想でしかない金閣へという転換、さらにその間にいかなる危機があろうとも幾世紀にもわたり生き延びてきた不朽強靭な金閣ということ、にもかかわらず放火による一瞬の終焉……という流れをここに見通すことができよう。

『源氏物語』の引用問題へと話を戻す。北山第での足利義満の帝王さながらの身のこなし、そして美童義嗣についても、「あげまきし給へる面つき、顔の匂ひたちへむかたなく美しげにぞ見え給ふ。光源氏の童姿もかくやとおぼいたり」（先の『北山殿行幸記』）とあるように、その美しさが光源氏にも比肩されていたのであり、三田村雅子が論じているように(8)、これこそ光源氏の世界と共振動する天上世界そのものとしてある。その意味で小説『金閣寺』が、金閣に匹敵する引用テクストとして『源氏物語』を選んだことは極めて妥当な判断である。

問題は小説の金閣が、戦前・戦中そして戦後の金閣をめぐっての個人幻想を語っている点にある。繰り返すがここにあるのは、「吃音」と「内翻足」という泥土のなかから生まれた「行為」ならずの「行為」、「放火」や「堕胎」というサディズムとしての「行為」、戦後になってからの間の抜けた放火という個人プレー……というのであり、義満時代の終焉をいう金閣とのあまりの落差を確認しようではないか。そして改めて強調するが、この落差を落差として具象化し顕在化させるべく、源氏柏木物語を俎上にのせたうえで、それを転覆・反転させた形での引用という方法が案出されたのではなかろうか。金閣炎上、後にはいかなる意義付けをも欠いた、虚無の焦土しか残らないのであった。

注

（1）野口武彦『三島由紀夫の世界』（講談社、一九六八年）。

（2）三好行雄『作品論の試み』（至文堂、一九六七年）。

（3）「神経症的興奮」と記したが、『金閣寺』が「私」の語りである以上、我々はそれを「私」による真面目な言説としてそのまま受けとめざるを得ないのだが、しかし「乳房が金閣に變貌したのである」等々の記述をみると、「私」の金閣に対する恐れが強迫観念と化して、「私」は狂気の世界に入っているのではないかと思われもする。テクスト自体にテクスト自身を裏切るような、もしくはそれを相対化させてしまうような方向性が孕まれているのである。「私」の発言を大真面目に受けとるのは危険である。本論文ではこの問題について展開できないが、今後の

『金閣寺』論の可能性はここにあるのではなかろうか。そもそも源氏柏木物語の転覆・反転構造をみてきたが、これとて「私」がこの引用行為を自覚しているはずもないのであった。

(4) 磯田光一『殉教の美学』(冬樹社、一九六四年)。

(5) 飯沼勲に対して、『金閣寺』の「私」の方は自分の存在を呪縛した当の金閣がなくなった以上、「生きようと私は思つた」とあるように自爆しない。かくしてこの手記を書くことができたとしている。「私」が生きる意欲を回復したのは、病の根源が断たれたからであるが、このようなある種の節操のなさが、注(3)でも述べたように、「私」がこれまで被害妄想的強迫観念を生きていたことを逆照しているのかもしれない。

(6) 今谷明『室町の王権』(中央公論社、一九九〇年)。

(7) 北山第にて義満によって禍々しくも演出された稚児舞の盛儀については、それを「稚児の時代の終り」と位置づける拙稿「稚児と天皇――太上天皇後崇光院と稚児物語」(『岩波講座　天皇と王権を考える　第9巻　生活世界とフォークロア』所収、二〇〇三年)がある。

(8) 三田村雅子『記憶の中の源氏物語』(新潮社、二〇〇八年)。

『近代能楽集』という不思議
――「葵上」「熊野」そして「源氏供養」から

本橋裕美

はじめに

本稿で扱う三島由紀夫の『近代能楽集』は、一九五〇（昭和二十五）年に発表された最初の「邯鄲」に始まり、「綾の鼓」、「卒塔婆小町」、「葵上」、「班女」、「道成寺」、「熊野」、「弱法師」の八曲に、三島自身によって廃曲とされた「源氏供養」を加えた九本の作品群である。戯曲ひとつひとつに多くの作品研究があり、更に戯曲であるからには当然、舞台化され、いまなお上演され続けていて、小作品集というには層の厚いものといえよう。(1) 本稿においては、『近代能楽集』における舞台化の問題はひとまず置き、戯曲として分析してみたい。同時に、舞台としての「能」ではなく、（能舞台を意識しつつも）詞章としての「謡曲」を『近代能楽集』の本説として論じていく。

三島は、この『近代能楽集』に対して、「能楽の自由な空間と時間の処理や、露わな形而上学的主題などを、そのまま現代に生かすために、シテュエーションのはうを現代化したのである」(2)と自身で述べている。本稿では、古典文学研究者の視点から、三島由紀夫の文学を分析することが求められているが、その感覚に従えば、『近代能楽集』に対するこの三島の発言は奇妙というほかない。「能楽の形而上学的主題」だけを抽出したならば、『近代能楽集』にはならないだろう。すでに多くの指摘があるように、『近代能楽集』には仏教的思想が排除されているのである。(3)謡曲において仏教的救済を意識の外に置くことはできない。もちろん、三島はそれを敢えて戯曲の中に持ち込まないのだが、たとえば田村景子氏は、

> 戦争中の死に人生の清算を期待していた三島由紀夫が、生き延びてしまった戦後から眺めたとき、謡曲に充満する「生の否定」や「悲劇」を彼岸における仏教的救済へ回収しない、アイロニカルで特異な能楽を発見した。
>
> そして、時代の異物でありながら「今日」に引き付けられて「悲劇」と呼ばれた能楽は、謡曲の仏教的救済を完全に退け、「生の否定」を生きる者たちがうみだす「悲劇」の凝縮——『近代能楽集』となった。(4)

と述べている。仏教的救済を切り捨てることで、末法思想が見つめる現世の否定、すなわち

「生の否定」を描くという分析である。

三島が『近代能楽集』の「あとがき」で言うところの「能楽の自由な空間と時間の処理」は、能舞台という、生でも死でもあり、現在でも過去でも未来でもある場で成り立つものである。成仏が約束されて幕となったとしても、舞台は再び始まり、救われない存在は舞台に呼び戻される。どれだけ「成仏した」と語られても、むしろ語られれば語られるほど、彼らは何度でも苦悩を語り、供養を求めなければならない。だからこそ、三島にとって、能の中心テーマは仏教的救済（あるいは、救済に至らないまでもアプローチとしての仏教的規範）になり得なかったといえるだろう。謡曲の中の人物がどのように救われるかではなく、どのような罪を抱えて舞台に引きずり出されてきたのか、が中心テーマなのである。

古典文学研究者として覚える違和感はそこにある。引きずり出された彼らをどう救済するか、あるいは救済できないのかは、謡曲によってすでに語られているのだ。なぜ三島は能の翻案をするにあたって戯曲を選ぶのだろうか。小説という手段を持ちながら、三島が能の翻案に戯曲を選んだことへの素朴な違和感については、ドナルド・キーンが触れている。

三島氏ほどの想像力の豊富な作家がどうして中世の戯曲をわざわざ現代化しなければならなかったか、という疑問が起るかも知れない。然し、先代の戯曲を現代化することは昔からの習慣である。（中略）昔からあった物語を新しい形式で述べることは古典主義者の立場であり、三島氏は明らかに古典派である。ギリシアの戯曲や室町時代の能を現代化するのは、種がないからではなく、古典文学の名にふさわしく型に入って自分の手腕を発揮したいからだった。(5)

能の舞台として変容する余地はあっても、謡曲の詞章としての完成度は高い。そうした芸術に出会った作家が、同じことをやってみたいと思うのはごく普通の願望なのだろう。が、その説明は単純過ぎて、なぜそのまま戯曲として翻案するのかという違和感は解消されない。この素朴な違和感、そして古典文学研究者なりの興味に従って、特に本説としての古典、謡曲、そして『近代能楽集』がどのように関わっているのか検討しつつ、論を進めていきたい。

一 「葵上」に見るシテへの視線

まず取り上げてみたいのは、「葵上」である。三島が「一番気にゐってる」(6)と評し、上演回数も多い。『源氏物語』を本説とした謡曲「葵上」をまさに「そのまま現代に生かすために、シテュエーションのはうを現代化した」(7)作品といえる。「情念の純粋度の高い」(8)ものと三島が捉える謡曲「葵上」とぴたりと重なり、謡曲の向こう側にある『源氏物語』葵巻も強く響いている。

『近代能楽集』における「葵上」は、病室で眠る妻・葵を夫・若林光が見舞いに来るところから始まる。看護婦との奇妙な問答を経て、登場するのは六条康子である。彼女は毎夜、葵を苦しめに訪ねてくるという。自分を捨てて若い妻を得た光を恨みつつ、二人の思い出を語りながら光を幻惑する。光は、葵の苦しむ声によって一度は現実に引き戻され、康子が生霊であったことを知るが、再び康子の声がすると、電話口の現実の康子も、葵も置いて、光はその声の方へさまよい出ていくというストーリーである。

一方の謡曲「葵上」は、『源氏物語』葵巻内部の物語として展開する。光源氏の妻・葵の上に物の怪が憑いて苦しんでいるというので、照日の巫女が口寄せをすると、現れたのは六条御息所の生霊だった。葵の上である、舞台に置かれた小袖を打擲し、それでも恨みの晴れない御息所は、葵の上を破れ車に乗せて連れ去ろうとする。そこに、横川の小聖が加持のため呼ばれてきて、御息所の生霊と対峙し、仏の力によって無事に成仏したのだった。同じく六条御息所を描く謡曲「野宮」が、同じように車をモチーフに使いながらも成仏をはっきりと語らないのに対して、謡曲「葵上」は物語の内側に留まって結末もシンプルである。

『近代能楽集』「葵上」と謡曲「葵上」、二者の大きな違いは、先に述べたとおり、また『近代能楽集』の多くがそうであるように、仏教的な救済に関わる描写の一切がないこと、そして光＝光源氏の存在の有無である。謡曲「葵上」は、六条御息所を呼び起こす巫女と、シテの六条御息所で舞台が進められていく。小袖は舞台上で圧倒的な存在感を放ち、その小袖に向けて恨みを吐き出す六条御息所は、若き日の華やかさを語るところはあれども、光源氏への思いを語ることはほとんどない。わずかに、「(地謡) 生きてこの世にましまさば、水暗き、沢辺の蛍の影よりも、光る君とぞ契らん」(「葵上」) と葵の上が光源氏と過ごすことへの恨みを告げる程度で、やはりその思いはひたすらに葵の上へと向けられている。

『近代能楽集』「葵上」の六条康子像は、必ずしも謡曲「葵上」の六条御息所とは一致しない。冒頭、葵への憎しみを述べるところこそ小袖を打擲する六条御息所と重なるが、若林光と語りながら、ヨットに乗って別荘へ向かった過去に彼を連れていくところは、むしろ謡曲「野宮」の六条御息所そのままだろう。

六 (略) 秋だつたわ。秋のはじめ、あなたがあたくしの別荘へいらしつた。ヨットでお迎えに行つたわね。駅のそばのヨット・ハーバアまで。(後略)

『源氏物語』葵巻で葵の上が死去するのは秋のことだが、回想空間という点では、まさに謡曲「野宮」が九月七日を特別な日として語っている。

シテ 「光源氏この所に詣で給ひしは、長月七日の日今日に当れり。その時、いささか持ち給ひし榊の枝を、斎垣の内に挿し置き給へば、御息所とりあへず、〽神垣は、しるしの杉もなきものを、「いかにまがへて折れる榊ぞと、詠み給ひしも今日ぞかし。

(「野宮」)

謡曲「野宮」では、旅僧と対話しながら、シテ（女、六条御息所）は光源氏が野宮を訪ねてきた過去を懐かしく思い出す。六条御息所は、過去に囚われていると同時に、その過去は後場でも「なつかしや」（「野宮」）と思い起こされる、愛しいものである。六条康子が、ヨットで光と過ごした時間を反芻するのと重なっていよう。六条康子は、謡曲「野宮」の六条御息所像も借りながら造型されていると言って良い。

だが、謡曲「葵上」でも「野宮」でも、光源氏は登場しない。六条御息所だけが呼び出され、語るのである。恨む相手である葵の上も、謡曲「野宮」では不在であるし、謡曲「葵上」では一枚の小袖となって、存在感はあっても身体を持たない、概念的な存在である。『近代能楽集』「葵上」では、若林光は六条康子と語り合う。舞台に寝ている葵は、言葉こそ発しないものの、うめき声をあげ、音を立てる。二人とも、康子の想像上の産物などではなく、確かに身体を持った、現実に存在するものとして登場しているのである。かなり忠実に謡曲「葵上」をなぞりながら、三島が葵の身体を必要とし、また若林光を思い出の存在ではなく、対話する登場人物として必要としたのはいったいなぜだろうか。

田村景子氏は、『源氏物語』の光源氏が生霊を退ける存在として描かれているのに対して、若林光は康子の生霊に抗う力を持たない人物として登場していることを踏まえて、次のように述べている。

若林光は、危機に接して葵上にのみ愛情を注いだ光源氏とは逆、つまり、危機によって一貫性を欠き、それによって妻との不確かな関係をさらけ出す存在だったのである。

ここに、三島由紀夫による『源氏物語』把握がかかわっていることは間違いない。(中略)光源氏は奔放な恋愛を肯定された存在であった。むろん世俗化され矮小化された感は否めないものの、その場その場で「錬金術」よろしく女たちの感情を噴出させ、かつはぐらかしてしまう若林光は、あきらかに三島的光源氏の末裔といえる。(9)

一見、『源氏物語』における光源氏像とは明らかに異なる光源氏＝若林光を舞台に登場させていながら、一面では極めて三島的な解釈を経た光源氏そのものであるという指摘である。謡曲「葵上」には、光源氏は登場しない。三島が必要としたのは、『源氏物語』に還元できる光源氏ではなく、あくまで三島的な「光源氏」としての若林光であったといえよう。とすれば、三島がもっとも翻案したかったのは、六条御息所でも、照日の巫女でもなく、謡曲「葵上」には登場しない、光源氏そのものだったと換言できようか。

では、なぜ光源氏を翻案した若林光が、舞台上に呼び出されてくるのだろうか。謡曲「葵上」の六条御息所は、照日の巫女(あるいは青女房)の呼びかけに応えて、葵上への恨みを表出させていく。謡曲「野宮」の方では、聞き手としての旅僧はいるが、前場でも後場でも、女は自分から積極的に語っていく。しかし、『近代能楽集』「葵上」における六条康子は、若林光に語りかけ、想いを共有し、光の言葉さえ引き出そうとしていくのであって、その語り方は根本的に異なっているのである。

能舞台は、現在も過去も許容する空間であり、真偽は必要とされない場である。三島自身、その機能はよく理解していたはずだが、その場を六条康子の語りだけで満たすことは避けているように思われる。若林光という、康子にとっての対象、中心人物を置くことで、康子が空間を支配しているように見せながら、支配されない選択肢があることを示してしまうのである。

『近代能楽集』「葵上」は、康子だけでなく、葵や若林光を身体を伴う存在として登場させ、謡曲そのままに物語を運んでいるように見せながら、その実、別の道があり得るかのように示していく。それは、強い想いを抱いて登場するシテの威を削ぐものといえるだろう。謡曲「葵上」のシテ・六条御息所の恨みは舞台上を、あるいは舞台の外側までもあまねく支配するが、六条康子にはそれほどの力が与えられておらず、若林光と、その妻としての葵にだけ作用するかのようである。翻案としての『近代能楽集』「葵上」には、謡曲「葵上」におけるシテへの懐疑的なアプローチを見ることができるのではないだろうか。場を支配するシテへの疑いの視線という視点で、更に『近代能楽集』を見ていきたい。

二　女たちの結託を暴く「熊野」

「葵上」についてはひとまず置き、次に取り上げてみたいのは、「熊野」である。こちらは『平家物語』を本説とする謡曲「熊野」の翻案で、美しい愛人・ユヤを大実業家・宗盛が花見に誘うところから始まる。ユヤには、北海道に病気の母親がおり、一刻も早く郷里に帰りたがっている。しかし、宗盛は、今日の花見を終えたら明日帰してやると譲らない。そこへ、ユヤと同じアパートに住む朝子がユヤの母からの哀切な手紙を持ってくる。宗盛はなおも許さないが、雨が降ってきたところで、旅支度を許す。

ここまでは、まさに謡曲「熊野」同様の展開である。謡曲「熊野」では、平家の貴公子・宗盛が愛人・熊野を伴って東山の花見に行こうとする。老母からの哀切な手紙が朝顔という女によって届けられるが、なおも許されずに熊野は同行させられ、道中も憂いが尽きない。清水寺に着き、熊野が舞っていると村雨が降り出し、舞を止めて、熊野は歌を短冊に書いて宗盛に差し出す。「いかにせん都の春も惜しけれど馴れし東の花や散るらん」、この歌に心動かされた宗盛は、熊野に暇を言い渡す。熊野は、宗盛の気の変わらないうちにと道を急ぎ、ラストは後にする都へのわずかな名残が語られる。めでたく、華やかな作品である。

ところが、『近代能楽集』「熊野」では、宗盛が仕方なく帰郷を許すところから、趣が変わる。

秘書に連れられて登場するのはユヤの母・マサである。マサは、ユヤが郷里に帰りたがった事情を語っていく。昔の恋人・薫が北海道の自衛隊にいること、彼に会うために帰郷の理由となる手紙を書かされたこと。母親の裏切りに驚く朝子の問いに、宗盛の秘書は、マサがユヤの実の母ではないことや、昔の恋人であるはずの薫が、「自分の女は東京で金持ちの妾になつて、結婚費用を稼いでゐる」と公言していることを暴いていく。マサ、朝子は退場し、残された宗盛とユヤが静かに語り合い、宗盛が「俺は実にいい花見をした」と呟くところで終わる。

『近代能楽集』「熊野」は、その末尾の台詞からも明らかなように、主題は「花見」である。謡曲「熊野」、あるいは本説の『平家物語』巻十「海道下」が遊女の歌徳説話として語られているのに対し、『近代能楽集』「熊野」では、あくまで宗盛の「花見」が中心に置かれているといえよう。本説の『平家物語』を見てみたい。平重衡が源氏に捕らえられ、鎌倉へと向かう旅路、池田の宿（現在の静岡県）に泊まり、遊女の接待を受けた時に、その遊女が平宗盛と縁のある女性であったと知る場面である。

景時畏ッて申しけるは、「君は未だしろしめされ候はずや。あれこそ屋島の大臣殿の当国の守でわたらせ給ひ候ひし時、召され参らせて御最愛にて候ひしが、老母を是に留めおき、頻りに暇を申せども給はらざりければ、ころはやよひのはじめなりけるに、

いかにせむみやこの春も惜しけれどなれしあづまの花や散るらむ

と仕ッて、暇を給はッてくだりて候ひし、海道一の名人にて候へ」とぞ申しける。

（『平家物語』巻十「海道下」）

遊女の優れた歌が宗盛の心を動かしたことを語るとともに、重衡を中心に平家の公達が歌や音楽に長けた風流人であることを示していく場面である。この挿話に肉付けされたのが、謡曲「熊野」であり、その主題は熊野の憂い、悲しみと喜びへの転であろう。暇をもらい東へ向かう途中、都を振り返り、名残惜しさも感じながら去る場面は、喜びの中にも、『平家物語』の鎌倉へと護送される平重衡との出会い、その背後にある平家一門の没落をも響かせている。

改めて『近代能楽集』「熊野」を見てみると、そうした本説としての『平家物語』との響き合いはほとんどない。大実業家として描かれる「宗盛」に、没落の影はあまり必要とされていないように思われる。『平家物語』では、池田の宿の遊女と宗盛の関係は、遠江国守時代のこととして語られる。史実に基づけば、遠江国守は宗盛の極めて若い頃の役職で、当時十三歳であった。謡曲「熊野」における、熊野を手放したがらない宗盛像はむしろ少年の愛着であり、歌一つでころりと気持ちを変えるところも若者の心のありようといえる。『近代能楽集』「熊野」における宗盛の、大実業家で、何もかもを掌中に収めているような振る舞いとは大きく異なるのである。

のちに没落する平家公達の若き日の姿として描かれる謡曲「熊野」は、それを見つめる存在としての熊野をシテとして描く。老母への思いのために「花見」に憂いを感じる熊野だが、『平家物語』の著名な冒頭を含んだ詞章[10]が登場するように、「花見」にある散るものとしての桜は、そのまま宗盛の運命である。「花見」も、熊野の憂いと喜びも、そして宗盛も、すべてが盛りと没落の対比という主題に回収される。

『近代能楽集』「熊野」における「花見」を同様に捉えていいものだろうか。大実業家としての宗盛は、没落を抱えておらず、ユヤの悲しみや裏切り、そして最後に「うれしい」と繰り返す対比構造は、どれも宗盛の演出に過ぎない。宗盛は結びに「俺は実にいい花見をした」と言うが、この花見とはいったい何だろうか。手紙の仲介人であり、傍観者として登場する朝子は、次のように言う。

朝子　いいえ、ユヤは可愛い美しい悲しみの人形だわ。泣いてゐるこの人の美しさ、男の目からどんなでせうね。雨のなかの桜みたいだつて、あなたが思つてるのがよくわかるわ。その葉巻の煙のなかから楽しさうに眺めてゐるあなたの目が、ユヤを小さな美しい悲しみの人形に変へてしまつたんですわ。

郷里に帰りたいという切なる願いを叶えてやらないことで悲しむユヤが「雨のなかの桜」として表現される。だが、朝子のこの分析は、マサの登場に先立つもので、宗盛が楽しみたかったのはこの悲しみにくれるユヤでないことは明らかである。宗盛は、すべてが暴かれたあと、朝子とともに出て行こうとするユヤを止めて、次のように言う。

宗盛　さつきのやうに、そこのベッドに掛けておいで。さうだ。そして、さつきのやうに、悲しさうにしてゐるんだ。

また、饒舌に語ろうとするユヤに繰り返す。

宗盛　それにしても、さつきのやうに、もつと悲しさうな顔はできないのか。

宗盛が求めている「いい花見」としてのユヤの姿は、朝子の分析より複雑である。郷里に帰りたいなどという単純な悲しみではなく、恋人の存在を隠して真実悲しそうに振る舞う演技をする女、一方で、実母でもない女が裏切る可能性に思い至らない愚かな女を眺める「花見」の楽しみである。謡曲「熊野」における宗盛が単純な欲望と感動に動かされる青年として描かれているのに対し、『近代能楽集』における宗盛は、老獪で複雑な存在として作り出されているといえよう。宗盛は、マサとユヤの結託を金で暴くのみならず、ユヤの涙を純粋なものと解釈しようとする朝子との関係も壊していく。結びつこうとする女たちを切り離してこその「花見」なのである。

『近代能楽集』における「葵上」と「熊野」を取り上げてきたが、共通するのは、若林光と宗盛の存在が謡曲の世界を超えて深く掘り下げられている点である。若林光や宗盛がクローズアップされる時、本来シテとして中心にあるはずの六条御息所や熊野は弱められているのではないか。シテである女たちの力を削ごうという翻案のあり方は、女の語りへの不信感の表れといってもよいだろう。三島が翻案したのは基本的に現在能ばかりで、夢幻能は対象になっていない。美しい女が旅僧に語るという夢幻能の型（むろん、男の霊もある）は、しばしば女の思い出によって場が構成される。シテである女の言葉が作り上げる世界を拒否したところに、三島の『近代能楽集』はあるのではないか。「葵上」と「熊野」を対象にそう分析して、「源氏供養」について考えていきたい。

三　〈紫式部〉不在の「源氏供養」

「源氏供養」は、三島自身によって廃曲とされ、『近代能楽集』には収められていない。謡曲「源氏供養」は、光源氏を供養しなかったために成仏できない紫式部の霊の頼みにより、僧が石山寺に詣でて弔いをするという物語である。光源氏の供養として巻名を織り込んだ詞章が続き、僧は、むしろ紫式部こそ石山の観音であったのだと得心して物語は閉じられる。『源氏物語』に関連する謡曲だが、『源氏物語』そのものが本説になっていないところが特徴といえる。

三島の「源氏供養」は、文学青年二人が文学碑を訪ねるところから始まる。野添紫という女流作家の記念碑で、ベストセラーとなった「春の潮」の主人公・光が身を投げた場所に立っている。作品について饒舌に語り合う青年二人の前に、一人の女が現れる。彼女は野添紫であり、彼女が生み出した主人公・光が身を投げる場面が延々と反復されるのを見つめている。彼を救わなかったために、彼女は幽霊としてそこにいる。

女　だから報いだと言ったでせう。あんなにみんなに愛された主人公、あれほどみんながその実在を信じたがり、つひには実在を信じてしまった主人公を創り出しながら、たうとうその主人公を救ってやらなかった報いがこれよ。（中略）

女　（略）私がこんな姿にされたのは、天の嫉みを受けたんです。私がまねようとした実在、その結果世間の人がみんな信じるやうになった実在、あの五十四人の女に愛された光といふ人間は、はじめからそこらにある実在とはちがってゐたんです。（中略）天はそれを創りたくても創れない。何故なら光の美しさの原因である救済を天は否定することができないからです。それができるのは芸術家だけなんですよ。

そこへ団体旅行のバスがやってきて、女は姿を消す。青年たちは、彼女の存在を「安手なトリック」として、文学からの卒業を宣言し、バスでやってきて記念碑を眺める観光客の横で乾いた笑いを見せるのであった。

こちらも、謡曲「源氏供養」とかなり重なる展開である。救済を用意しないスタンスは『近代能楽集』の他の作品と共通する。野添紫は供養を望まず、巻名を織り込んだ願文が読まれることもない。ある種、供養されるのは文学青年たちである。

A　紫女史はかうやつてみんなをだまくらかして来たんだな。安手なトリックだよ、全く。
B　彼女の文学もこの程度だよ。
A　もう俺はだまされないぞ。
B　畜生、俺はもう卒業したよ。こんなもの。
A　俺もだ。
B　これで文学なんかとは縁切りだ。
A　さつぱりしたな。

小説家の霊と語り、その存在を「安手なトリック」と断じることで、彼らは文学の世界からの離脱を宣言できるのである。物語作者と出会い、虚構であることを知るのが文学からの成仏なのだ。

謡曲「源氏供養」の本説ははっきりしないが、『源氏一品経』や『源氏物語表白』、『源氏供養草子』などが挙げられる(11)。これらに共通するのは、『源氏物語』を供養してほしいと頼むのが読み手であることだ。謡曲「源氏供養」では、それを頼むのは紫式部自身である。三島の「源氏供養」が文学青年たちの文学からの卒業を描くのは、やはり謡曲の向こう側に蓄積されたテクストたちと響き合っているからだろう。

田村景子氏は、三島によって廃曲されたものの（あるいはだからこそ?）救済を切り捨てて翻案するという『近代能楽集』のテーマに沿った作品として「源氏供養」を捉えて、次のように述べる。

供養の場面を大きく切り捨ててシリーズの翻案方法を徹底し、永遠に反復する「救済」の拒否によってシリーズのテーマを徹底させた戯曲「源氏供養」とは、悲劇を受け入れ悲劇を言祝ぐ作家野添紫の口を借りた『近代能楽集』解説でもあったのだろう。(12)

だが、先に述べたように、三島の「源氏供養」は文学、すなわち狂言綺語の世界からの読者の離脱というかたちで救済を描いているのだ。救済されていないのは、野添紫と、身投げを続ける主人公・光である。一方で、謡曲「源氏供養」の背景にあるのは、出家しても『源氏物語』への傾倒を忘れられない読者たちである。それを創り出した紫式部もきっと苦しんでいるに違いないという発想で、謡曲「源氏供養」は作り上げられているが、結びで紫式部は石山の観音として捉え直される。

(地謡)よくよく物を案ずるに　紫式部と申すは　かの石山の観世音　かりにこの世に現れて　かかる源氏の物語　これも思へば夢の世と　人に知らせんご方便

光源氏も紫式部も、実は供養など必要としておらず、むしろ物語に囚われてしまう読み手たちに物語も現世もかりそめのものと伝えるために現れたのだったと結ばれていく。

野添紫と光が救われることなく、読者だけが文学の世界から卒業していくのが三島の「源氏供養」だとすれば、それは確かに物語として物足りないといえよう。謡曲「源氏供養」を矮小化した翻案とされかねない。三島による廃曲宣言は、この作品の物足りなさ故だろうか。

　では、なぜ三島の「源氏供養」が、謡曲「源氏供養」やその本説になり得る作品に比して物足りないのかといえば、やはり野添紫の解像度の低さのためであろう。謡曲「源氏供養」を始め、『源氏物語』の作者としての紫式部は、読み手たちの中で繰り返し想像されることで、それこそ仮構されながら実在を信じられるような〈紫式部〉として作り上げられているのである。石山の観音であったと有り難がられて語り収められる〈紫式部〉は共同幻想のようなもので、平安時代に生きた実在の女房であることは求められていない。一方の野添紫は、作家としての自身について饒舌に語るけれども、決して〈紫式部〉そのものではない。語らずとも、あるいは語らないからこそ聴衆が自分の〈紫式部〉像を立ち上げて補完する、受け取り手に委ねられた〈紫式部〉の解像度の高さに及ぶことは決してないのである。それは作家三島由紀夫の敗北ではないだろうか。作家という存在は、作品も含めて読者の内部に立ち上がるのがもっとも効率がいい。紫式部、源氏物語、光源氏、これらは古典であるが故にそれを実践している。だが、野添紫は自分について読者に語りかけてその実像を明らかにしたがるし、それは多くの語りを残した三島自身も同様である。『近代能楽集』の「近代性」は、切り捨てきれないそうした作者や（本来ないはずの）物語の自我のようなものとの相克によって彩られているといえよう。

そして、「源氏供養」は相克で留まらず、敗北として見えてしまうからこそ、三島によって廃曲とされたのではないだろうか。(13)

おわりに

ここまで、『近代能楽集』から「葵上」「熊野」、そして廃曲とされた「源氏供養」を見てきた。三島がなぜすでに完成されたものである謡曲を翻案したのか、その結果示されたものは何かという視点で論じてきたつもりである。

「葵上」における若林光や「熊野」の宗盛は、謡曲より遙かに深く物語に関わる存在として登場している。「源氏供養」の野添紫は饒舌に語るけれども、文学青年二人を文学から卒業させただけで、彼女の問題は何も解決せずに姿を消すのみである。共通するのは、（特に女性を中心とした）シテ以外の人物への着目であり、それはシテの支配力の弱さの裏返しである。謡曲の中では、シテを動かせるのは基本的にシテ自身か、あるいは仏教的救済の力だが、『近代能楽集』は仏教的救済を切り捨てている。だからこそ、他の登場人物がシテに関わっていく。六条康子は若林光の言葉に反応するし、ユヤの美しさは宗盛の掌中にある。

本稿では扱わなかったが、「綾の鼓」もまた、シテであるはずの岩吉（亡霊）に次のように言わせている。「…ひよつとすると、鼓がきこえるのは、儂の耳だけなのかしらん」、謡曲「綾の鼓」の後シテである怨霊が鬼の形相で女御を打ち据える姿とは異なり、むしろ華子との問答によって自身の恨みのあり方に疑問を抱いてしまうのである。「卒塔婆小町」でもまた、詩人の言葉によって老婆は次の百年へと送り出されていく。

詩人　さあ、僕は言ふよ。
老婆　言はないで。おねがひだから。
詩人　今その瞬間が来たんだ、九十九夜、九十九年、僕たちが待つてゐた瞬間が。
老婆　ああ、あなたの目がきらきらしてきた。およしなさい、およしなさい。
詩人　言ふよ。……小町、君は美しい。世界中でいちばん美しい。一万年たつたつて、君の美しさは衰へやしない。（中略）
老婆　あんなに止めたのに……
詩人　手足が冷たくなつた。……僕は又きつと君に会ふだらう、百年もすれば、おんなじところで……

それは確かに、老婆が詩人に言わせている言葉ではあるが、同時に老婆はこの待つ時間が終わることを望んでもいる。だが、詩人はその望みを叶えてはくれず、次の百年が始まるのである。

三島は、「演劇と文学」(14)という対談の中で次のように述べている。

三島（略）戯曲を書く場合、その人物の性格は、基本的には、それを自己発見して行くところに楽しみがあるので、小説のように、最初にそれをやっては、戯曲は死んでしまう。（中略）

三島（略）戯曲というのは、滑り出すときに、過去と現在と一緒に滑り出すんだからね。そこが小説とは違うのだ。小説では現在は自由に過去の部分に戻り得るのだ、叙述だからね。戯曲は、幕があいちゃったら、現在が進行してるだろう、すると、同時に過去が進行してるわけだろう、台詞の裏表で。つまり、過去があって、その人のシチュエーションが観客に解らなければならないでしょう、或る意味で。

三島が「能楽の自由な空間と時間の処理」に期待しつつも、小説と異なる戯曲の時間感覚を重視していたことがわかる言葉である。『近代能楽集』のシテへの懐疑的な視点は、彼らがどこまでも舞台上の存在として変化し得るという思いに縛られていたからではないか。その視点は、時に能楽の世界に閉じ込められて恨みと救済を行き来するシテを解放するものかもしれないが、対話の中で「自己発見」させられていく登場人物たちの結末に救済がないことは確認したとおりである。野添紫が言うところの、「安手な救済」「安い麻薬」でお茶を濁してはもらえない。

三島の『近代能楽集』は、謡曲のシチュエーションを近代に置き換えただけではないだろう。

というより、近代に置き直して、三島によって台詞劇に仕立てあげられたことで、登場人物のあり方もまた近代化することは必然だった。翻案という手法は時に、もとにある作品を変容させることがあり、謡曲イメージが本説に流入することも多い。三島が古典を用いて小説を築く時、それは期待された往還だろう。しかし、『近代能楽集』から謡曲を読み直す可能性というのはあまり感じられない。謡曲の登場人物、特にここで扱ったシテたちは本説としての古典に支えられており、心情を掘り下げることはできても、そこに自己発見などは存在しない。他の登場人物と台詞を交わし、自己なるものに向き合わされる『近代能楽集』のシテたちは、やはり『近代能楽集』の中の存在であって、謡曲の世界に立ち戻ることは難しいのである。『近代能楽集』は、近代と前近代とのあいだの埋めがたい落差を如実に示した作品であり、むしろ潔い一方通行の翻案の形態として位置づけられよう。

※謡曲「葵上」「野宮」「熊野」、『平家物語』については『新編日本古典文学全集』（小学館）、謡曲「源氏供養」については『宝生流謡本』（わんや書店）によった。いずれも傍線等は私に付し、ト書を省略するなど本文を改めたところがある。

注

（1）　全体に関わる近年の先行研究としては、佐々木香織「謡曲『葵上』におけるシテ一人主義――

三島由紀夫『近代能楽集』研究（一）謡曲篇——」（『石川工業高等専門学校紀要』二〇一八年三月）をはじめとする吉本弥生氏との一連の研究、有元伸子「〈劇の文学〉とジェンダー・パフォーマティヴ：三島由紀夫「卒塔婆小町」、アクションとしての台詞」（『物語研究』二〇一四年三月）等を参照した。特に佐々木氏のシテ一人主義への言及は本稿にも関わると思われるので続稿を待ちたい。

（2）『近代能楽集』「あとがき」（一九五六年）

（3）石沢秀二「卒塔婆小町」（『国文学解釈と鑑賞』一九七四年三月）、田村景子『三島由紀夫と能楽』（勉誠出版、二〇一二年）。

（4）田村景子「認識者と実践者、その葛藤の帰趨」（注3）

（5）ドナルド・キーン「解説」（『近代能楽集』新潮社、一九六八年）

（6）「『只ほど高いものはない』と『葵上』（上演プログラム、一九五五年）

（7）注2に同じ。

（8）注2に同じ。

（9）田村景子「救いなき死の受容」（注3）

（10）清水の風景を眺める場面で「（地謡）清水寺の鐘の声、祇園精舎をあらはし、諸行無常の声やらん、地主権現の花の色、沙羅双樹の理なり。」（「熊野」）と『平家物語』冒頭の詞章を用いることで、平家滅亡の物語が背後に響いていく。

（11）『源氏供養草子』が本説として挙げられることもあるが、伝本によっては謡曲「源氏供養」を踏まえた表現もあり、成立については別稿で検討したい。『源氏一品経』は平安末期頃の作例があり、『源氏物語表白』も近い時代から見られる。そもそも紫式部堕地獄説はかなり早い時期から広まっていたと考えられる。小林健二「能《源氏供養》制作の背景――石山寺における紫式部信仰――」(『国文学研究資料館紀要』二〇一一年三月)、廣田收「〈資料紹介〉実相院蔵『源氏供養草子』」(『人文學』二〇〇四年一二月)等参照。

(12) 田村景子「切り捨てられた供養」(注3)

(13) 三島による「源氏供養」廃曲と評価については、原田香織「声なき叫び――三島由紀夫『源氏供養』論」(『山形女子短期大学紀要』一九九五年三月)、先田進「三島由紀夫作『源氏供養』論――《自己処罰》のモチーフを中心に」(『新潟大学国語国文学会誌』一九九七年三月)等参照。

(14)「演劇と文学」(対談者・芥川比呂志)(初出『文学界』一九五二年)

昭和四〇年代

月と転生

見渡せば花も紅葉もなかりけり浦の苫屋の秋の夕暮れ

『豊饒の海』「天人五衰」の最後は、「この庭には何もない」と終わる。それまでの六〇年間に及ぶ、清顕を追い求めてきた繁邦の人生は「豊かな」ものであった。しかし、最後に月修寺を訪れて、門跡となった聡子から思いもかけない言葉を投げかけられ、すべてを失う。『豊饒の海』とは月の一部「豊かの海」という名前から来ているが、「海」とは言うもののそこには水がない、パラドクシカルな名前である。

定家の歌は「花も紅葉もなかりけり」の一点にかけて、同時に見事な花と紅葉を咲かせている。この歌は、三島文学を一言で象徴する美しき「言語の魔法」である（「存在しないものの美学」）。

『豊饒の海』聡子とかぐや姫たちの応答
——天衣＝尼衣と記憶

橋本 ゆかり

一、かぐや姫たちの交響

『豊饒の海』には、『竹取物語』引用や『源氏物語』引用がさまざまな場面で、指摘されている。[1] 清顕や本多に『源氏物語』柏木や『伊勢物語』業平を重ねて読む論考[2]もあるが、本稿は、聡子の物語を軸に、日本古典文学との相互連関で、『豊饒の海』を読み解き、ラストについて考えてみたい。

聡子には、『源氏物語』で光源氏と禁忌の恋をした藤壺、あるいは東宮妃として入内予定でいながら、光源氏と恋をした朧月夜が想起される。そして、『豊饒の海』最後の巻『天人五衰』ラスト、尼となり門跡にまでなった聡子に本多が逢いに来る場面には、『源氏物語』最後の巻

「夢浮橋」ラスト、尼になった浮舟に薫が面会を求める場面が重ねられる。藤井貞和は、『天人五衰』ラストの聡子は、「老浮舟」であると指摘した。(3)薫が逢おうとした浮舟は出家したとはいえ、まだ二十代の若さで「女の生身」を持つことで際立つが、本多が逢いに来た聡子はすでに八十歳である。だから、藤井は「老浮舟」と称したのであろう。

拙稿(4)では、三島由紀夫『豊饒の海』ラストに『源氏物語』ラストのアダプテーションを見出し、千年後の未来である『豊饒の海』ラストから『源氏物語』ラストへの応答を読み取ることができると、述べた。本稿はその続きとしてある。(5)

『豊饒の海』には『竹取物語』引用も指摘されているが、(6)そもそも、『源氏物語』浮舟の物語については、小林正明をはじめとして現在に至るまで『竹取物語』引用が論じられ、拙稿でも論じてきている。(7)先に示した拙稿もまた、その研究史の流れの中にある。「老浮舟」としての「聡子」の物語にかぐや姫の物語を重ね読み解くことは、『竹取物語』から『源氏物語』、そして『豊饒の海』へとかぐや姫が抱え持つ物語のテーマが、時代ごとにどのように深められてきたのかを問うことでもある。テクストの相互連関によって、テクストの中に響く対話から物語を解読していきたい。

二、聡子の恋と尼衣＝天衣と〈記憶〉——あったこと／なかったこと

『豊饒の海』とは「月の海の一つ」という三島の付記がある。『竹取物語』かぐや姫は月の人であったが、有元伸子が指摘するように聡子には「月」の喩が頻出する。[8] そして、聡子が出家した「月修寺」は物語のための虚構の寺、実在しない寺であるが、その名に「月」の語が冠される。月が修める、あるいは月で修める寺ということであろうか。いずれにしても、天上の月の世界と、地上の間を繋ぎ、地上の俗世とは離れた場所にある。地上の俗世を離れて、月の世界に行くまで修行する場所である。すなわち、『豊饒の海』の世界構造は、「天上（＝あの世）／地上（月修寺／世俗）」の三層構造として語られる。

『竹取物語』のあらすじは誰もが知るところであろうが、改めて原作のかぐや姫と翁の対話を確認しておきたい。ここには、かぐや姫からの問いが示されている。[9]

竹取翁が竹の中から小さな女の子を発見して、その子を自分の家で嫗とともに育てる。その子はあっと言う間に大人の身体になり、髪上げをし、裳着をし、名づけをする。これらは、「大人の女」になったことを世間に示す平安時代の成人儀礼である。儀礼によって、その子は社会の中で「女」になるのである。[10] 儀礼を行うことは、変化の人であるその子を、この地上の論理、地上社会の規範に位置づけることを意味する。かぐや姫と名付けられたその人の美しさ

は噂となって広がり、「世界の男」が彼女を得たいと大勢集まる。最終的に五人の貴公子が熱心な求婚者として残った。この時、翁がかぐや姫に次のように言い、かぐや姫が翁に疑問を返す。

「翁、年七十に余りぬ。今日とも明日とも知らず。この世の人は、①男は女にあふことをす。女は男にあふことをす。その後なむ門広くもなりはべる。いかでかさることなくてはおはせむ」。かぐや姫のいはく、②「なんでふ、さることはしはべらむ」といへば、③「変化の人といふとも、女の身持ちたまへり。翁の在らむかぎりはかうてもいますかりなむかし。」

（『竹取物語』二二）

傍線部①の翁の言葉は、「男は女と結婚をし、女は男と結婚をする。そして、（子供を産んで）家が繁栄する。どうしてそうせずに生きていられようか」と、『竹取物語』における平安時代の社会規範を示している。さらに傍線部③のように「女の身」で独り生きることの困難を翁は述べる。源氏研究において『源氏物語』浮舟の物語に『竹取物語』引用が指摘され論じられる時、この翁の言葉、「女の生身の生き難さ」が注目されてきた。『源氏物語』ラストは、出家をして尼になってさえも、浮舟に、男たちの欲望のまなざしが追いかけてくることが語られる。

また、傍線部①の翁の言葉には、「男と男」「女と女」の結婚は入れられていない。平安時代、「男と男」「女と女」の恋は否定されてはいない。しかし、結婚という制度には組み入れられてはいない。翁の言葉は「子供を産む」こと、「家の繁栄」にも及んでいる。それに対して、かぐや姫は傍線部②のように、「なぜそのようなことをしなければならないのか」と、この地上の社会規範に異議申し立てをしている。そして、翁が結婚を勧めるのに対して、「世のかしこき人なりとも、深き心ざしを知らでは、あひがたしとなむ思ふ」と続ける。結婚相手に、身分の程ではなく、自分への深い心ざし、愛情を求めるのである。こうしたかぐや姫の異議申し立てこそが、『竹取物語』には重要なのである。

　聡子の物語においてもまた、かぐや姫の問いと異議申し立ては引き継がれている。言い換えれば、聡子の物語は、かぐや姫の問いと異議申し立てへの応答である。

『春の雪』冒頭から聡子が清顕に恋をしていることは、清顕と聡子の描写において明らかであった。聡子が月修寺門跡とともに松枝侯爵家を訪れ、美しい紅葉の庭をみなで散歩していたときのこと。一行は滝に打たれた無残な犬の死骸に遭遇してしまう。門跡はその犬を慈悲深く丁寧に回向し、聡子はその犬に供える花を摘もうと清顕を誘う。そして、庭で二人きりになる機会を得て、

　「私がもし急にゐなくなつてしまつたとしたら、清様、どうなさる?」
　と聡子は抑えた声で口迅に言つた。
（『春の雪』三八）

とある。この聡子の問いに対し、清顕は見事に不機嫌となり、不安を拭えなくなる。

またある雪の日には、聡子はいきなり清顕を誘って人力車で雪見に出かけ、はじめての口づけをする。左引用傍線部のように揺れる密室で、聡子の動作は清顕を巧みに誘っていた。

一つの雪片がとびこんで清顕の眉に宿つた。聡子がそれを認めて「あら」と言つたとき、聡子へ思はず顔を向けた清顕は、自分の瞼に伝はる冷たさに気づいた。聡子が急に眼を閉ぢた。清顕はその目を閉ぢた顔に直面した。京紅の唇だけが暗い照りを示して、顔は、丁度爪先で弾いた花が揺れるやうに、輪郭を乱して揺れてゐた。

清顕の胸ははげしい動悸を打つた。（中略）膝掛の下で握つてゐた聡子の指に、こころもち、かすかな力が加はつた。それを合図と感じたら、又清顕は傷つけられたにちがひないが、その軽い力に誘はれて、清顕は自然に唇を、聡子の唇の上に載せることができた。

（『春の雪』一〇〇）

聡子は、自ら恋を仕掛ける、恋する主体を獲得した女として登場している点では、『源氏物語』浮舟とは大きく異なる。

一方、その聡子には、清顕の父・松枝侯爵主導で、洞院宮第三王子治典王殿下との結婚話が進められていた。聡子の結婚は綾倉伯爵家復興とそれを支える松枝侯爵家の問題であり、彼女一人のものとはされない。「みんなの問題」として、動かされていく。女の性は、平安摂関時代の貴族たちと同じように、『春の雪』に敷設された大正の、「雅び」という「優雅」に憧憬を抱く華族社会においても、政治の具として利用される。

結婚話が進められる一方で、

聡子が目立って黙りがちになり、物思ひに耽る折が多いのを、蓼科は大そう気づかった

（『春の雪』一六二）

と、物思いに沈む聡子の様子が語られ、聡子自身が主体的に選んだ未来でないことは明らかである。聡子に結婚の勅許が下りて聡子が禁忌の恋の相手となってから、清顕はようやく聡子への恋心を自覚し、逢瀬を重ねるようになる。(11) 聡子は聡子で、両家の親たちの思惑に取り囲まれ、その思惑に抗うように、清顕との逢瀬を重ね続けた。(12) それは自身の身と心とを、自身に奪い返そうとする行為といえる。

清顕に自ら恋を仕掛け、さらには天皇家との結婚の勅許が下りても清顕と恋をし続ける時点で、聡子は恋する欲望の主体を自ら獲得した女として語られているのである。

聡子が『源氏物語』で描かれる女君たちと大きく異なるのは、宮との結婚の勅許が下りた後に、清顕の子を身ごもり、その子を堕胎する点である。『源氏物語』に堕胎は描かれない。『豊饒の海』は堕胎場面を大正二年に設定している。この時代、堕胎は刑法に違反し、女は投獄されるのである。(13) 『豊饒の海』には、聡子以外に聡子とは身分立場の違うみねの堕胎強要もまた描かれる。本作品にはエコフェミニズム、交差性の問題が提起されている。一方で、後に本多

夫妻は子に恵まれず、妻・梨枝は「子を産む」ことを当然とする社会規範に抑圧され心を病むことが語られる。聡子の堕胎は、『豊饒の海』全体を通して、他の女たちの葛藤と重奏して物語られている。

さて、聡子の側に仕える蓼科は子を始末するようにと詰め寄ると、聡子は、次のように言う。

「私は牢に入りたいのです」

蓼科は緊張が解けて、笑ひ出した。

「お子達のやうなことを仰言つて！　それは又何故でございます」

「女の囚人はどんな着物を着るのでせうか。さうなつても清様が好いて下さるかどうかを知りたいの」

――聡子がこんな理不尽なことを言ひだしたとき、涙どころか、その目を激しい喜びが横切るのを見て、蓼科は戦慄した。（『春の雪』二八一～二八二）

傍線部の聡子の言葉は、かぐや姫が自分を求める「男」にどれほどの「深き心ざし」があるかを試そうとする言葉に対応する。

驚いた蓼科が自殺未遂をし、その書置きによって、松枝侯爵は聡子の懐妊を知る。怒りに震える侯爵が息子の清顕を撞球室に呼び出し、蓼科による遺書となるはずだった長い巻物を読ませて「祖父の肖像画と、日露戦役海戦の図を負うて」立った時、清顕は、

「申し開きすることはありません。仰言るとほりです。……僕の子供です」

と清顕は伏目にもならず言ふことができた。（中略）

「それでも、とにかく聡子は僕のものです」

「僕のもの、だと？ もう一度言つてみろ。僕のもの、だと？」

と、「聡子は僕のもの」で松枝侯爵に怒りの撃鉄を引かせ、鼻血を出すことになる。しかし、聡子はどのような自分でも清顕が好いてくれるかを知りたがってはいても、「僕のもの」になることは、果たして求めていただろうか。


この後、「聡子は僕のもの」と言う清顕は蚊帳の外に置かれ、聡子の堕胎が清顕の父松枝侯爵主導で親たちによって画策されていく。宮家との結婚勅許をないがしろにする罪と、投獄されるほどの罪の二つを同時に「あったことをなかったことに」していこうとするのである。その親たちの思惑に対して、聡子は今ここの自分も、未来の自分も、自分だけのものにはできない。結論から言えば、聡子が月修寺で自ら髪を下した行為は、自分の身と心とを彼女を取り巻く人々から奪い返し、〈他者の他者〉（＝他者から独立した他者として認められる存在）としての自分になる手段である。

しかし、そこまでしても、両家の親たちは鬘を作ればいいのではと、「あったことをなかったことにする」画策の上塗りをしようと奇策をひねり出す。しかし、その大人たちが鬘の画策をしている間に、聡子は月修寺門跡に願って、出家の儀を一人静かに遂行していた。

　ところで、有元伸子は『天人五衰』ラストに門跡となった聡子が「その松枝清顕さんといふ方は、どういふお人やした？」と言葉を発することについて、「本多のみならず読者も、これまでの読書体験そのものが霧の中にかき消え、まさに〈きと影に〉なったように茫然とさせられてしまう」[14]と述べている。つまり、『竹取物語』でかぐや姫が「きと影に」なることについて、めくらましにあわせることの喩として理解し論文に引用しているのである。確かにそのような驚きを与える現象の表現ではある。また、それに続いて「かぐや姫が月世界に戻るときに、天人は〈天の羽衣〉と〈不死の薬〉を持参する。〈衣着せつる人は、心異になる〉のであり、人間界での〈物思ひ〉がなくなるのだ」と、『竹取物語』における「天衣」に注目する。「門跡聡子はまさに「白衣に濃紫の被布」（＝尼衣＝アマゴロモ＝天の羽衣）を着て、本多の前に現れたのだ」と述べ、〈衣着せつる人は、心異に〉なり、〈物思ひ〉のなくなった者の言葉として、『豊饒の海』ラストの聡子の言葉を解釈する。

　実に『竹取物語』の重要な箇所を『豊饒の海』のテクストに見出している点は賛同する。しかし、かぐや姫が「きと影になる」ことと「天衣を着る」こととは、『竹取物語』では別の意味があると本稿論者は解釈する。すなわち、「きと影になる」ことと「天衣を着る＝尼衣を着る＝（出家する）」こととは、別のこととして論じるべきである。よって、本稿はこの点については、明確に異論を述べておきたい。

『竹取物語』では、かぐや姫により五人の身分高い求婚者に難題が課せられる。求婚者がそれぞれに課された品物をかぐや姫に贈ることができるならば、それは「深き心ざし」を示すことになるという「ゲーム」を、かぐや姫が提示したと言い換えることができる。かぐや姫は竹取翁ごときの卑しい身分の娘であるが、五人の求婚者はその「ゲーム」に応じたのだ。つまり、五人の求婚者は、それぞれがかぐや姫と「ゲーム」ステージにおいて対等の立場に立ったことになる。結果、全員が難題をクリアできず退却する。一方、帝は違った。帝は「国王の仰せごと」として、権威をふりかざした一方的所望をする。それをかぐや姫は「国王の仰せごとをそむかば、はや殺したまひてよかし」と、命に代えて拒絶した。そこで、帝は狩に出かけるふりをして翁の邸に訪れ、かぐや姫を力づくで拉致しようとしたのである。

「おのが身は、この国に生まれてはべらばこそ、使ひたまはめ、いと率ておはしましがたくやはべらむ」と奏す。帝、「などかさあらむ。なほ率ておはしまさむ」とて、御輿を寄せたまふに、このかぐや姫、きと影になりぬ。はかなく口惜しと思して、げにただ人にはあらざりけりと思して、「さらば、御供には率て行かじ。元の御かたちとなりたまひね。それを見てだに帰りなむ」と仰せらるれば、かぐや姫、元のかたちになりぬ。

（『竹取物語』六一～六二）

かぐや姫の意思を無視して、権力と男の力づくによる暴力でかぐや姫を拉致しようとする時、かぐや姫は傍線部のように「きと影」となってしまうのである。これはかぐや姫の〈他者の他者〉としての存在が消滅した状況を視覚化して表象しているのである。かぐや姫が「帝を拒む」意思を「なかったもの」と帝がした時、かぐや姫の〈他者の他者〉としての自分の存在が消滅するのだ。だからこそ、帝が波線部のようにかぐや姫の「帝を拒む」意思を「あったもの」として認め尊重した時、かぐや姫は「元のかたちに」なり、姿を現すのである。聡子の出家は彼女の思いを無視した親たちの思惑から、〈他者の他者〉である自分を奪い返す行為である。よって、聡子の出家（＝尼衣＝天衣を着る行為）を「きと影になる」かぐや姫に重ねることはできない[15]。

むしろ、清顕との恋を「なかったもの」とされ、二人の子も堕胎を強要されて「なかったもの」とされた時の聡子のありようこそが、「きと影」となったかぐや姫の状況に重なるのである。堕胎の直後から髪を下すまでの間、聡子は頑なに母と口を利かない。自分の意思が他者から何も認められず、自分がこの世に居るのに居ないかのような存在となった聡子のありようこそが、かぐや姫の「きと影になりぬ」に対応するのである。

『源氏物語』で浮舟は、母が高貴な人との結婚を望み薫との縁を望むという思惑に縛られていた。浮舟は母の身代わり（＝形代）として、母の出来なかった自己実現を、母に託されていたのだ。浮舟は薫にとっては大君の形代であり、母にとっては母の形代であった。ところが、薫に囲われる宇治の邸にいながら、匂宮にも愛されるようになり、入水に至る。そして、入水後、見知らぬ地で助けられる。しかし、そこでもまた入水前と同じ出来事が反復される。彼女を介抱した小野の尼が、自分の亡き娘と浮舟を重ね、亡き娘の夫であった中将との結婚を期待するようになる。その思惑を回避するため、浮舟は小野の尼の留守中に、偶然居合わせた横川僧都に懇願し、出家を遂行したのであった。出家は俗世を断つ行為である。その行為に至る過程には、思惑を押し付けられ、自分が〈他者の他者〉として認められていない状況に対して、〈他者の他者〉である自分を手に入れようとする浮舟の葛藤が物語られていた。よって聡子の出家は、浮舟の出家の意義と重なっていく(16)。

浮舟の入水後の再生過程は、『竹取物語』の構造をなぞりながら展開する。かぐや姫は天衣を着ると、地上の記憶をすべて失ってしまうという。天衣(アマゴロモ)は掛詞で理解すると、尼衣(アマゴロモ)の語が重ねられる。かぐや姫の天衣、浮舟の天衣=尼衣、そして聡子の天衣=尼衣、そしてそれぞれの〈記憶〉はどのように意味を奏でるのか。

三、『源氏物語』と『豊饒の海』の物語構造 ――「形代」と「転生」

さて、『豊饒の海』ラストを論じるに際して、『源氏物語』と『豊饒の海』の物語構造の大枠を比較し確認しておきたい。

『豊饒の海』は『春の雪』『奔馬』『暁の寺』『天人五衰』の四巻からなり、三島由紀夫の後註によれば『豊饒の海』は『浜松中納言』を典拠とした夢と転生の物語」とのこと。『春の雪』は聡子と清顕の恋物語を軸に、その二人の恋を見る人として本多が登場していた。いわゆる「夢と転生」譚が具体的に展開されるのは、『奔馬』『暁の寺』『天人五衰』の三巻であり、『天人五衰』ラストには、『春の雪』で落飾して以来、物語に具体的に姿を現すことのなかった聡子が八十歳の門跡として登場する。つまり、『豊饒の海』は聡子と清顕の恋物語で始まり、聡子の登場で終わるという枠組みがある。聡子は、物語に具体的姿を持って登場しない間も、ずっと『豊饒の海』に重要な人物として潜在し続けていたのである。

有元伸子は、第一巻『春の雪』末尾で落飾してから物語の表舞台から姿を消していた聡子が、第四巻『天人五衰』で登場することについて、

六十年の空白の時間を隔てて、再びテクストの中に姿を現し、認識者本多が営々と見続けてきた転生の世界をいとも軽々と否定して、本多を空無の世界につれ出してしまう。四巻にわたって繰り広げられた輪廻転生譚の末に、それを無化してしまう人物が「綾倉聡子」なのである。

ところが、管見では、結末部を問題にする論であっても、なぜそれが「綾倉聡子」なの

か、については触れられていない。（中略）それを本多に語ったのがなぜ聡子という女性でなければならなかったのか、聡子と本多との関係がどうであったのかを扱った論はほとんどみあたらないのだ。[17]

と述べ、「これまで周縁におかれていた「聡子」をコードとして、物語構造を解明する試み」をしている。有元が示すジェンダーの視座は刺激的である。

本稿は、日本古典文学を『豊饒の海』に見出し読み解くことで、新たな見解を示したい。聡子と清顕の恋物語で始まり、「転生」の物語を生きる本多の物語を挟んで聡子がラストに登場することは、『豊饒の海』に『源氏物語』と『竹取物語』の物語構造とテーマが大きく関わり、必然であると、本稿は考える。

『源氏物語』には、物語を展開する「形代」の論理という独自の物語展開の方法がある。[18]（＊本稿所収の論集は源氏研究者、三島研究者のみならず、一般読者、大学生をも読者対象とするため、源氏研究者には周知のことも説明することを、最初にお断りしておく。）

『源氏物語』が生み出した「形代」の論理は、後の作品――例えば『狭衣物語』など――にも影響を与えた。愛する人を失った人が、亡き人に似た身代わり＝形代を得て、喪失の痛みをなだめていくことが、物語を展開する方法となっているのだ。この「形代」の論理は、桐壺巻から始まり、桐壺帝の恋、光源氏の恋、第三部では薫の恋に反復されていく。この時、「形代」

とされる人は、自分が誰かの「形代」とは知らない。しかしながら、では、「形代」として愛されるとはどういうことなのか。「形代」は「形代」のままなのか。「形代」が抱え持つ問題が焦点化され、本格的に追及されるのが、『源氏物語』最後のヒロイン浮舟の物語なのである。(19)

『源氏物語』冒頭には、光源氏の父母となる桐壺帝と桐壺更衣の愛が語られていく。強力な後見となる父を持つキサキたちが大勢いる中で、桐壺帝は後見となる父を持たない更衣一人を寵愛する。そのため、二人への厳しい非難は内裏にいるキサキたちだけにとどまらず、上達部、殿上人、さらには都の人々へと広がっていく。帝のキサキへの愛は、帝とキサキ二人だけのものとはなりえない。「みんなの問題」なのである。これが平安時代の『源氏物語』に敷設された社会の規範である。

この時、物語社会では楊貴妃の例まで引き合いに出され国乱までが噂される。『源氏物語』の『長恨歌』引用である。桐壺帝は天下を敵に回して恋をした。やがて、更衣は光源氏三歳の夏に亡くなってしまう。桐壺帝は『長恨歌』の絵を見ては涙を流す日々を過ごす。自身をそこに投影してのことであろう。『長恨歌』は玄宗皇帝と楊貴妃の別れの悲しみを鎮魂する詩である。詩によれば、玄宗皇帝は、後宮に三千人集められた美女の中で、楊貴妃一人を寵愛して政治を怠るようになる。その油断がクーデターのきっかけとなり、楊貴妃は玄宗皇帝の前で、首を斬られて亡くなってしまう。玄宗皇帝は楊貴妃を忘れられず、幻術士を黄泉の世界に遣わし、楊貴妃の魂を捜し求めて、今も変わらぬ愛を伝えさせたという。「在天願作比翼鳥　在地願為連理枝」と誓い合った二人があの世とこの世に引き裂かれてしまったイロニー[20]と、その恨みが詠われている。

一方、『源氏物語』では、黄泉の国に魂を求めることはしない。現世の社会に、失ったその人に似た人を得て、心を慰めていく物語が語られていく。桐壺帝は、桐壺更衣に似た人として紹介された藤壺を得てから、泣くことが語られなくなる。これが引用する鎮魂の漢詩『長恨歌』に対して、仮名文字の物語『源氏物語』が生み出した「形代」の論理であり、物語を展開させる新しい物語方法となる。

そして、母に似ていると聞かされた帝のキサキ藤壺に光源氏は恋をし、密通して男子が生まれる。帝のキサキとの恋は禁忌の恋。いつ会えるか分からない藤壺に恋をしている光源氏は、その藤壺に似た人＝紫の上を身代わりとして手に入れて、妻とする。繰り返される「形代」の論理である。『源氏物語』は第一部、第二部が、光源氏を主人公とする物語である。桐壺帝から続く光源氏の物語は、許されない恋という社会規範との葛藤と、形代の物語が連動する。

第二部では、光源氏の若い妻・女三の宮と柏木の密通で男子が誕生する。その男子＝薫が、第三部の男主人公となる。光源氏と藤壺の禁忌の恋の構造が反復差異化されていく。

第三部では、薫が宇治に住む大君に恋をするが、大君は自分ではなく、若い妹・中の君を薫に勧める。まもなく大君は亡くなり、薫は大君の思い出を語り合いたいとして、中の君に次第に言い寄るようになる。しかし、既に中の君は次期東宮候補の匂宮の妻となり、皇子まで産んだ身であった。薫の欲望は、なんとしても回避したい。「かかる御心をやむる禊をせさせたてまつらまほしく思すにやあらむ」（東屋巻、五二）と語られて、中の君は薫の欲望を祓うように、腹違いの妹・浮舟を薫に勧める。姉たちが次々妹を「形代」として、薫に差し出していくのである[21]。その最後に「形代」の役を担って登場するのが、浮舟なのである。桐壺帝や光源氏に対し、薫が大きく違うのは、薫はそもそも大君に恋心を受け入れられていない。中の君にも受け入れられていない。最初から恋の相手を喪失しているのである。そして、薫は宇治の邸に浮舟を囲うが、匂宮が現れ浮舟と通じて、浮舟が入水してしまう。薫は結果、ずっと「女」に拒まれ、「形代」で心慰めようとしながら、求めた「女」を喪失し続ける「男」となっていく。

源氏研究では、先述したように、「形代」（＝身代わり）とされる女の側の問題を改めて追及したのが、浮舟の物語であるとして論じられてきた。

対して、『豊饒の海』では、「形代」ではなく「転生」の語をもって、本多が亡き清顕の生まれ変わりを求め、その生まれ変わりとともに生きようとする物語が語られていく。こちらもまた喪失の痛みを負った男の物語といえる。

『源氏物語』は、「男」が亡くなった愛しい「女」、あるいはいつもそばにいられない「女」

に似た容姿を持つ身代わりを手に入れていく「形代」の物語が語られる。それに対して、『豊饒の海』では、本多「男」が亡き清顕「男」の魂を求め続ける「転生」の物語が、『春の雪』聡子の恋物語と『天人五衰』ラストの間に挟まれている。ラストで本多は尼となった聡子に会いに行く。『源氏物語』が追及して辿り着いたラストの場面に対して、『豊饒の海』はどのような新しさを生み出したのか。

『源氏物語』ラストの浮舟は、全編語り上げて最後にテーマ化された「女の身」の救済が問われている。『豊饒の海』ラストを『源氏物語』ラストのアダプテーションとして読み解く時、浮舟に重ねられた聡子から、浮舟へ、そして『源氏物語』へ、さらには浮舟の物語に引用された『竹取物語』のかぐや姫への応答があるのだ。

「形代」と「転生」は異なるが、薫が亡き大君を追い求めて、「形代」（身代わり）を得て生きようとする行為と、本多が亡き清顕の「転生」した身代わりを得て生きようとする行為は、愛しい人を忘れられない男の欲望と執着を物語る点で共通する。

本多は恋の語をもって清顕への思いを語ることはないが、本多は清顕に恋をして――それを恋と自身も気づかず――最初から失い続けていたのではなかったか。いずれにしても、本多は忘れられない人＝清顕を求め続ける。(22)

薫は大君にとって、語らいの友であっても肉体を伴う恋の対象とはならなかったのと同じく、本多もまた清顕の語らいの友でありながら、肉体を伴う恋の対象ではなかった。薫は大君の面影を求めて宇治を彷徨い続ける。『豊饒の海』は『源氏物語』が生み出した「形代」の論理に対して「転生」という発想を物語展開に取り入れ、「男」が「女」を求める物語から、「男」が「男」を求め彷徨う物語へと変更しているのだ。『源氏物語』ラストが抑圧される「女の身」の救済の問題を追及したのに対して、『豊饒の海』ラストは、愛しい人（男）を忘れられない男の救済にも辿りつこうとしているのではないか。

「転生」とは、生まれ変わりであり、別人となった人にかつての人の魂が宿っていると理解される。ただし、その魂には過去の記憶はない(23)。本多が、姿形も似ていない、魂に過去の記憶もない、しかし脇腹のたった三つの黒子でその人の生まれ変わりと思い込むこと自体、奇想天外としかいいようがない。自分が知りえた清顕の小さな記号が他の身体にあることを根拠として、清顕の生まれ変わりと認めるルールを、自分が生み出し、その生まれ変わりとする他者とともに生きる物語である。「転生」など信じないものにとっては奇想天外であるが、それを『豊饒の海』では、丁寧に理論づけようとする本多の思考の流れが語られていく。謡曲「松風」に輪廻の世界を見出し、さらには「バンコックやベナレスの旅により、本多は輪廻転生が自然の現象であると実感し、小乗仏教、ヒンズー教、または密教を媒介に、認識の主体としての阿頼耶識を再確認(24)」する。その壮大な過程こそが、この作品の読みどころではあるが、それにより狂おしいほどの本多による清顕への執着、未練が顕在化される。生まれ変わりだ、と見つける行為の中には、他者を眺め支配しようとする欲望も窺える。

『豊饒の海』ラスト、すなわち最終巻『天人五衰』ラストで、清顕と恋をした聡子の物語と、「転生」の物語で清顕と生きようとした本多の物語がようやく合流しようとする。

四、『天人五衰』ラストと「夢浮橋」ラスト —— 門跡聡子からの応答

ところで、『春の雪』の清顕は、聡子のお腹に子を成しただけで、彼自身は親たちの思惑から疎外され、「子供」の領域に閉じこめられたままであった。清顕が親の監視の目を潜り抜け、学校の金網を乗り越え、命を懸けて月修寺へ尼となった聡子に逢いに行く時、彼ははじめてその閉じこめられた「子供」の領域から脱出していこうとする。しかし、清顕が出家した聡子に逢ったからと言って、現実には出来事の何一つも動かしえない。

月修寺門跡は、聡子が出家する前、清顕の痛みを慮っていた。松枝家の庭で無残な犬の死骸と出会った時、その死体を丁寧に回向したのと同じように、門跡はみなに慈悲深い。

> 得度式までは一年の修行の期間を置くべきであるが、ここにいたつて、落飾を早めようといふ考えは門跡も聡子も同じであつた。（中略）その門跡のお心の中には、せめて残る髪への名残を清顕に惜しませてやろうといふお気持ちがあつた。

聡子は急いでゐた。毎日、子供が菓子をねだるやうに、剃髪をせがんだ。たうとう門跡も折れて、かう仰言つた。

「剃髪を上げたらな、もう清顕さんには会へへんが、それでよろしいか」

「はい」

「もうこの世では会はんと決めたら、そのときに御髪を剃れて進ぜるが、後悔しやしたら悪いさかいに」

「後悔はいたしません。この世ではもうあの人とは、二度と会ひません。お別れも存分にしてまゐりました。ですから、どうぞ……」

と聡子は清い、ゆるぎのない声で言つた。　（『春の雪』三四四〜三四五）

清顕は面会を求めるが、それは最後まで叶わなかった。「聡子は僕のもの」ではない。聡子は、誰にも相談せずに自らの思いを遂行し、誰のものにもならず、自らの心と身体を自身のものとして取り返したのだ。

二月二十一日から、清顕は出家した聡子に面会を求めるが、何度も拒まれ、寒さによって咳と熱に苦しむようになり、遂に、二十六日の朝となった。

この日、大和平野には黄ばんだ芒野に風花が舞つてゐた。春の雪といふにはあまりに淡くて、羽虫が飛ぶやうな降りざまであつたが、空が曇つてゐるあひだは空の色に紛れ、かすかに弱日が射すと、却つてそれがちらつく粉雪であることがわかつた。
（『春の雪』三七六）

月修寺に向かう清顕の目には、「春の雪」が映っていた。清顕と聡子の恋の始まりは「春の雪」を二人で見に出かけたことだった。恋の始まりに終わり、終わりに始まりがあった。

しかし、その前にするべきことがある。試みるべきことがある。誰の助けも借りずに、自分一人の最後の誠を示すことが。思へばそれほどの誠を、自分はまだ一度も聡子に示す機会はなかつた。あるひは怯惰から、今までその機会を避けてきた。（『春の雪』三七七）

『（略）さうだ。誠が足りなかつたといふ悔いを残すべきではない。命を賭けなくてはあの人に会へないといふ思ひが、あの人を美の絶頂へ押し上げるだらう。そのためにこそ僕はここまで来たのだ』（『春の雪』三八〇）

と、清顕の心内が語られる。しかし、清顕は病に倒れ、駆け付けた本多が清顕の代理で月修寺に向かうことになる。本多は、聡子には面会を拒否されたが門跡には会うことは許され、清顕が聡子に一目会うためなら命をも賭けていることを告げ、彼の思いを熱く訴えた。

そのとき本多は、決して襖一重といふほどの近さではないが、遠からぬところ、廊下の片隅から一間隔てた部屋かと思はれるあたりで、幽かに紅梅の花のひらくやうな忍び笑ひをきいたと思つた。しかしすぐそれは思ひ返されて、（中略）忍び泣きにちがひないと思はれた。

（『春の雪』三八九）

本多が語る清顕の思いは、そば近くに控える聡子の耳に聞こえたであろう。清顕の最後の行為は無駄ではなく、それこそが聡子の物語において、最後の重要なピースであった。命を引き換えにした聡子への「最後の誠」「誠の思い」すなわち「深き心ざし」を――かぐや姫が望んでいたものを――聡子はまさに手に入れることができた。そして、清顕は死に、彼女の前に現れることはない。

それから六十年を経て、本多が今や門跡となった聡子に会いに来る。本多は自分の死が間近であることを確信して、聡子に会いに行くのである。

『源氏物語』では、死んだはずの浮舟が実は生きていると気づいた薫が、面会を求めて浮舟の幼い弟を使者にして手紙を持たせる。浮舟は「世づくこと」（＝男と縁づくこと）を拒否して、誰かの思惑を着せられることを拒否して、出家を遂行し、尼衣（＝天衣）を纏う身となっている。それでもなお、男に追い求められ続ける。浮舟は泣きながらも、記憶がないと面会を拒否した。『源氏物語』ラストは、

人の隠しすゑたるにやあらんと、わが御心の思ひ隈なく落としおきたまりしならひにとぞ、本にはべる。

（夢浮橋巻、三九五）

と語られる。女を追い求めて彷徨い、面会を拒否された挙句、「また別の男が浮舟を隠し住ま

わせているのか」と卑近な解釈をする薫が、物語にポツネンと放置される。このラストのありようこそ、女を〈他者の他者〉として認めないこうした「男」への批判である。しかし、『豊饒の海』は違った。聡子に会うため月修寺に向かう本多の目に映る景色が、

その杉木立の暗みの中を、白い蝶がよろめきな飛んだ。点滴のやうに落ちた日ざしのために燦と光る羊歯の上を、奥の黒門のはうへ、低くよろぼひ飛んだ。なぜかここの蝶は低く飛ぶと本多は思つた。

と、語られる。よろめき低く飛ぶ蝶は、本多の視線を下げ、足元に続く道へと導く。夏の茂った木立の足元には、大きな木陰が続いていく。空から夏の陽が木立を潜り抜けると、その木陰の道には陽の光が、ぽたぽたと零れ落ちた涙の雫のような絵を浮かび上がらせる。「点滴」の語は、本多が清顕の目を表現する場面に使われていた。かつて月修寺へとよろめき歩を進めるかつての清顕の涙の跡かも知れない。あるいは、堕胎後に月修寺に辿り着くまでに、聡子が一人、心の中で落としていた涙の跡であったかも知れない。いずれにしても、今は天から凛とした光となって落ちている。

自分は六十年間、ただここを再訪するためにのみ生きて来たのだといふ想ひが募つた。（『天人五衰』六二八）

本多は死にゆく清顕の行為をなぞり、清顕と一体化しようとしているのである。有元は、本

多と面会し対話する門跡聡子について、次のように言う。

本多は、死んだ友人・清顕になりかわって聡子への思慕を発酵させつづけ、自分だけの認識の物語に組み換えながら生きていく（中略）『天人五衰』三〇章のことばは、それまで周縁におかれ、本多に聖なるものの像をかぶせられて、「沈黙」させられつづけてきた聡子が、本多という「男」によってつくられた擬制（みせかけ）の虚像としてではなく、初めて実在として発した肉声であり、六十年間の空白を破って、主体を回復した証なのである。(25)

先に本稿は、聡子の出家は〈他者の他者〉としての自分を手に入れるための行為であったと述べた。有元の主体とは、物語を語る主体のことであろう。本多が聡子に会いに来たことで、本多の記憶する出来事と聡子が記憶する出来事が共有されれば、本多の記憶が紡ぐ本多にとっての「本多と清顕」の物語は完成されたのかも、知れない。『春の雪』には聡子と清顕の恋物語が語られるが、その時本多は「見る」人であり、恋の当事者ではなかった。結婚勅許が下りた後にも、清顕と聡子は鎌倉の海で密会を果たす。その際、清顕は本多に協力してもらうのだが、その時、聡子は本多に、

「……いつか時期がまゐります。それもそんなに遠くはないいつか。そのとき、お約束してもよろしいけれど、私は未練をみせないつもりでをります。こんなに生きることの有難

さを知つた以上、それをいつまでも貪るつもりはございません。どんな夢にもをはりがあり、永遠なものは何もないのに、それを自分の権利と思ふのは愚かではございませんか。私はあの『新しき女』などとはちがひます。……でも、もし永遠があるとすれば、それは今だけなのでございますわ。……本多さんにもいつかそれがおわかりになるでせう」

（中略）

「罪は清様と私と二人だけのものですわ」　（『春の雪』二五七）

と言い、本多を「聡子と清顕」の二人の恋物語の当事者から丁寧に排除していた。聡子と清顕の異性愛体制の物語の中に、本多は入れられなかったのである。『源氏物語』ラストの尼となった浮舟はまだ二十代で、その艶やかさが繰り返し語られる。薫が面会を求めた時、彼女の「女の生身」を彼女自身で守り切れるかという問題が残存する。しかし、門跡聡子は八十歳となり、本多は死が間際となった老人である。そして、六十年後の今ここの聡子は、本多が「一日もゆるがせにせぬ記憶のままに物語つた」長話を、微笑みを絶やすことなく相槌を打ちながら聞いた。しかし、次のように言う。

「いいえ、本多さん、私は俗世で受けた恩愛は何一つ忘れはしません。しかし松枝清顕さんといふ方は、お名をきいたこともありません。そんなお方は、もともとあらしやらなかつたのと違ひますか？（中略）」

「記憶と言うてもな、映る筈もない遠すぎるものを映しもすれば、それを近いもののやうに見せもすれば、幻の眼鏡のやうなものやさかいに」

そして、門跡聡子と対座したのち、本多は門跡によって、庭を案内される。

数珠を繰るやうな蟬の声がここを領してゐる。

そのほかには何一つ音とてなく、寂寞を極めてゐる。この庭には何もない。記憶もなければ何もないところへ、自分は来てしまったと本多は思つた。

庭は夏の日ざかりを浴びてしんとしてゐる。……

清顕の魂に出会うことを求め続けた本多の思いは、同じく清顕を愛した聡子を聞き手にするからこそ吐き出すことができる。本多は死者を見送った者の景色の中に六十年間生きていたのである。聡子の言葉は、死者を見送った者の悲しみの景色からの解放を促している。本多が門跡聡子に案内された庭には「無」の境地が広がっていた。『豊饒の海』は、最後に「男」が愛しながら失った「男」の身代わりを求め続けてなお癒されない心の痛みへの救済が試みられている。これが、薫を拒んで泣くことしかできなかった浮舟をはるかに超えた、新たなかぐや姫となった力強く大きな聡子からの応答である。

＊『源氏物語』『竹取物語』本文引用は、新編日本古典文学全集より。（　）内に巻名あるいは作品

名、頁を示す。傍線などは私に付す。

注

(1) 小林正明「『竹取物語』と信仰――この縁はありやなしや――」(『国文学　解釈と鑑賞』第五七巻第十二号、一九九二年十二月)、小嶋菜温子「三島『豊饒の海』にみる転生と不死――『竹取物語』をプレ・テクストとして」(『かぐや姫幻想――皇権と禁忌』森話社、一九九五年十一月)、高橋亨編「隠された古典――小説に見る物語要素・類型」(『国文学　解釈と教材の研究』第三十八巻第五号、一九九三年五月)など。

(2) 伊藤禎子「「春の雪」優雅のパラドクス」(『日本文学研究ジャーナル』第二十七号、二〇二三年九月)。

(3) 藤井貞和「往復書簡　三島由紀夫をめぐって――文学から・行動から」(『国文学　解釈と鑑賞』第四十三巻第十号、一九七八年十月)。

(4) 『源氏物語』浮舟と〈記憶の開封〉――抑圧の封印を解く、未来との／未来への対話――」(『日本文学』第七十三巻第二号、二〇二四年二月)。

(5) アダプテーションについては、リンダ・ハッチオン『アダプテーションの理論』(片渕悦久・鴨川啓信・武田雅史訳、晃洋書房、二〇一二年)。武田悠一「エピローグ　アダプテーション批評」(武田悠一編『差異を読む――現代批評理論の展開』彩流社、二〇一八年十二月)は、「作品が『未来からの贈り物』であり、アダプテーション研究がその贈り物を実現するとしたら、アダプテーション批評は作品が孕む『未来』への応答ということになるでしょう」と述べる。

有元伸子「アダプテーションは何を物語るか——三島由紀夫作品とジェンダー／セクシュアリティ」（有元伸子・久保田裕子編『21世紀の三島由紀夫』翰林書房、二〇一五年十一月）は、三島由紀夫作品のアダプテーションを論じるが、そもそも「三島由紀夫自身が日本の古典文学やギリシャ悲劇などを縦横に翻案してきた偉大なるアダプテーターであった」と述べる。また、「三島由紀夫作品を考察するにあたって、ジェンダー／セクシュアリティは欠かせない問題系である」とも言う。

（6）注1小林論文、小嶋論文、ジェンダーの視座から論じる有元伸子「『竹取物語』典拠説の検討」（『三島由紀夫　物語る力とジェンダー——『豊饒の海』の世界』翰林書房、二〇一〇年三月）。

（7）小林正明「最後の浮舟——手習巻のテクスト相互連関性」（物語研究会編『物語研究——特集・語りそして引用』新時代社、一九八六年四月）、小嶋菜温子「浮舟と〈女の罪〉——ジェンダーの解体」（『源氏物語批評』有精堂、一九九五年七月）、久富木原玲「天界恋うる姫君たち——大君・浮舟物語と竹取物語」（室伏信助監修・上原作和編『人物で読む源氏物語　大君・中の君』勉誠出版、二〇〇六年十一月）、拙稿「『源氏物語』第三部における「衣」——変奏する〈かぐや姫〉たちと〈女の生身〉——」（河添房江編『王朝文学と服飾・容飾』竹林舎、二〇一〇年五月）、拙稿「浮舟物語と『竹取物語』引用——喪と鎮魂の時間から——」（原岡文子・河添房江編『源氏物語　煌めくことばの世界』翰林書房、二〇一四年四月）など。

（8）注6有元論文に同じ。

（9）ジャック・デリダ『歓待について』（廣瀬浩司訳、産業図書、一九九九年）に「異邦人の問い［＝異邦人を問うこと］、それは異邦人の／異邦人からの問いではないでしょうか」とある。

（10） シモーヌ・ド・ボーヴォワール『第二の性　Ⅱ体験』（中嶋公子・加藤康子監訳、新潮社、一九九七年）の「第一部　女はどう育てられるか　第一章　子ども時代」冒頭に「人は女に生まれるのではない、女になるのだ」とある。
（11） 清顕は恋に殉死した『源氏物語』柏木に通じる。清顕については、紙幅の関係により別稿で詳細を論じたい。柏木の死については、拙稿「光源氏の分身、柏木の死と「あはれ」の多声――鎮魂と祓――」（『物語研究』（機関誌）第二十一号、二〇二一年三月）。
（12） この場面の聡子は、『源氏物語』朧月夜が、東宮入内が皆の知るところとなって、現実に進められているにもかかわらず、親のいいなりにならずに、光源氏との恋を選んでいく朧月夜に通じる。
（13） 有元伸子「綾倉聡子とは何ものか」（所収は注6有元論文に同じ）は、『豊饒の海』に聡子の結婚話の傍らに松枝侯爵の妾・みねや、綾倉伯爵のお手付きとなった蓼科が物語られることに注目し、聡子は「こうした当時の〈性の二重規範〉―男性にのみ許される遊蕩―に対しては強く抵抗していた」と論じる。作品が大正三年に『青踏』を舞台にした、貞操論争・堕胎論争がおきて、「女性が自分の身体に目を向けはじめた時期」と連動していることを読み解き、聡子と清顕の恋愛を「自由恋愛」の先駆と述べる。
（14） 注6有元論文に同じ。
（15） 拙稿「ジブリ映画『かぐや姫の物語』による『竹取物語』のアダプテーション――複式夢幻能的時間と新たな〈衣〉の着脱による表象――」（『物語研究』（機関誌）第二十号、二〇二〇年三月）においても、この点を重視して論じているので、併せて読まれたい。

(16)　浮舟については、拙稿「抗う浮舟物語――抱かれ、臥すしぐさと身体から」(『源氏物語の〈記憶〉』翰林書房、二〇〇八年四月)、拙稿「浮舟物語と〈見えないこと〉――〈絵〉と〈人形〉と〈長恨歌〉から――」(『物語研究』(機関誌)第十一号、二〇一一年三月)にも論じている。なお、『夏子の冒険』は、夏子がさまざまな求婚者を却下して、自分の居場所を「尼」となることで作ろうとする点で、聡子にも通じる。

(17)　有元伸子「「沈黙」の六十年」(所収は注6論文に同じ)。

(18)　高橋亨は「「奔馬」豊饒の海・第二巻」の項目で、『源氏物語』の「ゆかり」や「形代」に言及(所収は、注1高橋編に同じ)。なお、『源氏物語』の「形代」については、秋山虔編『源氏物語事典』(別冊国文学No.三十六、学燈社、一九八九年五月)を参照してもらいたい。

(19)　久富木原玲「浮舟――女の物語へ――」(室伏信助・上原作和編『人物で読む源氏物語　浮舟』勉誠出版、二〇〇六年十一月)、日向一雅『源氏物語の王権と流離』(新典社、一九八九年)、三田村雅子『源氏物語　感覚の論理』(有精堂、一九九六年)、拙稿「抗う浮舟物語――抱かれ、臥すしぐさと身体から」(所収は注16に同じ)など。

(20)　『長恨歌』『源氏物語』そして『豊饒の海』には「イロニー」の形を見出し、その展開を見ていくことができる。なお、佐藤秀明他編『三島由紀夫事典』(勉誠出版、二〇〇〇年)「イロニー」の項目で、柳瀬善治が先行研究を整理し、三島作品においては「イロニー」の視座を重視すべきと述べている。

(21)　注19久富木原論文が指摘する。

(22)　本多は聡子の向こうにいる清顕の恋の風情を見続けていたのである。

(23) ジン・ジャンが知るはずのない日付を知っていることから、本多は彼女が清顕・勲の生まれ変わりだと理解する。しかし、そのことについて有元伸子は、ジン・ジャンがのちに「小さいころの私は、鏡のやうな子供で、人の心のなかにあるものを全部映すことができて」と語っていることから、「作品の中で、ジン・ジャンはまるで巫女のように他人の心を映す力をもった子供であったと、（あくまでも一つの可能性としてではあるが）、合理的に説明づけられていた」と論じる（「「客観性の病気」のゆくえ」所収は注6有元論文に同じ）。私も有元と同意見である。本作品に、魂の記憶を所有する転生者は登場しない。

(24) 高橋亨「「暁の寺」豊饒の海・第三巻」「隠された古典——小説に見る物語要素・類型」（所収は注1に同じ）。

(25) 注17に同じ。

『豊饒の海』第一巻「春の雪」における月の在り方

田島文博

一、序論

『豊饒の海』、その題名は月の地表に広がる「Mare Foecunditatis（豊饒の海）」に由来している。科学の進歩は、その海が豊饒にはほど遠い荒涼なクレーターであることを明らかにしたが、このパラドキシカルな命名は本作品の荒涼たる結末に繋がると三島は述べる。(1) 題名にはじまり、この作品には月のモチーフが散見される。例えば、作品のなかで重要な位置を占める月修寺は、実在する奈良の圓照寺をモデルとしつつ、月光のような寺であると月が強く意識された改変がなされ、ヒロインである綾倉聡子や月光姫には繰り返し月が喩として機能する。そして、転生の証となる三つの黒子もまた、月光のなか顕わになる。

> 清顕はさうして、たとへやうもなく白い、なだらかな裸の背を月光にさらしてゐる。（中略）。そこに目立たぬ小さな黒子がある。しかもきはめて小さな三つの黒子が、あたかも唐鋤星のやうに、月を浴びて、影を失つてゐるのである。
> （春の雪・五）

第一巻「春の雪」にて悲劇的な運命を辿り、二〇歳という若さでこの世を去った松枝清顕は、第二巻「奔馬」にて飯沼勲へと転生する。そして、それを見届ける本多繁邦は能「松風」のなかで、月光に浴する二人の姿を幻視する。第三巻「暁の寺」では、さらなる転生先の月光姫が登場するが、彼女は名に月を冠するとともに、本多は月明かりのなかで彼女の身体に三つの黒子を発見する。また、構想の段階では第四巻「天人五衰」の原題は「月蝕」であったということからも、『豊饒の海』と月には密接な関係があるといえよう。本論では、そのなかでも特に第一巻「春の雪」における月の用例について検討を加えたい。

「春の雪」は直接の典拠とされる『浜松中納言物語』や、『竹取物語』、『源氏物語』との関係性が先行論により指摘され、月の用例も王朝物語との繋がりから論じられてきた。[2] さらには、聡子や月修寺には月の超越的なイメージが被せられ、『豊饒の海』は『竹取物語』と同じく月の世界とこちらの世界という対立構造があるとの見方も掲示された。[3] 一方で、用例に注目してみると、「春の雪」の月は清顕と聡子の一連の物語のなかで、重要な箇所に集中して現れることが指摘できる。具体的にいえば、二人の恋のはじまりとおわり、その転換点にあたる部分に集中しているのである。「春の雪」は「王朝文学と現代文学との伝統の接続を試みた」と三島が述べるように(4)、王朝物語の伝統に連なる作品であり、月が物語の展開と密接に関係するのはそれらにも広く確認できる傾向である。物語の舞台装置としての月、その視座から王朝物語と「春の雪」の繋がりを論じていきたい。

二、「春の雪」の月

若く美しい清顕は自らを「一族の岩乗な指に刺つた、毒のある小さな棘」(春の雪・二)と表現する。それは、下級武士の家柄でありながら明治維新の功により侯爵となった出自と、家柄に欠けた優雅を会得するために、公家の綾倉伯爵家で過ごした幼少期に由来している。そして、清顕は姉弟同然に育った綾倉聡子に心を寄せるが、聡子は生まれながらに優雅を身に備えた美しい女性で、清顕は劣等感を隠すことができない。あやにくな運命は、二人の恋を破滅へと導いていくが、それは次のような場面からはじまる。

松枝邸で催された紅葉狩りの折、聡子は清顕に「私がもし急にゐなくなつてしまつたとしたら、清様、どうなさる?」(春の雪・三)と謎めいた言葉を投げかけた。清顕はひどく狼狽し、たちまちに彼の心の明晰さや静けさは遠くへ追いやられ、気持ちの落ち着かない日々を過ごすこととなる。そして、ある日の晩餐で十五歳の夏の御立待の話になった。御立待とは、八月十七夜の月を盥の水に映し供物を捧げる古いしきたりで、この日の夜空が曇ると一生運が悪いとされる。夜の帳が下り、すべての明かりが消された暗闇の庭には、水の張った盥だけが置かれている。それはまるで自分の魂の形のようであり、盥の内側には彼の内面が、その外側には外面が広がっているようであった。長い沈黙が続き、清顕はひたすらに盥の中へ視線を注いでいると、ふとそこに小さく明るい満月が映し出された。

丸い水の形をした自分の内面の奥深く、ずつと深くに、金いろの貝殻のやうに沈んでゐる月のみ見てゐた。つひにかうして個人の内面が、一つの天体を捕獲したのだ。彼の魂の捕虫網が、金いろに輝く蝶を。しかし、その魂の網目は粗く、一度捕へた蝶は、又すぐ飛翔つてゆきはしないだらうか？　十五歳の彼は、早くも喪失を怖れてゐたのだ。得るが早いか喪失を怖れる心が、この少年の性格の特徴をなしてゐた。一旦月を得た以上、今後月のない世界に住むやうになつたとしたら、その恐怖はどんなに大きいだらう。たとへ彼がその月を憎んでゐたとして……。

（春の雪・五）

この御立待の様子を克明に思い出していた清顕は、いつのまにか聡子を考えている自分に気づき愕然とする。盥の月はそのまま聡子と読み替えても差し支えなく、清顕の秘めたる思いが読者に開示されたのである。彼は聡子を望みつつも、それを失うことへの恐怖におびえる。その恐怖は、まさしく清顕がこれから経験する破滅的な未来の予言であり、物語の展開がここに示されているといえよう。盥に沈みこむ月を見つめていた彼は、天にかかる月の原像を見上げることができずにいた。心の奥深くに捕らえた月は自由に手に取り、時の流れに逆らい留めることもできようが、天上に浮かぶ月は手が届くこともなければ、運行が絶えることもない。天上の月を見てしまえば、それを手にすることのできない現実が否応なしに突き付けられよう。現実が広がる外面世界よりも、自らの理想が広がる内面世界に安住することを望む清顕に、月の原像を見上げることはできない。有元伸子は「高貴な禁忌として清顕に意識される聡子」が月の原像にあてはめられ、ゆえに原像を仰ぐことができないとし、この場面を通して月を得ることが彼の人生の目標になっていくと指摘する。(5) そして晩餐の直後、転生の証となる清顕の黒子が発見される。

月は浮薄なほどきらびやかに見えた。彼は聡子の着てゐた着物のあの冷たい絹の照りを思ひ出し、その月に聡子の、あの近くで見すぎた大きな美しい目を如実に見た。

（春の雪・五）

清顕はすでに月と聡子を同一視しているが、実景の月を見ていよいよその感覚をはっきりさせ、月の光には聡子の着物の冷たさを、月には聡子の目を「如実」に見た。彼はその冷たい光に身を浴さねばならないと半裸の背を月にむけ、その左の脇腹の三つの黒子が顕わになるのであった。一連の場面は、清顕の聡子への思いと転生の証となる黒子が明らかとなる、物語が本格的に始動する転換点といえよう。

そうして美しい二人はすれ違いながらも心を通わせていくが、すでに周囲では、綾倉家の斜陽を救うべく、松枝家による洞院宮と聡子の婚姻の計画が進められているのであった。かくして、聡子に勅許が下ったことにより、二人の関係は終わりを迎えることとなる。しかし、それを知ったとき、清顕の心には高らかな喇叭の音が響きわたり、「僕は聡子に恋してゐる」（春の雪・二五）と確信した。優雅であることを望む清顕にとって、禁忌の恋ほどその身をふるわすものがあるだろうか。清顕と聡子はそれが破滅と知りながら、その身を投じていくのである。

そして、二人の恋が破滅へと向かう決定的な転換点となったのは、鎌倉の夜の逢瀬であった。清顕はシャムの王子や本多とともに鎌倉の別荘で夏を過ごしていたが、聡子を東京から呼び出し一夜をともにすることを思いつき、本多の力を借りてそれに成功する。

しかし、清顕が聡子の手を引いて、月光の庭を木蔭づたひに、海のはうへ駆けてゆくのを見送つたとき、本多はかうして自分が手を貸してゐるのは確実に罪であり、しかもその罪がいかに美しい後ろ姿を見せて飛び去つてゆくかを見たのである。　（春の雪・三四）

本多は月夜の庭を走ってゆく二人の背中に、美しい罪の姿を見とる。正式に宮との婚姻が決まっている聡子との逢瀬は、いまや国の一大事に関わる禁断の逢瀬である。海に走り出た二人を待っていたのは皓然たる月であり、海に千々に乱れる月影は百万の目となり彼らを襲う。

かれらを取り囲むもののすべて、その月の空、その海のきらめき、その砂の上を渡る風、かなたの松林のざわめき、……すべてが滅亡を約束してゐた。（中略）。……二人は身を起こして、闇から辛うじて頸をさしのべて、沈みかけてゆく月をまともに見た。そのまどかな月を、空に炳乎と釘づけられた自分たちの罪の徽章だと聡子は感じた。（春の雪・三四）

かつて月の原像を見上げることができなかった清顕は、聡子を隣にして月をまともに見ている。真実に彼らは愛し合っており、すでに彼のものではない聡子も、こうして隣にいる間は確実に清顕のものなのである。しかし、まどかな月や、その月にきらめく海、かなたの松林のざわめき、彼らを取り囲むすべてのものは滅亡を約束していた。聡子はすでにそれを悟り、本多からの問いかけに、

いつか時期がまゐります。それもそんなに遠くはないいつか。そのとき、お約束してもよろしいけれど、私は未練を見せないつもりでをります。（春の雪・三四）

と、その覚悟を示した。未練を見せないとの言葉通りに、月修寺で剃髪をした聡子は、以降「天人五衰」に至るまで一切物語には姿を現さず、六〇年の時を経て本多が訪れた際も、清顕に関する一切の記憶はなかった。月を罪の徽章と見た聡子は、この鎌倉の夜にすべての思いを封じたのである。鎌倉から東京へ走る車のなか、聡子は靴に残る砂を床に落としたが、そのとき本多は「世にも艶やかな砂時計の音」（春の雪・三四）を聞いた。せめぎあう砂の粒がしなや

かな流動をえがき、時の流れすらも支配したかのような美しさを誇る砂時計。しかし、いかに美しくあろうとも、所詮はビードロの箱庭に過ぎず、大いなる力によってその天地はさかさまとなり、築き上げた砂の城はたやすく崩れてしまう。それはそのまま、周囲を取り巻く大いなる力により、破滅へと向かっていった清顕と聡子の恋へと連想されていく。本多が聞いた世にも艶やかな砂時計の音とは、まさしくそれが崩壊していく音なのであろう。清顕もまた、

清顕は船が沖合へ遠ざかり、見送り客も悉く去り、たうとう本多が促さずにゐられなくなるまで、夏の西日をしたたかに反射する桟橋に佇んでゐた。彼が見送つてゐるのはシャムの王子ではなかつた。彼は今こそ、自分の若さの最良の時が、沖合遠く消え去つてゆくのを感じた。

（春の雪・三五）

と、すべての終わりを予感している。昼の熱気が遠ざかり、次第に夜の冷気が忍び込む夕暮れ。まどかな月のもと潮騒を聞きながら身を寄せた聡子との夜を思い出しつつ、いままさに最良の時が消え去っていくことを清顕は肌で感じている。二人はこのあとも逢瀬を重ねるが常に終末の意識がまとわりつくこととなり、納采の儀が十二月に行われることを知ると、ついに二人の夢は打ち破られた。そして、聡子の妊娠が発覚し、物語は破局へ突き進んでいくのである。

以上のように、清顕と聡子の物語において月は、そのはじまりとおわりの転換点となる場面にて、重要な舞台装置として機能していることが指摘できる。続いて、月が物語の展開と密接

に関係するのが、王朝物語から続く伝統であることを確認していきたい。

三、「王朝物語」における月

古来より人々の月に寄せる関心は深く、『万葉集』や『古今和歌集』には数多くの詠月歌がおさめられている。そこでは、物思いの秋の代表的な景物として、時間や空間を超える望郷の思いや恋しい人を忍ぶよすがとして、様々な心が月に託されていた。そうして、王朝物語において月は、詩歌の伝統を引き継ぎつつも、物語の展開と密接に結びつく舞台装置として機能することとなる。ここでは例として、「物語の出で来はじめの親」（絵合②三八〇）とされる『竹取物語』、その正嫡とされる最古の長編『うつほ物語』、そして『源氏物語』における月をみていきたい。

■『竹取物語』―八月十五夜に昇天するかぐや姫―

九世紀ごろの成立とみられる『竹取物語』は、現代でも広く親しまれており、誰しもが八月十五夜に月へ昇天していくかぐや姫の姿を思い浮かべることができるだろう。この物語が『源氏物語』により「物語の出で来はじめの親」とされたのは、この八月十五夜の昇天が書かれた後半部に対する評価なのは疑う余地がない。『竹取物語』には先行する竹取説話の存在が知られるが、そこには八月十五夜や月へ昇天するかぐや姫の姿は一切確認できず、この後半部こそ、作者が最も筆を揮った自由領域であり、『竹取物語』の主題とも深く関係しているのである。[6]それは次のようにはじまる。

かやうにて、御心をたがひに慰めたまふほどに、三年ばかりありて、春のはじめより、かぐや姫、月のおもしろういでたるを見て、つねよりも、物思ひたるさまなり。

（竹取物語・六三頁）

五人の貴公子たちを難題で退けたかぐや姫の噂は帝の耳にも入り、一目見ようと狩りを装い翁の家を訪れた。かぐや姫は帝を相手にしても頑なな態度を取るが、次第に心を通わせ、文通が続くこと三年ばかりとなったある春の夜、趣のある月を見て、かぐや姫は物思いに沈む様子である。このとき、かぐや姫は自らの運命である月への昇天を悟ったのである。そして、七月十五日には「せちに物思へる気色」（竹取物語・六四頁）となり、翁は素晴らしい世に、なぜ物思いを抱えて月を見上げるのかと問うが、すでに地上世界と決別しなければならない運命を背負っているかぐや姫にはその言葉もむなしい。地上世界で生まれ死んでいく翁と、月の世界へ帰還しなければならないかぐや姫、二人の埋められない溝がそこにあった。あたたかな春の夜からつめたい秋の夜へ、次第に切迫するかぐや姫の様子が丁寧に書かれていき、運命の日が迫るとその正体を明かした。

八月十五日ばかりの月にいでゐて、かぐや姫、いといたく泣きたまふ。人目も、今はつつみたまはず泣きたまふ。
（竹取物語・六五頁）

八月十五夜、満月を十も合わせたほどの激しい月光が地上を包み、月の人々が降臨する。かぐや姫を地上に留めるべく派遣された帝の兵たちは、たちまちに戦う気力を失い、嫗とかぐや姫が隠れる塗籠も独りでに開いてしまった。為すすべもなく昇天していくかぐや姫は、月を見上げて私を偲んで欲しいと言い残すが、地上に残された人々は廃人同然となり、その遺言が果たされることはない。物思いも老いもしない月世界のつめたさは、地上世界の「あはれ」の尊さを印象強くさせ、月は地上世界を蹂躙する暴威の光として象徴的に書かれる。(7) そして、この八月十五夜の昇天という場面は、様々な漢籍や当時流行の兆しを見せていた観月宴を巧みに利用した、全く新しい舞台であった。

かぐや姫の造形には多数の漢籍の影響があり、例えば君島久子は、『竹取物語』が下敷きとする「羽衣説話」が鳥の姿で昼間に昇天するものであるのに対して、人の姿で夜に昇天するかぐや姫は中国大陸に伝わる嫦娥伝承の影響が強いとする。(8) 嫦娥伝承とは『淮南子』に収録されている月の仙女の伝承であり、羿から不死の薬を盗んだ嫦娥が、月へと逃げ去り不老不死となったと伝えられる。嫦娥とかぐや姫が重ねられることについて、糸井通浩は貞観（八五九年～八七七年）から寛平（八八九年～八九八年）にかけて、知識人たちの間で神仙思想が流行し、月の美女嫦娥と不死の薬とは、典型的なロマンの世界として認識されていたとして、当時の読者は難なくかぐや姫に嫦娥の面影を読み取っていたと指摘する。(9) しかしながら、嫦娥は不老不死を望み月へ昇天するのに対し、一方のかぐや姫は昇天を拒み地上で老いることを最期まで望んでおり、月の都も神仙思想的な享楽に満ちた理想郷というよりも、老いや物思いがない死後の世界のようであり、これらには換骨奪胎と評された作者の巧みな変奏が読み取れる。(10)

また、八月十五夜の観月宴も当時異国風に満ちた催しであった。これは唐よりはじまった風習で、日本国内で正確な年代がわかる最も早い例は島田忠臣の歌集『田氏家集』に収録された詩作であり、北山円正は『菅家文草』の「菅家故事世人知、翫月今為忌月期」(巻四・八月十五夜、思旧有感)を受け、日本ではははじめ菅原家の私宴としておこり、是善の死に伴い廃絶したと指摘した。(11) その事実と対応して、『菅家文草』には多くの八月十五夜の詩が収められており、かつ島田忠臣は菅原是善の弟子、菅原道真の義父という関係性である。やがて、菅原氏の私宴が廃絶し、八九七年になると天皇を中心とした公宴として八月十五夜の観月宴が登場することとなる。この八月十五夜について、奥津春雄は『竹取物語』の主題・構成に必須の舞台装置とし、

かぐや姫の住む理想界が永遠の浄光を放ってそこにあるからこそ、それを望んで得られない人間の悲しみと、その悲しみそのものの中にある人間的な価値が鮮やかに現れるのであ

る。[12]

と指摘した。

「人間的な価値」とはすなわち「あはれ」を解する心である。『竹取物語』はその価値を正面から語り、その舞台として選んだのが多様な漢籍や異国のロマンに満ちた観月宴を巧みに利用して作られた全く新しい舞台であった。『竹取物語』は八月十五夜の満月を舞台装置として、みごとに「あはれ」の尊さを語り、後続の物語に多大な影響を与えていくこととなる。それ以降、物語のなかの月は詩歌の伝統に加えて、この八月十五夜のかぐや姫昇天というコードが導入されることとなる。

■『うつほ物語』―月下の逢瀬でうまれ、一族に伝わる秘曲を継承していく主人公―

『竹取物語』の正嫡とされる『うつほ物語』は、清原俊蔭が天人から授かった秘曲伝授の物語と、あて宮を巡る求婚譚の物語、その二軸から成る最古の長編物語であり、そのどちらにも月は深く関係している。全体を通して、『うつほ物語』の月は超俗性や理想性といった要素をもち、作中の「藤壺をや、月見るやうに思ひけむ。」（国譲下・七六五頁）という台詞が、その特徴を端的にあらわしているといえよう。絶世の美女藤壺（あて宮）を思うことは、月を見るようなことであり、目には見えていても、決して手が届くことがない。手が届かないからこそ、超俗性や理想性を内包するのである。

さて、物語の主軸は俊蔭一族による秘曲伝授であり、その発端は、遣唐使に任命された俊蔭がはし国（ペルシャ）に漂流し、そこで天人から秘曲と霊琴を授かったことによる。しかし、帰国までに長い年月がかかったことで両親の死に目には会えず、さらに帝とも対立したことにより、俊蔭はすべての官職を辞し京極邸に蟄居することとなる。そして、一人娘に秘曲のすべてを伝授したのち妻を追うように亡くなる。一人残された俊蔭女は没落の一途を辿り、ここに俊蔭一族の命運は断たれたかに思えたが、八月中の十日、月の美しい夜に若小君（太政大臣四男・のちの藤原兼雅）が屋敷へと忍び込んだ。

蓬・葎の中より、秋の花はつかに咲き出でて、池広きに、月おもしろく映れり。恐ろしきこともおぼえず、面白き所を分け入りて見給ふ。秋風、河原風交じりて早く、叢に虫の声乱れて聞こゆ。月、隈なうあはれなり。（俊蔭・二五頁）

荒廃した京極邸は隅々まで月に照らされ趣深い様子であり、奥へ進んでいくと俊蔭女の姿がみえ、そのまま二人は塗籠のなかで契りを結び、俊蔭女は子を宿すこととなる。月夜に見た俊蔭女の姿は生涯にわたり兼雅の脳裏に焼き付いたようで、最終巻にて「屋の空、所々朽ち空きたりしから、月の光に染みて居給へり」（楼の上上・八七八頁）と回想される。ここで宿した子こそ、藤原仲忠であり、俊蔭一族の秘曲伝授の物語、そしてあて宮をめぐる求婚譚、そのどちらにも深く関与し物語を推進していく主人公である。なお、物語全体を通して、俊蔭女はかぐや姫の面影を宿す存在として位置づけられるが、本場面の八月中の十日は八月十五夜を指すとの指摘もあり、(13)さらに、塗籠に隠れるもむなしく昇天していったかぐや姫に対して、俊蔭女は塗籠のなかで地上との楔とも取れる子を授かり昇天しないことからも、やはり『竹取物語』の影響が色濃いといえよう。

その後仲忠は俊蔭女とのうつほ暮らしなどを経て、「楼の上」巻にて娘いぬ宮へ秘曲伝授を行う。世に名高い俊蔭一族の一大事に、身分の上下を問わず都中の誰しもがその秘曲と神秘に思いを馳せる。仲忠が伝授の場に選んだのは、あの京極邸であり、趣向を凝らして改修したのち、俊蔭女も連れて移り住み、八月十七日から翌年の八月十五日まで、四季巡る一年が伝授の期間と定められた。『うつほ物語』の月の用例はこの「楼の上」巻に集中しており、伝授の間にたびたび月は現れることとなる。そして、いぬ宮が秘曲をすべて会得した七夕の夜には、沈みかけた月が輝きを取り戻し、京極邸の楼を激しく照らし出すという奇瑞が起き、人々は俊蔭一族の神秘に驚愕するばかりであった。

十五夜の月の、明らかに隈なく、静かに澄みて、面白し。（楼の上下・九二九頁）

そしてついに八月十五夜、嵯峨・朱雀両院の行幸のもと、都中の貴顕たちが京極邸に集い、俊蔭一族による秘曲の披露が行われた。俊蔭女と兼雅が契りを交わした八月中の十日から長い年月が経ち、同じく京極邸にて、八月十五夜に物語はクライマックスを迎えたのである。

また、『うつほ物語』を支えるもう一つの物語、あて宮をめぐる求婚譚においても月は重要な舞台装置として機能する。

月の面白き夜、今宮・あて宮、簾のもとに出で給ひて、琵琶・箏の琴、面白き手を遊ばし、月見給ひなどするを、仲忠の侍従、隠れ立ちて聞くに、「調べより始め、違ふ所なく、わが弾く手と等しく」と聞くに、静心なし。（祭の使・二三五頁）

趣深い月の夜に「わが弾く手と等し」いあて宮の演奏を聴いた仲忠は、身はいたづらになってもよいと激情に駆られ、これを機に仲忠は本格的にあて宮の求婚者となる。しかし、仲忠には今宮の降嫁が決まり、朱雀院のもとで八月十五夜の観月宴が行われ、あて宮と仲忠の関係はあっけなく終わることとなる。最終的にあて宮は東宮に入内し、「国譲」巻では、あて宮と梨壺（仲忠の義妹）の間で立坊問題が発生するが、あて宮腹の若宮が東宮となり、

大宮の大路より上り給へば、大路の左右の物見車、内裏まで立てたり。夜静かに、月の光昼のごとくあり。（国譲下・七九六頁）

昼のように明るい十月十五夜の満月のもと、あて宮と東宮が参内し、あて宮に関する物語はすべて決着を迎えた。

以上のように、八月の月明かりのもとで結ばれた俊蔭女と兼雅の契りにより、主人公仲忠が

誕生し、『うつほ物語』を構成する二軸の物語がさらなる展開をみせることとなり、そして、そのどちらも満月のもとでクライマックスを迎えたのである。

■『源氏物語』――月を背負いし光源氏――

『源氏物語』には非常に多くの月の用例がみられ、林田孝和は『源氏物語』の月光は単なる自然描写ではなく人々の心の動きを内包した心理風景として語られるとし、月光の型を「月を愛でて人々が詩歌管弦の宴に興ずる観月の宴や遊びの場」「人を偲ぶことによって霊が出現する場」「男女の逢瀬や語らいの場」の三つに分類した。(14) そして、交情の場となると繰り返し月夜が設定されることについて「平安朝の人々も月夜が単なる月の夜という意味だけではなく、この夜に遠来の客人をうけ待ち斎くべき聖婚の夜―交情の夜と観想することができたからである」と指摘する。(15) また、高橋文二も月影に懐旧性と浄化性を指摘し、現世にありながらも別世界に陥っていくような効果があるとする。(16) 他にも、『源氏物語』の月に関しては様々な研究が積み重ねられてきた。(17)

『源氏物語』の首巻「桐壺」巻では、桐壺帝と桐壺更衣の別れが語られる。低い身分ながら帝の格別の寵愛を受けたために、周囲から疎まれて死に追いやられた桐壺更衣。帝はその死を受け、ただ茫然とする他なく、季節は秋を迎えた。夕月が美しく照りだすなか、かつて桐壺更衣とともに過ごした月下の幸せな記憶を思い出し、ときを同じくしてその月は、遠く離れた桐壺更衣の里邸を照らし、残された人々の嘆きが書かれる。時間と空間を超える月は彼らのままならない憂愁を照らし出すのであった。その桐壺更衣の形見が光源氏である。生まれながらに美質や学才に恵まれ、東宮をも凌ぐ様子から「光る君」と表現されるが、彼には母がいなかった。そんな折、桐壺帝のもとに藤壺が入内し、典侍から亡き桐壺更衣と瓜二つであることを知らされた。ときに光源氏は十一歳、藤壺は十六歳のことである。母代わりの藤壺への禁忌の恋、光源氏の満ち足りることのない苦悩の人生がここにはじまった。そして、そのような運命を背負う彼の人生には月が密接に関わっている。

藤壺との密通の夜や、戯れに関係を持った夕顔の死には月が現れ、「朧月夜」の歌を口ずさむ女君との禁断の恋により都を追放される。そして、追放先の須磨の地では八月十五夜の月を見ながら都での生活に思いを馳せ、夢枕に桐壺帝の霊が立ったのも月があきらかな夜であった。そして身を移した明石では、月明かりのもとで光源氏の人生に大きな影響を与える明石一族と関係を持つこととなる。須磨に追放される前、光源氏は花散里に次のような歌をよみかけていた。

行きめぐりつひにすむべき月影のしばし曇らむ空なながめそ　（須磨・一七五頁）

須磨に流される自分を月に喩え、やがて再び巡ってきて澄み輝くことになると言う。その言葉通り、流離先から戻るとより一層の権勢をほこり、物語は光源氏の栄華の頂点、六条院の落成まで進むのであるが、ここで注目したいのは光源氏自身が自らを月に喩えている点であり、鈴木日出男は、

皇統を象徴する「月」は皇位継承から疎外されたにもかかわらず、あらためて皇権に何らかの関係をもたされていく光源氏の巨大な人生を、その根底から支える言葉として作用しつづけることになる。（中略）。したがって、この「月」は「玉の皇子」といわれ「光源氏」と呼ばれる、その言葉とも深くひびきあっているはずである。

と指摘する。[18]「光る君」という呼び名は、光源氏・藤壺両名のたとえようもなく美しい様子を世の人々が「光る君」「かかやく日の宮」と呼びならわしたことに由来するが、輝く日の宮と並びたつものは、月の皇子とみてもさしつかえないだろう。月は彼の人生と密接に結びつくものであり、『源氏物語』はその中心に月を抱えているのである。

そして、『源氏物語』のあとに書かれた物語においても月は重要な舞台装置であり、『夜の寝覚』では主人公中の君が月と深く共鳴することが指摘され、[19]『とりかへばや物語』では男装する女主人公が美しい月夜に梅壺女御を見て、倒錯する自らの宿世を嘆く。そして、『豊饒の海』の直接の典拠とされる『浜松中納言物語』においても、主人公中納言は永遠の思慕を寄せる唐后を月明かりのもとで垣間見し、同じく月明かりのもとでその昇天を知ることとなる。

以上みてきたように、物語と月の関係は密接であり、池田亀鑑が月は「もののあはれ」の精神を象徴するものとし、物語の月を研究することは単なる素材研究ではなく、物語の本質へと迫るものと指摘した[20]ように、月は重要な視座となりえよう。

四、結論

王朝物語のなかで月は単なる景物に留まらず、重要な場面に現れ、物語を推進する力をもつ舞台装置として機能する。「春の雪」もまた、月が清顕と聡子の物語と密接に絡む舞台装置として機能することから、月を視座としてみるとき、「春の雪」はまさしく王朝物語の伝統に連なるものであるといえる。また、『豊饒の海』は二人の物語を原点としていることからも、『豊饒の海』と月、その密接な関係が改めて確認される。

本論では触れていないが、転生の証となる黒子の発見が、清顕（月下）・飯沼（日下）・月光姫（月下）・透（日下）と移り変わること、第四部の原題が「月蝕」であったことなど、まだ『豊饒の海』の月に関しては研究の余地がある。

また、御立待の回想のなかで月と蝶が同一視されていくことも興味深い。蝶は三島文学のなかでは重要なモチーフであり、「天人五衰」のクライマックスでは月修寺に向かう本多の眼前に蝶が舞い、「春の雪」と「奔馬」の間に「蝶」という短い巻が挿入される予定であったことからも、月—蝶—聡子の連想についてはより一層の検討が必要であるだろう。最後に、三島由紀夫と月の関係について触れておきたい。例えば、『金閣寺』では、主人公溝口の幼い記憶のなかで有為子と脱走兵の逢瀬が語られるが、そこでは執拗に月光が書かれ、短編「月」では何も見えない曇天に月を見る。また、三島が死の直前まで上演しようとしていた舞台『サロメ』は月の狂気に取りつかれた少女の物語であり、三島が最も情熱を傾けた能に関しても月は重要な舞台装置であることから、三島文学を考えていくうえで月は重要な視座となるのではないだろうか。

※王朝物語の本文は小学館『新編日本古典文学全集』に、『うつほ物語』は、おうふう『うつほ物語全　改訂版』に依り、適宜ページ数を付した。

注

（1）　三島由紀夫「「豊饒の海」について」（『決定版三島由紀夫全集』三五、新潮社、二〇〇三年）

（2）　松本徹・佐藤秀明・井上隆史編『三島由紀夫事典』（勉誠出版、二〇〇〇年）／井上隆史ほか編『三島由紀夫小百科』（水声社、二〇二一年）に詳しい。

（3）　有元伸子「『豊饒の海』における月・富士・女性—『竹取物語』典拠説の検討—」（『国文学攷』一五一号、一九九六年九月）

（4）三島由紀夫「「春の雪」について」（前掲書【注1】）

（5）有元伸子、前掲書【注3】

（6）『竹取物語』の主題を考えるさいに「自由領域」という言葉が用いられている。それは、あらゆる伝承の型から成る『竹取物語』のなかで作者が最も自由な創作を行った部分を探り、そこに主題を見極めようとする動きである。柳田国男は『竹取翁考』にて、難題求婚説話の部分こそが、後にも先にも類型をみない作者の「自由領域」であり、そこが主題であるとした。それに対して阪倉篤義は『日本古典文学大系　竹取物語』の解説にて『竹取物語』の本文は「漢文訓読調」「非漢文訓読調」の二つの様式から成り立っているとし、非漢文訓読調の語尾である「けり」から物語を分析し、「けり」が前半に多く後半に少ない、なおかつ章のなかでもはじまりとおわりに多く用いられると指摘した。そして、「けり」が多い前半は伝承の枠組みが強固であり、それが少なくなる後半は制約が緩む、つまり作者の「自由領域」であるとした。

（7）小嶋菜温子『かぐや姫幻想―皇権と禁忌―』（森話社、一九九五年）

（8）君島久子「嫦娥奔月考―月の女神とかぐや姫の昇天―」（『武蔵大学人文学会雑誌』五巻一・二号、一九七四年三月）

（9）糸井通浩「竹取物語の月と嫦娥伝説―古代伝承ノート（4）―」（『愛文』一四号、一九七八年七月）

（10）岡一男『竹取物語評釈』（東京堂、一九五八年）

（11）北山円正「菅原氏と年中行事」（『神女大国文』一三号、二〇〇二年三月）

（12）奥津春雄『竹取物語の研究―達成と変容―』（翰林書房、二〇〇〇年）

（13）原田芳起『平安時代文学語彙の研究』（風間書房、一九六二年）／上坂信男・神作光一『宇津保物語・俊蔭』（講談社、一九九八年）

（14）林田孝和『源氏物語の精神史研究』（桜楓社、一九九三年）

（15）林田孝和、前掲書【注14】

（16）高橋文二「王朝女流文学に表れた月影の視点―その懐旧性と浄化性について―」（『国語と国文学』五三巻一〇号、一九七六年一〇月）

（17）森岡常夫『源氏物語の考究』（風間書房、一九八三年）／鈴木日出男『源氏物語歳時記』（筑摩書房、一九八九年）／小町谷照彦「源氏物語歳時事典」（秋山虔『源氏物語事典』学燈社、一九八九年）など。

（18）鈴木日出男、前掲書【注17】

（19）加藤史子「『寝覚』と自然描写―月を中心に」（『高野山大学国語国文』一五・一六号、一九八九年一二月）

（20）池田亀鑑『平安時代の文学と生活』（至文堂、一九七七年）

〈禁忌〉と物語
——三島由紀夫「豊饒の海」からの批評

鈴木泰恵

一　〈禁忌〉の変質

〈禁忌〉という視座から『狭衣物語』を考えてみようと思う。

物語と〈禁忌〉とは馴染み深い間柄にある。『伊勢物語』における昔男と二条の后や斎宮との恋も、また『源氏物語』における光源氏と皇妃藤壺との恋も、いずれ〈禁忌〉に触れる恋であった。そして、〈禁忌〉を侵犯することは、昔男や光源氏を聖別することそのものであり、とりわけ『源氏物語』においては、〈禁忌〉の侵犯こそが光源氏の王権の物語を可能にしたのであった。〈禁忌〉はすぐれて方法的に物語に参与していたのである。

ところで『狭衣物語』を見てみると、そこでの〈禁忌〉は、『伊勢物語』や『源氏物語』とは随分と趣を異にしている。たとえば、物語が語りだされて間もない頃に、狭衣と東宮妃宣耀殿の〈禁忌〉であるはずの関係が明かされる（参考四一〜四二および六三）。けれども、ふたりの関係はこの二回ふと語られたきりで、以後は置き去りにされており、いわば断片的な挿話でしかない。というより、ふと語り去られたに過ぎず、挿話にすらなっていないのである。そしてそれは、何の緊張感も物語性も生み出したりはしない。狭衣の聖別についても、すでに天稚御子が狭衣の笛の妙音に興じて天界から地上に舞い降りるといったレベルで果たされており、宣耀殿との関係はあまりに断片的で緊張感を持たず、天稚御子事件とは全く比重が違う。つまり東宮妃侵犯の〈禁忌〉の恋は、狭衣を聖別する筋合のものにもなっていないのだった。宣耀殿との関係を通じて、この物語は、皇妃侵犯といった〈禁忌〉を踏み越える恋が、もはや物語性を生み出したり、主人公を聖別したりするわけではないことを、逆に表出させてしまったといえるだろう。まずはこのあたりに、『狭衣物語』の〈禁忌〉が『伊勢物語』や『源氏物語』の〈禁忌〉とは決別してしまっている様子を見てとれる。

では『狭衣物語』は〈禁忌〉とは無縁かといえば、決してそうではなく、むしろきわめて特異で、上述のような〈禁忌〉とは位相を異にする〈禁忌〉を抱えこんでいる。本稿はその、特異な〈禁忌〉のあり方を明らかにしたうえで、そこから看取される、ある種の文学のあり方について考えてみたい。

その際に、『狭衣物語』から三島由紀夫の「豊饒の海」、とりわけ第一巻の『春の雪』への転生を視野に入れたい。「豊饒の海」は『浜松中納言物語』を典拠とした旨が、三島由紀夫自身によって言明されているが、(2)『狭衣物語』と「豊饒の海」との間には、むろんそのような保証は何ひとつない。けれども、転生は本来、前世の記憶（たとえば作者の言明）など何ひとつないところで果たされるのではなかったろうか。そういった意味では、「豊饒の海」はすでに『源氏物語』からの転生が読み解かれている。(3)本稿ではさらに、〈禁忌〉という視座から、『狭衣物語』との転生関係をつきとめ、「豊饒の海」が『狭衣物語』批評になっている次第を明らかにして、『狭衣物語』に見られる、ある種の文学のあり方を見とっていきたいと思う。

二 〈禁忌〉の恣意性

さっそく、『狭衣物語』の〈禁忌〉の特異性について見ていく。ただ、以下（含三節）の論述は主に本書（ここで述べる「本書」とは、鈴木氏の『狭衣物語／批評』（翰林書房、二〇〇七年）のこと［編者注］）Ｉ第1章から第3章の内容に加えて、これまで重ねてきた論述に重複する部分も多いが、違った角度からの考察も加えており、論の展開上、必要最低限の重複を許容した。

さて、この物語の〈禁忌〉の特異性といえば、狭衣と源氏宮の決して〈禁忌〉ではない恋が、〈禁忌〉とされているところに見てとれる。そして、その事情はすでに冒頭において、こう説明されている。すなわち、ふたりは兄妹同然に育ち、周囲もふたりを兄妹のように認識しているので、狭衣ひとりが「われは我」と、兄妹意識から逸脱して恋心を抱いても、ふたりの恋は誰からも認められない。狭衣がそうわきまえたがゆえに、ふたりの恋は「あるまじきこと」すなわち〈禁忌〉なのだというのである（参考三二〇〜三二一）。

ところで、この〈禁忌〉化については、源氏宮が堀川家の大切な「后がね」だからだとの指摘がある。(4) 后そのものではないのだから、それとてもふたりの恋を絶対的に〈禁忌〉化するものではありえないが、たしかに、そうした自家の政治的な事情は、十分に恋を〈禁忌〉化させうるものだ。けれども、こと狭衣に関しては、そういう事情よりも、兄妹同然の関係の方が、むしろ重要なのだといえる。というのは、堀川家の政治的目論見には、源氏宮を皇妃として宮中に送り込むことと、狭衣に女二宮を降嫁させることの、ふたつがあった。その一方である女二宮降嫁に対する狭衣の態度を見る限り、それはこの物語が狭衣を脱政治的な人物とするコードを有しているせいであろうが、狭衣は堀川家の政治的論理に、さほど忠実であるとも思われないのである。現に、ようやく宮に積年の思いを打ち明けたものの、「あるまじき心ばへ」だといってひきさがる場面でも、擬似であれ、やはりふたりの兄妹関係が障害になっている。

（源氏宮が見ている）絵どもを取り寄せて見給へば、在五中将の恋の日記をいとめでたう書きたるなりけり、と見るにあぢきなく、ひとつ心なる人に向ひたる心地して目とどまる所

に、忍びもあへで、「かれはいかが御覧ずる」とて、さし寄せ給ふままに

よしさらば昔の跡を尋ね見よ我のみ迷ふ恋の道かは

（参考 五五）

源氏宮が見ている「在五中将の恋の日記」の絵は、昔男が実の妹（異母姉妹か）に恋の歌を贈った『伊勢物語』四九段の絵であり、また、この場面は、同じく『伊勢物語』四九段の絵を見る実の姉に、匂宮が戯れに恋の歌を贈る『源氏物語』総角巻の場面の引用でもある。(5) ここには四九段と総角巻の場面とが重層的に引用されて、近親相姦の〈禁忌〉の磁場が形成されている。そして、そこにいる狭衣は「ひとつ心なる人」として直接には四九段の昔男に、さらに深いところでは匂宮に自身を重ね合わせて、近親相姦の〈禁忌〉に触れる恋を語っているという図なのである。狭衣と源氏宮の恋には、兄妹間の恋の〈禁忌〉が絡みつき、狭衣もまた、いかんともしがたくその〈禁忌〉にからめとられているのだった。

では、とりわけ狭衣がこだわる擬似兄妹関係だが、〈禁忌〉も社会的な約束事であってみれば、血縁上は従兄妹どうしでも、狭衣をとりまく者たちが皆、ふたりを兄妹の枠に括り込み、ふたりの恋を認めないのなら、狭衣が源氏宮に恋心を抱きつつそれを〈禁忌〉視するのも頷けなくはないのである。しかし、本当にそうなのかというと、そうでもないことを物語は明かしている。

仲澄の侍従の真似するなめり。人もさぞいふなる。大殿もかかれば思ひ嘆きてつれなきな

めり。　（参考　六四）

心習ひ、げにさもやあらん。隔てある妹背をも持たねば。　（参考　六五）

右のふたつは東宮が狭衣にぶつけたことばである。実の妹に恋心を抱いた『宇津保物語』の仲澄をひきあいに出して狭衣の源氏宮恋慕をいい当て、そのせいで堀川大殿も、半ば困却しつつ、源氏宮の東宮入内を渋っているのだろうという。東宮は恋敵として、大殿も承認するとおぼしい狭衣と源氏宮の結婚の可能性を危惧しているのである。さらに、あれこれやりとりして最後に、自分には実の妹ではない妹「隔てある妹背」というものがいないからわからないとさえいっている。ここには、恋心など抱きようもない子供の頃⑹とは異なり、狭衣と源氏宮をやはり兄妹としてではなく、ふたりの恋が決して〈禁忌〉ではない従兄妹の関係として見ている視線の存在が示されているのである。

また両親の狭衣に対する態度はこう語られている。

いひしらずあるまじきことをしいで給ふとも、この御心には少し苦しく思されんことは、露ばかりにても違へ聞こえ給ふべくもなけれど……　（参考　三三）

狭衣がとりわけ心にかける親たちにしても、狭衣が望むなら、源氏宮との恋を認めないというのではない様子が語りとられているのである。

このように、狭衣と源氏宮は必ずしも兄妹の関係に括り込まれているわけではないし、ふたりの恋を〈禁忌〉視する周囲との軋轢があったわけでもない。そのことを、東宮のことばと語りは明かしているのである。狭衣がこだわる兄妹としての枠組は決してタイトなものではなく、冒頭で、狭衣の内面に沿って説明された事情はきわめて根拠の薄いものだった次第が明かされているのである。

加えていうと、源氏宮が自家の「后がね」だという事情もまた、引用したごとき親のあり方を見れば、ふたりの恋を〈禁忌〉化する強力な力ではないだろう。

いずれにせよ、『狭衣物語』の〈禁忌〉は、狭衣ひとりがこだわる恣意的なものだといえる。

三　媒介としての〈禁忌〉

では、狭衣が恣意的にはりめぐらした〈禁忌〉は、いかなる役割を担っているのかを押さえ、『狭衣物語』における〈禁忌〉の恣意性が、物語のどのような質を反映しているのかを考えていきたい。

まず、〈禁忌〉の求められる事情は、〈禁忌〉意識が表出する部分そのものから読みとれる。

・かたがたにあるまじきことと、深く思ひ知り給ひにしも、あやにくぞ心のうちは砕けまさりつつ、つゐに身をいかになし果てんと、心細う思さるべし。（参考　三一）

・あるまじきこととのみ、かへすがへす思ふにしも、明け暮れさし向かひ聞こえながら、沸き返る心の中のしるしもなくて過ぐる嘆かしさは、さらに思ひ弱るべき心地もせず。

…〈中略〉…

いろいろに重ねては着じ人知れず思ひそめてし夜半の狭衣　（参考　五二）

〈禁忌〉意識（傍線部）は、かえって源氏宮への思いを深めさせてしまい（波線部）、とうとう源氏宮ただひとりへの思い「いろいろに重ねては着じ」を確認させるに至っているのである。さらに、その思いが秘されたままではありえなくなるときにも、〈禁忌〉意識の媒介が見られる。重複するが、狭衣が源氏宮に積年の思いをうち明ける部分を、範囲を広げてもういちど引用する。

ましてかばかり御心に染み給へる人は、見奉る度に、胸つぶつぶと鳴りつつ、うつし心もなきやうにおぼえ給ふを、よくぞ忍び給ひける。…〈中略〉…例の涙も落ちぬべきに、絵ども取り寄せて見給へば、在五中将の恋の日記を、いとめでたう書きたるなりけり、と見るにあぢきなく、ひとつ心なる人に向かひたる心地して目とどまる所に、忍びもあへで「これはいかが御覧ずる」とて、さし寄せ給ふままに、

よしさらば昔の跡を尋ね見よ我のみ迷ふ恋の道かは　（参考　五五〜五六）

狭衣は『伊勢物語』四九段の絵を見て、実の妹に恋歌を贈った昔男に自身を重ね合わせ、兄妹間の恋の〈禁忌〉をひきつけるわけだが、それ以前には、「よくぞ忍び給ひける」と、恋心

は押し返されていた。ところが、〈禁忌〉をひきつけたときにこそ、むしろ「忍びもあへで」積年の思いを打ち明けてしまうのである。結果的に、この疑似的〈禁忌〉は犯されないのだが、明らかに〈禁忌〉意識を媒介として、狭衣の恋の情動は掻き立てられ、恋心を打ち明けるまでに至っている。

こうしてみると、〈禁忌〉は狭衣の恋の情動を掻き立てるものだととらえうる。

ところで、〈禁忌〉は狭衣によって恣意的に見出される質のものだった。恣意的な〈禁忌〉ならば、〈禁忌〉があちこちに拡散する事態も出来してくる。

源氏宮との恋を〈禁忌〉とすることは、恣意的にせよ〈禁忌〉を媒介に掻き立てられた恋の情動を転位させ、他の女君との恋の契機にもなるはずで、現に、飛鳥井女君や女二宮との恋が呼び込まれる。ところが、狭衣は源氏宮との恋以外、「いろいろに重ねては着じ」と思い定めてしまっていた。そこで、他の女君たちとの恋は、狭衣にとっては〈禁忌〉になる。

A　飛鳥井の宿りは戯れにもあさましうぞ思し続けられ給ひける。…〈中略〉…「少しも劣りたらむ人を見ては、何しに世にはあるべきぞ。このこと（源氏宮との恋）違ひはてなば、いかにもあるべき身かは」と、思ひ咎めらるるに、　（参考　七六）

B　候ふ人々のつらにて、局などしてやあらせましと。人知《（源氏宮）》れず思ふあたりの聞き給はんに、戯れにも心とどむる人ありとは聞かれ奉らじと思ふ心深ければ、さもえあるまじ。

（参考　九〇〜九一）

源氏宮を一途に思うと心に決めた狭衣には、源氏宮との恋の障害になるはずもない飛鳥井女君との関係すら、うしろめたいものであり、隠されなければならないらしい。女君との恋も、ひとり狭衣においては、微妙に〈禁忌〉の色彩を帯びてくるのである。

しかし、そういう思いと表裏しながら、一方では深い思いを確認していく。右引用Aを経て狭衣は以下のごとく思う。

何ごとぞとよ、見ではえながらふまじく、かうたく心苦しき様ありて思ひ捨てがたきはと、我ながら危うくぞ思し知らるる。[7]

（参考　八〇）

「飛鳥井の宿りは戯れにもあさましう」（引用A）と思い返されたときに、改めて逢わないではいられない恋心を感じ、とまどうのであった。

・音無の里尋ね出でたらば、いざ給へ。…〈中略〉…これより変はる心はあるまじきを、頼む心はなきなめり

（参考　九一）

・野分の立ちて、風いと荒らかに窓打つ雨もものの恐ろしきに、例の忍びておはしたり。

（参考　九四）

源氏宮を憚り、召人として堀川殿に住まわせるわけにもいかないと思いながら（引用B）、

飛鳥井女君には変わらぬ思いを語り、現に野分を押してまで足しげく通うのだった。女君との気ままな旅寝のはずの恋が、いつか抜き差しならない恋へと変わっていくときに顔を出すのは、微妙な〈禁忌〉意識なのである。

女二宮の場合、こうした恋と〈禁忌〉意識の絡みは、より明確であるようだ。

・（女二宮の肌の感触から）かの室の八島の煙焚き初めし折の御かひな思ひ出でられて、こはいかにしつるぞ。もし気色見る人もありて召し寄せられなば、年ごろの思ひはかたがたにいたづらにて止みぬべきか。…〈中略〉…など思すにあぢきなく涙落ちぬべくて、心強く思しのかるれど、後瀬の山も知りがたう、うつくしき御有様の近まさりにいかがおぼえなり給ひけん。（参考　一三〇～一三二）

女二宮の肌の感触と源氏宮の手の感触が重ね合わされている。むろん、この重なりが狭衣の情動を激しく揺すぶったに違いないのは、容易に想像がつく。けれども、源氏宮を思い起こすことで、むしろ狭衣には自制の心が生じているのである。このようなところを誰かに見られれば、女二宮の降嫁を願い出ないわけにはいかなくなるだろう。そうなったらもはや、源氏宮との恋などおぼつかなくなる。だから、この情動は自制されなければならない。それが狭衣の論理だ。源氏宮恋慕を背景に、女二宮との恋もまた、ひとり狭衣にとっては〈禁忌〉の恋なのである。

しかし同時に、源氏宮の身体の形代として女二宮が求められるという論理は奥底に沈められたうえで、むしろ〈禁忌〉意識をこそ表出させ、〈禁忌〉との葛藤の果てにこの逢瀬がなされているところを見ると、恣意的なものながら、狭衣においては〈禁忌〉を踏み越える危機感こそが、情動を煽り立てている。そのような論理が読みとられてくるのである。(8)

彼女たちとの恋においても、〈禁忌〉は狭衣の恋の情動を掻き立てるものだといえる。恋の〈禁忌〉化を媒介させては、恋の情動を増幅させる。その際の〈禁忌〉化の恣意性はともあれ、〈禁忌〉の媒介がなければ、恋の情動が活性化しない状況を指示してはいないだろうか。『狭衣物語』には、恋の情動すなわち自然な情のエネルギーを、無媒介に活動させないコードが見え隠れする。

四　物語のアイロニーと〈禁忌〉

このように、情動を掻き立てるものとして、きわめて恣意的に〈禁忌〉が導き入れられる『狭衣物語』の状況は、物語のいかなる質を反映するのかを考えてみたい。

さて、単に〈禁忌〉が情動を掻き立てるというだけなら、なにもこの物語に限ったことではない。たとえば、『源氏物語』の光源氏においても、それは同様であろう。賢木巻で朧月夜との密会を重ねる光源氏は、次のように語りとられている。

・もののの聞こえもあらばいかならむ、とおぼしながら、例の御癖なれば、今しも御心ざしまさるべかめり。（新大系一―三五五　以下引用の『源氏』本文も新大系に拠る）

・后の宮も一所におはするころなれば、けはひいとおそろしけれど、かゝることしもまさる御癖なれば、（一―三八六）

朧月夜は右大臣の六の君で、このとき、朱雀帝鍾愛の尚侍になっている。桐壺院亡きあと、右大臣勢力はそうでなくとも光源氏側を圧迫し、光源氏は宮廷に出仕するのを「うゐ〳〵しく所せく」思い（一―三五九）、藤壺も「戚夫人」の例を出して弘徽殿大后（右大臣方）を恐れているのであった（一―三六四）。そんななかでの朧月夜との密会は、当然、忌避されるべきこと、いわば政治的な〈禁忌〉[9]であるにもかかわらず、だからこそかえって思いがまさるというのである。〈禁忌〉の色合が滲むからこそ、情動が掻き立てられる光源氏の性向を語りとっている。

そして、賢木巻の朧月夜との密会は、藤壺への思いと並行して語られている。それはまた、藤壺への思いのあり方をも説明づけるものであろう。そもそもこの巻では、〈禁忌〉がいかに光源氏の情動を揺すぶるかを、あますところなく語りとっている。伊勢に下向する斎宮を見て「たゞならず」心動かす光源氏を、「かうやうに、例に違へるわづらはしさに、かならず心かゝる御癖にて」（一―三四九）と語り、この巻で斎院になった朝顔と贈答をかわし、その美しい成長を思いやって、またもや「たゝならず」心を動かす光源氏には、「恐ろしや」「あやしう、やうの物と、神うらめしうおぼさるゝ御癖の見ぐるしきぞかし」（一—三六九）と語り手が批評を加えるほどである。たしかに、『源氏物語』においても、〈禁忌〉は情動を掻き立てるものだった。

だがしかし、光源氏の情動を掻き立ててしまう〈禁忌〉は、決して光源氏自身が恣意的に見出した〈禁忌〉などではない。それらは時の政治権力や、帝の権威が生み出す〈禁忌〉で、光源氏を外側から締めつけていくものである。だから、その〈禁忌〉を侵犯する、あるいは侵犯することに限りなく心惹かれる光源氏からは、右大臣が誇示する政治的な権威はもとより、帝の権威をも犯す暴力的ともいえる情動の強度が窺える。

翻って『狭衣物語』の〈禁忌〉を見てみると、それは狭衣ひとりが恣意的に見出したものにすぎない。しかも犯したからといって身を危うくするわけでもない。その〈禁忌〉を媒介として、初めて思いを打ち明けたり、恋の深みに分け入ったり、また逢瀬に至ったりしているのである。そこには、リスクのない〈禁忌〉を仕掛けて、それを犯すという別の目的を作り出さなければ、恋い焦がれることもできない情動の希薄なり衰弱なりが浮かび上がっているのではあるまいか。加えていうと、恣意的に〈禁忌〉を仕掛け、恋の場面に乗り出してさえ、〈禁忌〉

をいい訳にして、ひき下がっていく源氏宮との関係は、あまりにも衰弱した狭衣の情動を露わにしているといわざるをえない。

〈禁忌〉と恋の関係に視点を置くと、『源氏物語』はそこに、光源氏の情動の強度を映し出すが、『狭衣物語』は逆に狭衣の情動つまりは自然な情のエネルギーの希薄もしくは衰弱を映し出すのである。裏返していえば、『狭衣物語』には、恋の情動すなわち自然な情のエネルギーを、無媒介に活動させせないコードが見え隠れするのではないか。

『狭衣物語』はたしかに、狭衣と女君たちとのさまざまな恋と、帝位にまで登りつめる狭衣を語っている。しかし、主人公たる狭衣の恋の情動はきわめて希薄であって、恣意的に〈禁忌〉を仕掛け、それを犯すという別の目的を作り出さなければ、恋ができないほどなのである。(10) ならば、向かい合う女君その人自身との恋の物語の内実は、不在ともいえるきわめて空虚なものでしかありえない。そして、それはまた王権の物語の不在を表すものでもあるだろう。帝の権威をも犯す情動の強度あるいは暴力的な性の衝動のないところに、王権の物語のダイナミズムはないのではないか。後の帝位につながる女二宮との逢瀬も、狭衣は自ら仕掛けた恣意的な〈禁忌〉に掻き立てられ、それを犯したにすぎず、帝の権威を犯し帝を相対化するといった質のものではない。狭衣の帝位は、情動の強度に由来した王権の聖性とは関わらず、偶然と神意を梃子《てこ》に、帝の権威を体現しているのにすぎないのではあるまいか[11]。

『狭衣物語』はいかにも恋と王権の物語を語っているように見えながら、その実、それらの空虚を語るアイロニーを演じたといえよう。そして、この物語の〈禁忌〉の恣意性は、そうしたアイロニックな物語の質を映し出しているのだと思われる。

五　『狭衣物語』から『春の雪』へ

ここでは、〈禁忌〉という視座から、『狭衣物語』と「豊饒の海」、とりわけ『春の雪』との転生関係をとらえ、「豊饒の海」が『狭衣物語』批評になっている次第を明らかにして、『狭衣物語』がいかなる文学としてあるのかをつきとめたいと思う。

その前に、『春の雪』に残る『狭衣物語』からの転生の痕跡を、いくつか示しておく。

『春の雪』は日露戦争後七年、明治から大正へと時代の移り変わる年に始まる。そのとき、主人公松枝清顕は十八歳。一方、『狭衣物語』も「三月の二十日あまり」、春から夏へと季節の移ろう候に始まり、狭衣は一七、八歳と語られている。どちらも、背景の時は変わり目の時である。それに照応するかのように、主人公たちも、子供から大人へと脱皮する微妙な歳だ。『春の雪』冒頭は、清顕の視線に添って、「得利寺附近の戦死者の弔祭」と題される索漠とした写真の構図を映し出し、陰鬱な光景だ。『狭衣物語』も、もの悲しい晩春の庭の情景を、鬱々とした面持ちの主人公狭衣の視点から語りとる冒頭であった。ともに、始まりの時への期待はなく、終わりゆく時の衰微を象徴する冒頭だといえよう。

また、その主人公たちの様態だ。清頭の名はしばしば「少年」（四二など随所）に置き換えられる。狭衣はといえば、親からはいまだ「児《ちご》のやうなるもの」（三三）と思われ子供扱いである。二十歳を少し前にした若者ふたりは、子供なのであった。しかもその状態は終盤まで持ち越されている。恋人聡子が清頭の子を堕ろすというその時にも、「「子供」はむしろ清頭自身だった。彼にはまだ何の力も具はってゐなかった。」（三二五）とあり、子供である清頭が明示される。狭衣も、源氏宮との関係を、とうとう大人の男女関係に組み替えることができなかった。それは、兄妹のように育てられた子供の頃の時間に踏みとどまっているということだろう。いっぱし恋もし、子供も設け、青年天皇として容儀は整えているものの、軸となる源氏宮との関係において、子供の時間を抱え込んだままなのである。

しかし、ふたりは子供でありながら衰弱しきっている。(12)「そして清頭は、一方では衰へ果てた死者でもあり、一方では叱られ傷ついた一人の途方に暮れた子供でもあつた」（三〇三）とあり、ここに清頭の様態が集約されているようだ。狭衣は、悲恋の積み重ねで「死にもせじとか。まことに身をこそ思ふたまへわびにたれ。」（四六六）などと口にする。恋の苦悩に押しひしがれているのに死にもしないと、なんとも生気のない衰えぶりである。終盤、ふたりの若者は子供でありつつ、衰弱しきった様子をさらけ出している。

さらに、清顕と聡子、狭衣と源氏宮、この二組の擬似きょうだい関係である。清顕は幼い頃、優雅を学ぶべく、中世以降公卿の家柄にある聡子の家（綾倉家）に預けられ、二歳年上の聡子が「唯一の姉弟」（三一）であった。狭衣も源氏の宮とは「ひとつ妹背」（参考三〇）のごとく育てられていた。

背景の時、年齢、子供でありつつ衰弱しきった姿、擬似きょうだい関係。これらの重なりは、『春の雪』と『狭衣物語』とのきわめて似通った雰囲気といったものを醸し出す。ここにはごく一部を掲げたが、実のところ、こうした共通項は枚挙に暇がない。たとえば、主人公の夭折を心配する父親たち（『春の雪』一八頁、『狭衣』三三頁）、過保護なまでの母親たち（『春の雪』一六九頁、『狭衣』三三頁）などなど、いくらでも挙がってくる。

『春の雪』は思いの外に、『狭衣物語』の転生を思わせる痕跡を残している。

しかし、先にも述べたように、もっとも注目したいのは、双方における〈禁忌〉のあり方である。そこにおいて、『狭衣物語』から『春の雪』への転生と、『狭衣物語』批評たる『春の雪』像がたどられるように思う。そしてその彼方に、『狭衣物語』から「豊饒の海」への転生も見えてくるようだ。

では、『春の雪』の〈禁忌〉のあり方を押さえたい。『狭衣物語』については前節で見た通り、恣意的な〈禁忌〉を媒介にして、恋の情動が掻き立てられなければ、その自然なエネルギーは停滞してしまうのであった。『春の雪』にも同様なありようが窺える。

まず姉弟のように育った聡子に対する清顕の感情もなかなか厄介だ。松枝家に滞在するシャムの王子が、清顕に恋人の写真を見せるのだが、清顕はその写真を見つつ、聡子に思いを巡らす。

『これに比べれば聡子は百倍も千倍も女だ』と清顕はしらずしらずのうちに比較してゐた。『僕の気持をともすると憎悪のほうへ追ひやるのも、彼女が女でありすぎるからではなからうか。又、聡子はこれに比べればずつと美しい。そして彼女は自分の美しさを知つてゐる。彼女は何でも知つてゐる。わるいことに、僕の幼なさをまでも』

（五九、傍点は本文のまま）

清顕は聡子に「女」を感じ、その美しさを認める。しかも、王子の恋人と比べてである。これは、清顕が聡子をはしなくも恋人として、それも秀逸の恋人として、心のうちに収めてしまっている様子を映し出すものだ。その一方で清顕は、聡子が何でも知っていて、自分の幼さをも知っていると思う。聡子はいまだ、二歳下の弟にはわからないことを何でも知っていて、弟の幼さを知る姉のような存在でもあった。また清顕は、聡子に過剰な「女」を見ている。その過剰さへの意識は、清顕が男として、女である聡子に追いついていないという意識の裏返しだ。

聡子に「女」を意識しつつ、そこでも姉弟の上下関係を意識せずにはいられない。そして、この姉弟の上下意識が、というよりその残滓が、清顕の聡子に対する憎悪を生んでいく。

清顕もまた、長じてなお姉弟関係を新たな段階の男女関係へと組み替えられず、そのせめぎあいによる苛立ちが八つ当たりのように憎悪を生み、その憎悪が恋の情動をたわめてしまっているのである。

しかし、こうした状況が一変する。聡子に宮家との縁談が持ち上がり、勅許が下りたとき、清顕の心に大きな変化が起きる。聡子への恋の情動を抑えることができなくなるのである。

……高い喇叭の響きのやうなものが、清顕の心に湧きのぼつた。

『僕は聡子に恋してゐる』

いかなる見地からしても寸分疑はしいところのないこんな感情を、彼が持つたのは生れてはじめてだつた。

『優雅といふものは禁を犯すものだ、それも至高の禁を』と彼は考へた。この観念がはじめて彼に、久しい間堰き止められてゐた真の肉感を教へた。（一八八）

宮家の婚約者になった以上、聡子との恋はもはや〈禁忌〉だ。すると、その〈禁忌〉を犯すという考えが、清顕の「久しい間堰き止められてゐた真の肉感」を解き放ったというのである。

事実、この後清顕は聡子と恋に落ちている。ともあれここに、清顕の恋の情動はようやく賦活されるのであった。清顕もまた、〈禁忌〉を媒介にしなければ、恋の情動を発動できないのだといえる。

しかし、この〈禁忌〉にも恣意性がある。清顕はこの縁談を阻止しようと思えば、阻止できたからだ。清顕の父はあらかじめ息子の意向を問うていた。

「実は聡子さんに又縁談があるのよ。これがかなりむづかしい縁談で、もう少し先へ行くと、おいそれとお断わりすることはできなくなるの。…〈中略〉…ここは、ただお前の気持どほりに言つてくれればいいのだけれど、もし異存があるなら、その気持どほりを、お父様の前で申上げたらいいと思ふのですよ」

清顕は箸も休めず、何の表情もあらはさずに言下に言った。

「何も異存はありません。僕には何の関係もないことぢやありませんか」

（一五七〜一五八）

父は、もう少し話が進むと断れなくなるが、異存はないかと問う。しかし清顕は、何も異存はないと答え、この縁談を後戻りのできないところに押しやり、聡子との恋をみずから〈禁忌〉にしてしまったのである。こんな事態を、『春の雪』は以下のように総括している。

絶対の不可能。これこそ清顕自身が、その屈折をきはめた感情にひたすら忠実であることによつて、自ら招き寄せた事態だつた。

（一八七）

この〈禁忌〉は明らかに清顕自身によってたぐり寄せられたものだと規定されている。『春の雪』の〈禁忌〉もまた、きわめて恣意的に設定された〈禁忌〉なのである。

しかもその恣意的な〈禁忌〉こそが、清顕の恋の情動を賦活する装置なのであった。『春の雪』も、恋の情動という自然な情のエネルギーを、無媒介には活動させない。ここには、『狭衣物語』と響き合うコードが共有されているとおぼしい。

さて、『春の雪』はこのコードの何たるかを露わにして、『狭衣物語』を批評するスタンスを確保しているように見える。以下、その点をつきとめていきたい。

清顕が聡子との〈禁忌〉の恋に駆り立てられたときの、彼の心が注目される。重複するが、それをもういちど引用する。

『優雅といふものは禁を犯すものだ、それも至高の禁を』と彼は考へた。この観念がはじめて彼に、久しい間堰き止められてゐた真の肉感を教へた。（一八八）

「優雅といふもの」は〈禁忌〉を侵犯することだと了解されたとき、初めて清顕に恋の情動をほとばしらせたというのである。しかも、清顕が志向していたのは、「優雅」だったと明かされる部分でもある。つまりこういうことだろう。〈禁忌〉のないところで、恋の情動を活動させるとしたら、それは「優雅」ではない。だからこそ、恣意的に〈禁忌〉が設定されなければばならなかった。こうした事情が見えてくる。

では、その「優雅」とはどのようなものなのか。『春の雪』では、志向される「優雅」に対して、忌避されるものが示され、「優雅」の輪郭も鮮明になる。ある雪の朝、清顕と聡子は雪見に出かけ、初めて唇を合わせる。その場面をふまえて、清顕の傾向が端的に説明されているので、それを引く。

雪見の朝のやうな出来事があり、二人が好き合つてゐることが確かならば、毎日ほんの数分間でも、逢はずにはゐられぬといふのが自然ではなからうか？

しかし清顕の心は、そんな風には動かなかつた。風にはためく旗のやうに、ただ感情のために生きるといふ生き方は、ふしぎにも、自然な成行を忌避させがちなものである。

（一一三）

清顕が忌避するもの。それは「自然」であるという。雪の朝のくちづけは、清顕に「忘我」を知らせ、「幸福の所在」を確かめさせたはずなのである（一〇〇～一〇一）。しかし、「自然な成行を忌避」する清顕の傾向は、頭をもたげた恋の情動を停滞させてしまう。子供から大人への自然な成長のなかで、蓄えられていった自然な恋のエネルギーは、「自然」を忌避する清顕の傾向によってたわめられていたのだといえよう。姉弟関係にこだわる清顕の心の内実は、成長し恋をする「自然」への抗いであったのだろう。

清顕は、恣意的に〈禁忌〉をたぐり寄せ、それを媒介として、停滞する恋の情動を賦活するわけだが、そこでようやく見出したものが「優雅」であった。思えば、清顕は「優雅」を学ぶべく綾倉家に預けられていた。しかし、どうやらそれは、とらえどころのないものだったようだ。そういう公家の「優雅」を体現する志向と、「自然」を忌避する傾向が、聡子との禁断の恋に向かう過程で、対をなして提示されている。『春の雪』が描き出した図式は、「優雅」と「自然」の分節であった。『春の雪』において、「優雅」はおよそ「自然」の対極にあるものだ。だとすると、恋の情動という自然な情のエネルギーを、無媒介には活動させないコードとは、すなわち「優雅」だったということになるのではないか。するとこれは、類似のありようを示す『狭衣物語』を規制するコードとしても立ち現れてくる。

考えてみれば、「優雅」は「みやび」といいかえられる。ならばそれは、まさに平安の文化コードともいえるものだ。たしかに、「みやび」は「都振り」のことで、「鄙び」「里び」と対をなす。「鄙」や「里」の自然とは対極にあるものだ。そして、しばしば都市的な「みやび」は、自然あふれる「鄙」や「里」を蔑み抑圧するのでもあった。

『春の雪』は「優雅」と「自然」を対極に配置し、その「優雅」を「自然」への抑圧のコードとして露わにする。それは、多くの類似点を持ち、時まさに平安後期の物語である『狭衣物語』に、きわめて明快でわかりやすい解釈を与えたことにもなる。『狭衣物語』は「優雅」をまとい、あるいは「優雅」に侵されて、自然な恋の情動を規制された物語なのだと。『狭衣物語』を規制するコードはあからさまには見えない。頽廃、衰弱、淫猥等々の評価は、コードの見えづらさに由来するのではなかろうか。その見えない見えづらいコードを解釈するような、メタレベルの物語『春の雪』は、『狭衣物語』に対する良質な批評なのではあるまいか。

六 「豊饒の海」からの批評

『春の雪』と『狭衣物語』は、しかし、〈禁忌〉の質の違いからか、きわめて対蹠的な成り行きを示す。清顕は自ら仕掛けたものにしろ、〈禁忌〉を犯し、ともあれ天皇の権威を犯して、夭折を遂げる。(13) しかし狭衣の仕掛けたさまざまな〈禁忌〉は犯そうが犯すまいが、帝の権威とはかかわらず、狭衣はむしろ帝の権威を体現してしまう。そして、夭折を遂げるわけでもなく、かといって立派に成人できたわけでもなく、老いを抱え込んでいくのである。(14) これも『春の雪』が『狭衣物語』に転生した逆説的徴証だといえようか。

しかし、「豊饒の海」と『狭衣物語』は、その行き着く先にまた、転生の跡を見せる。

まず、「豊饒の海」だが、『春の雪』は清顕が二十歳で夭折を果たし、貴種流離の物語として、きれいに完結している。ただ、その基盤である恋の情動は「優雅」にたわめられ、禁忌をたぐり寄せなければ発動しないような衰弱したものであった。抑えてもほとばしる自然な情の強度はない。にもかかわらず清顕の友で「豊饒の海」四巻の狂言回しともいえる本多は、清顕の情動に強度を見出し、その反復を欲望する。そして、本多がいつしか狂言回しの役どころから逸脱した存在になるのはさて措き、ともあれこういう本多の欲望と、〈清顕→勲→ジン・ジャン→透（?）〉と「豊饒の海」四巻各々に清顕の転生を見出す本多の認識で、「豊饒の海」は統括されていた。ところが、最終巻『天人五衰』に至って、本多の認識に綻びが生ずる。清顕の転生を認めていた透の真贋が疑われてくるのだった。最後は、『春の雪』で清顕の子を堕ろし出家してしまい、これまで転生の物語の外部にいた聡子が現れ、本多にこういう。

> いいえ、本多さん、私は俗世で受けた恩愛は何一つ忘れはしません。しかし松枝清顕さんといふ方は、お名をきいたこともありません。そんなお方は、もともとあらしやらなかつたのと違ひますか？　何やら本多さんが、あるやうに思うてあらしやつて、実ははじめから、どこにもをられなんだ、といふことではありませんか？（六四六）

聡子は、転生の物語の発端にいる清顕を、本多が思い込んでいるだけで、初めから存在していなかったのではないかという。もはや『天人五衰』の透が清顕の転生であるかないかの真贋どころではない。清顕という存在が否定されているのである。

それにしてもまず透の真贋だが、転生とはそもそも、いかなる保証もないところでなされるのではなかったか。この点は『春の雪』の唯識論議のなかで、すでに示されていた。三つの黒子をスティグマ（聖痕）と認め、清顕、勲、ジン・ジャンを転生の糸で繋げ、透を繋げそこなっているのも、本多の認識においてである。ほんとうは勲以下、誰にも転生の客観的保証などない。スティグマを持った透の真贋が疑われるとき、転生の認定自体の危うさこそが暴かれるのであり、それは同時に、勲やジン・ジャンの真贋さえも疑わせかねない。転生であるのかどうかなど人知を超えたものだと、『天人五衰』に至って、屋台崩しがなされているのだろう。透の真贋を云々するのはナンセンスなのではないか。

しかし、「豊饒の海」『天人五衰』の屋台崩しはもっと大掛かりだ。清顕が不在化されているのである。抗う本多に対して聡子は、人の「記憶」は「幻の眼鏡のやうなもの」だともいう。本多は叫ばずにはいられない。

それなら、勲もゐなかつたことになる。ジン・ジャンもゐなかつたことになる。……その上、ひよつとしたら、この私ですらも……　（六四六）

転生の糸が切れかけているだけではない。本多が転生の糸で繋いできた者たちの、存在そのものが揺らいで崩れかけているのだ。そうして、本多自身の存在も、もうたしかなものではない。いやむしろ、いま音もなくそれらが崩れたのである。

この庭には何もない。記憶もなければ何もないところへ、自分は来てしまつたと本多は思つた。庭は夏の日ざかりの日を浴びてしんとしてゐる。……　（六四八）

これが、よく引かれる「豊饒の海」の最後の場面だ。清顕の不在化は、清顕の物語の不在化である。そしてそれは、清顕と転生の糸で結ばれた者たちと、その者たちの物語をも不在化する。本多が欲望し、本多の認識が統括してきた「豊饒の海」は、跡形もなく崩れ落ちた。壮大な転生の物語であったはずの「豊饒の海」は、まず透によって大きく揺るがされる。さらに追い討ちをかけるように、聡子という外部が立ち現れたとき、「豊饒の海」は本多の認識のうちに構築されたものでしかないことが突きつけられ、本多のなかで自閉し、崩れ去って、何もない。「豊饒の海」は『春の雪』を発端に、壮大な転生の物語を仕組み、『天人五衰』一巻をかけて、大掛かりな屋台崩し[15]をおこなって見せたといえるだろう。最後の空虚、これほどのものはないというほどの空虚を構築するための、大掛かりな舞台。それが「豊饒の海」だったのではあるまいか。

基盤を崩すことですべてを崩す。この仕掛けの要は清顕だ。そもそも、本多が清顕に見出した情動の強度は、「優雅」を体現すべく、恣意的に〈禁忌〉をたぐり寄せ、それを媒介に燃え立たせたものに過ぎない。自然な情の強度などではなく、「優雅」にたわめられた「自然」の、むしろ衰弱した姿でしかなかった。しかし、認識者本多は最初から誤認してしまったのである。聡子がいないという清顕は、この本多によって誤認された清顕なのではないか。聡子には、清顕の心の傾きは、わかっていたはずだ。聡子こそ公家の生まれで、清顕の「優雅」の手本であったのだから。聡子にとって、本多の語る清顕は不在なのである。「豊饒の海」の大掛かりな屋台崩しの仕掛けは、清顕を誤認する本多のなかに、初めから施されていたといえよう。

そして、清顕と共犯関係を結ぶかのように「優雅」を体現し、おまけに宮家への不敬を出家で贖うという、さながら平安物語を演じてくれた聡子が、この仕掛けに手をかけ、一気に屋台崩しを完成させる。「優雅」の共犯者聡子によるこの幕引きは、「優雅」とは空虚を構築することだ、そういう認識を示しているのではあるまいか。

『狭衣物語』に戻る。そもそも『狭衣物語』は、恋と王権の物語を語るかに見え、実はその不在を語るというアイロニーを演じていたわけだが、この物語もまた終盤において、その基盤に否を唱え、さらなる物語の空虚を語っていく。巻四に至って、これまで秘してきた源氏宮恋慕が、いちど表面化する。

名を惜しみ人頼めなる扇かな手かくばかりの契りならぬに　（参考　四三八）

手紙を交わすだけでなく、逢瀬を持つはずの間柄だという意味深長な歌が、源氏宮を思えば惑乱する狭衣から源氏宮に贈られ、しかもこれが父堀川院の目に触れる。が、父堀川院の反応はこうだ。

いとかばかり多くの年月を経て、思し焦がれ惑ふ御心とも知らせ給はねば、ただ大方のことをのたまはせたるとのみ御覧じて、御手をのみ珍しからん人のやうに、袖のいとまなくおし拭ひつつ、めでゐさせ給へり。（参考　四三八）

単に儀礼的なものとして受けとられ、狭衣の恋の情動は全く掬いとられていない。これは、長年、押し隠されてきた彼の恋の情動などは、ついに存在していないのも同然であることを、父堀川院の視点を借りて宣告しているのだといえよう。しかし、源氏宮への、希薄ながら恋の情動があって（つくられて）、その恋が不可能であるがゆえに、彼の恋の情動は、希薄なままに次々と転位されたのではなかったろうか。内実は空虚であれ、それが『狭衣物語』のいわゆる恋の物語なのであり、それに絡んで狭衣即位の物語も立ち上がってきたのであった。ところが、物語は終盤において、物語の基盤となるこの恋の情動を否認する視点を提示したのである。それはすなわち、そのような情動を転位させて繰り広げられた物語そのものの空虚に、物語自体が言及していく視点でもあるのではないか。

『狭衣物語』も『春の雪』も、語っているのは恋や王権の物語ではなく、廃墟のように不毛な、空虚そのものだったのではあるまいか。『狭衣物語』から『春の雪』、そして「豊饒の海」への転生は、精緻に構築された空虚の転生だったといえるのではないだろうか。空虚を構築する逆説的な物語の営為に、転生の糸をとらえておきたいと思う。

ここで意識されるのは、薫に焦点を当てたときの『源氏物語』第三部であろう。薫もまた、向かい合う女君との、直接的で力強い恋とは無縁であって、恣意的な〈禁忌〉を媒介にしているわけではないが、常に媒介を、たとえば匂宮という第三項を必要としているようだ。(16)そういう薫の物語を、物語自体がとことん相対化する。もっとも痛烈なのは、夢浮橋巻で、「いかであさましかりし世の夢語りをだに」(五―四〇五)という薫の手紙に対して、浮舟が「昔のこと思ひ出づれど、さらにおぼゆることもなく、あやしう、いかなりける夢にかとのみ心も得ずなむ」(五―四〇六)といってのけるところであろうか。ここは、「豊饒の海」最終場面における聡子との重なりも注意されるのだけれども、やはり、聡子がすでに老境の、艶ではあるが肉体的存在感を捨象して、行い澄ました門跡になりおおせているのに対し、浮舟がいまだ若い肉体〈自然〉と向かい合ったままであるという差異は大きい。聡子は物語をひっくり返す視点でしかないが、浮舟にはまだ物語が託されている。「出家の後の出家」(『春の雪』三四七)が問われ続けているのではなかろうか。たとえ、薫の愚かともいえる姿を映して物語が終わっていようと、浮舟は薫の物語をひっくり返し、自らに物語をひきつけ、そのただなかにあるのではないか。『源氏物語』は物語を完結させないことで、同時に、物語を空虚として完結させることを拒んだとはいえないか。

こういう『源氏物語』第三部を批評する形で、『狭衣物語』は『源氏物語』が拒んだ空虚そのものとしての完結をなしたのだと思われる。この空虚としての完結において、『狭衣物語』

から「豊饒の海」への転生を読みとりたいと思う。

『春の雪』は『狭衣物語』を規制するコードに「優雅」という解釈を与えて批評するがごとき小説であった。さらに、「豊饒の海」は『狭衣物語』のような文学の行方を見据え、極限まで推し進めたところに位置している。これもまたひとつの批評的あり方ではあるまいか。『狭衣物語』は「豊饒の海」に転生して、もっとも良質にして毒のある批評を受けたように思う。「自然」をたわめ衰弱させる「優雅」の甘い毒。それをコードとした物語の行き着く先は、どうしようもない不毛であり、いいようのない空虚であると。しかしむろん、不毛や空虚の構築という文学的営為が、それ自身不毛であり空虚であるのではない。この絶望的で逆説的な営為にこそ、むしろ文学の強度を認めるべきではないか。

注

（1）引用本文は内閣文庫本により、参考として引用箇所に該当する大系の頁数を示した。
（2）『春の雪』後注（三九五）。
（3）藤井貞和・利沢行夫「三島由紀夫をめぐって」（『解釈と鑑賞』一九七八年十月）での藤井発言が初めての言及であろう。
（4）千原美沙子「源氏宮論その1——源氏宮像の形成」（『古典と現代』一九六七年四月）。

（5）日本古典全書『狭衣物語 上』（朝日新聞社、一九六五年）、三九六頁参照。

（6）狭衣が大人としてみなされていくのは、儀礼としての元服の後ではなく、天稚御子事件の後だといえる。その点については本書（『狭衣物語／批評』翰林書房、二〇〇七年、［編者注］）Ⅰ第1章で詳細を論じた。

（7）「かうたく」は西本「らうたく」。「らうたく」の誤写かと思われる。

（8）身体の感触の重なりばかりでなく、垣間見から逢瀬に至る場面全体のなかで、物語のさまざまなことばが、女二宮を源氏宮の〈形代〉だと位置づけている点については、本書（注6前掲書）Ⅰ第3章およびⅢ第2章で詳述した。しかし狭衣の意識においては、〈形代〉として逢瀬がもたれたのではない。終始一貫、狭衣は女二宮を〈形代〉だと認識していない。むしろ狭衣においては、恣意的ながら〈禁忌〉意識から逢瀬へという流れが重要なのだと思われる。そしてそのような逢瀬を、物語はさらにことばのレベルで、〈形代〉との恋として位置づけているのだと思われる。

（9）朧月夜との密通が、皇妃侵犯とは一線を画すものであることは、後藤祥子「尚侍攷」（『日本女子大学国語国文学論究』一九六七年六月↓『源氏物語の史的空間』東京大学出版会、一九八六年）で、明らかにされている。そうでありながら、一方で物語はそれを、藤壺への犯しと照らし合わせ、光源氏の根源的な違反性、および王権の担い手としての資質を生成している（三谷邦明「源典侍物語の構造」『源氏物語の世界』二集、有斐閣、一九八〇年↓『物語文学の方法Ⅱ』有精堂、一九八九年、久富木原玲「朧月夜の物語─源氏物語の〈禁忌〉と王権─」『源氏物語の探究　第一五輯』風間書房、一九九〇年↓『源氏物語の呪性』若草書房、一九九七年など）。

（10）式部卿宮の姫君の場合、〈禁忌〉意識は介在していない。しかし、宮の姫君をひきとって以後、狭衣の思いが急速に色褪せていくのは、逆に〈禁忌〉意識の必要性を裏づけている。また、そんな姫君との関係にしても、直接的な関わり方ではない。さまざまな女君を重ね合わせて求められ、最終的に源氏宮の〈形代〉として定着するが、ついに〈形代〉以外のなにものでもありえず、姫君その人自身との恋が不在化されていることに変わりはない。さらにいえば、姫君との物語がかなり若紫巻を意識させる点はすでに指摘されている（土岐武治「源氏物語若紫巻と狭衣物語との交渉」『立命館文学』一九六三年十月→『狭衣物語の研究』風間書房、一九八二年が詳細）が、甥にあたる東宮に宛てられた姫君の歌を見て、狭衣は「まだいと幼げなる御手なども、なかなか心安き方にても」（参考三七二）と、東宮に入内するにはまだ幼い姫君を確認して安心している。姫君には幼さが付与されているようだ。けれども、狭衣が姫君に熱心になるのは、むしろそんな幼さを確認した後である。東宮との三角関係もさることながら、また源氏宮の〈形代〉として構想されているのだから当然だといってしまえばそれまでだが、唯一〈禁忌〉を必要とされていないのが、結婚にはまだ早い（恋の相手として想定しなくてもよい）幼き少女だという点も、狭衣の情動の希薄さなり衰弱ぶりなりを表しているように思う。

（11）帝の権威を越える王権を不在化させるとともに、同時にこの物語は帝位というものを相対化している。自閉的で他者が存在しないような人物で、他者がそれに触れれば不幸になり、当人は不可能にあえいでいるような人物こそが、神意にかない、帝位に即くに相応しいといった視点を提示して、帝位というものをきわめて皮肉に相対化しているのだといえる。

（12）井上眞弓「『狭衣物語』における語りの方法―第一系統冒頭部より―」（『日本文学』一九九一

年十二月→『狭衣物語の語りと引用』所収「語りの方法―少年の春―」笠間書院、二〇〇五年）は、冒頭の狭衣に老いを読んでいる。

（13）『春の雪』には日輪の法（天皇の法）と月の法（仏教の法）があり、前者は犯せても後者は犯せない、そこに物語継続のポテンシャリティがあるという（小林康夫「無の透視法―「豊饒の海」論ノオト」『ユリイカ』一九八六年五月、浅田彰・島田雅彦『天使が通る』新潮社、一九八八年における浅田発言）。たとえば女二宮の場合、論じてきたごとく源氏宮への一途な恋心ゆえに〈禁忌〉なのであり、天皇の法を犯す〈禁忌〉の緊張感は排除されているが、結果的には天皇の法を犯している。また、物語最終の場面で、狭衣は視線と〈ことば〉で仏教の法の埒内にある女二宮を犯しているが、禁断の恋には走っていない（本書（注6前掲書）Ⅲ第2章）。天皇の法と仏教の法をめぐって、『春の雪』と『狭衣物語』の関係はさらに深く考察する余地を残している。加えて、「豊饒の海」と〈物語〉の関係を考える視点として注意される。が、本論では天皇の権威をめぐる対蹠的な成り行きを指摘するにとどめる。

（14）注（12）井上眞弓論文。だが、夭折を果たした清顕にしても、衰え（老い）を抱え込んでいるのは第五節で見たとおりだ。しかしむしろ、二十歳で成人の時間だけを置き去りにしたからこそ清顕は夭折するのであろう。狭衣はその夭折が閉ざされ、子供でもなく大人にもなりきれずにとり残されているのである（本書（注6前掲書）Ⅰ第1章）。

（15）「豊饒の海」の至りついた空虚については、注（13）前掲小林康夫論文（そこでは「無」ということばで表されている）、同じく注（13）前掲書の浅田彰発言に、詳細にして要を得た説明がある。

（16）神田龍身「分身、差異への欲望―『源氏物語』「宇治十帖」―」（『源氏物語と平安文学　第1集』早稲田大学出版部、一九八八年→『物語文学、その解体―『源氏物語』「宇治十帖」以降』有精堂、一九九二年）。また神田論はそのなかで「浮舟物語とは光源氏にかわる中心生成の物語であったと言えなくもない」という。示唆的な発言で賛同しうると考えている。

付記

『狭衣物語／批評』（翰林書房、二〇〇七年）より転載。なお、『春の雪』の本文引用は『決定版全集』からに改めた。

あとがき

「はじめに」で書いたように、本書は多くの研究者の賛同と協力によって成り立っている。前著『円環の文学』を出した際に、ある方から言われた。「二年後の三島生誕百年には、何かするのですか？」と。しかし、はたと止まった。一人で何が出来るだろうか。——しかし、何かしたい。

以前から、古典文学の研究会で、さまざまな研究者が三島由紀夫の小説について語っているのを見てきた。三島由紀夫と古典文学について二年以内に一冊にまとめるという、わたし一人では達成できそうにない目標も、これらの方々のご協力があれば、成し遂げられるかもしれないと思った。同時に、三島生誕百年記念は、大勢でこそ祝いたいものである。そこで、思い切ってお誘いの声をかけてみた。皆さんから「やります」と仰っていただけたことに、今でも心から感謝している。

わたしと「三島由紀夫と古典について」のテーマは、二〇一七年に始まる。ながらく、『浜松中納言物語』についてしっかりと勉強し直したいと思っていたことを、この年の学習院高等科二年生の授業で実践をした。途中、夏休みに開催された物語研究会・夏の大会で、『豊饒の海』との関連で口頭発表をした。その際、橋本氏や助川氏に、三島由紀夫と古典についての発表に興味を示していただき、わたしとしては大きな先達と繋がったきっかけとなる。

おなじく二〇一七年には、その物語研究会での口頭発表をきっかけにして、中古文学会のミニシンポジウムの登壇者に指名していただいた。古典と三島由紀夫文学を繋げる試みが本格的に始動した時期である。その際には、まだまだ発表するに自信のないわたしに、プレ発表の場などで、さまざまにアドバイスをしてくださったのは、恩師の神田氏である。

また、その中古文学会の発表をきっかけに交流を持てるようになったのは、今は亡き鈴木氏である。わたしからは大きな存在である鈴木氏とは、それまでずっと近づき難い距離を感じていたが、三島文学についての発表を機に、ぐっと近づくことができた感動を覚えている。もっと深くご指南いただきたかったのだが、残念ながらそれは叶わなかった。今後も、遺されている氏の論考から多くを学ばせていただきたいと強く思う。

二〇二二年には、全国大学国語国文学会で、『豊饒の海』における清顕と聡子の恋について、『源氏物語』の夕霧と雲居雁に絡めて発表した。この際に、司会を務めてくださったのが横溝氏である。中世王朝物語の研究者でありながら、三島文学にも精通されていて、わたしの当時の発表についてさまざまにご意見をくださった。

また、この学会のシンポジウムでは木谷真紀子氏が登壇された。『豊饒の海』と『浜松中納言物語』についての問題提起をされ、わたしの論文からも引いていただいた。木谷氏からはこれ以降も、貴重な機会をご紹介いただき、わたし自身の研鑽の場を与えていただいている。あらためてここで感謝を申し上げる。

ほかの執筆者についても、わたしが以前よりたいへんお世話になっている方々ばかりである。それぞれ、古典文学の研鑽を積まれながらも、同時に近現代文学、海外文学に対しても知見のある方々である。

もう一人、田島氏は、学習院高等科の卒業生である。彼は、三島由紀夫のように、長きにわたる学習院の〈身内〉であり、文学を志している大学院生であるため、今回の企画にお誘いした。今後もますます研究を深めていかれることを心から願う。

最後になるが、前著につづき、三島由紀夫と古典文学の関わりについて、より一層深めていくべく本を刊行したいという願いを聞き届けてくださった新典社と、刊行にいたるまで寄り添い、さまざまにアドバイスをくださった山田宗史氏に、心より謝意を申し上げる。

二〇二五年一月一四日

伊藤禎子

物語展開―」（中西健治先生喜寿記念論集編集委員会編『日本古典文学の言葉と思想』，2024年5月，武蔵野書院）。

横溝　博（よこみぞ・ひろし）
東北大学大学院教授
2003年3月，早稲田大学大学院文学研究科日本文学専攻博士後期課程単位取得退学。博士（文学）。
『王朝物語論考 物語文学の端境期』（2023年，勉誠出版），『中世王朝物語の新展望 時代と作品』（金光桂子氏と共編，2023年，花鳥社），「室生犀星の王朝小説〈虫姫物語〉―「虫の章」「何処の野に」「虫姫日記」から―」（久保朝孝編『危機下の中古文学2020』，2021年3月，武蔵野書院）。

者の立場から―」(『文学・語学』241号，2024年8月，全国大学国語国文学会)，「『夜の寝覚』における女房たちとの恋」(川村裕子編『平安朝の文学と文化』，2024年，武蔵野書院)。

橋本　ゆかり（はしもと・ゆかり）
東京都立大学非常勤講師
2003年3月，名古屋大学大学院文学研究科博士課程後期課程国文学専攻国文学専門修了。博士（文学)。
『源氏物語の〈記憶〉』(2008年，翰林書房)，「光源氏の分身、柏木の死と「あはれ」の多声―鎮魂と祓―」(『物語研究』第21号，2021年3月，物語研究会)，「『源氏物語』浮舟と〈記憶《テクスト》の開封〉―抑圧の封印を解く、未来との／未来への対話―」(『日本文学』第73巻第2号，2024年2月，日本文学協会)。

本橋　裕美（もとはし・ひろみ）
愛知県立大学准教授
2013年2月，一橋大学大学院言語社会研究科博士後期課程修了。博士（学術)。
『斎宮の文学史』(2016年，翰林書房)，「紫式部と宮廷の女性たち」(『歴史評論』885号，2024年1月，歴史科学協議会)，「〈聖女〉を生きる斎宮―〈母と娘〉の連帯から」(『思想』1199号，2024年3月，岩波書店)。

八島　由香（やしま・ゆか）
大阪電気通信大学・摂南大学非常勤講師
2003年3月，駒澤大学大学院人文科学研究科国文学専攻博士後期課程満期退学。修士（国文学)。
「女の描く〈絵日記〉―『源氏』から『狭衣』・『浅茅が露』・『あま物語』における変容―」(源氏物語を読む会編『源氏物語〈読み〉の交響Ⅲ』，2020年3月，新典社)，「『浜松中納言物語』における〈空に満ちる恋心〉―〈転生〉とのかかわりから―」(乾澄子・萩野敦子編『狭衣物語〈変容〉』，2021年4月，翰林書房)，「『浜松中納言物語』における「たぐひ」―衛門督北の方が果たす役割と拒絶した頼山陽の一面—「かぶき者」の伝統と私小説」(『中村真一郎手帖』19号，2024年5月，中村真一郎の会)。

鈴木　泰恵（すずき・やすえ）
元東海大学文学部教授
1993年3月，早稲田大学大学院文学研究科日本文学専攻博士後期課程満期退学。博士（文学)。
『狭衣物語／批評』(2007年，翰林書房)，『狭衣物語　モノガタリの彼方へ』(2022年，翰林書房)。

高木　信（たかぎ・まこと）
相模女子大学学芸学部教授
1993年3月，名古屋大学大学院文学研究科（博士後期課程）国文学専攻満期退学。博士（文学)。
『「死の美学化」に抗する　『平家物語』の語り方』(2009年，青弓社)，『亡霊たちの中世　引用・語り・憑在』(2020年，水声社)，『亡霊論的テクスト分析入門』(2021年，水声社)。

田島　文博（たじま・ふみひろ）
学習院大学大学院人文科学研究科日本語日本文学専攻博士後期課程在学
2023年3月，学習院大学大学院人文科学研究科日本語日本文学専攻博士前期課程修了。修士（日本語日本文学)。

千野　裕子（ちの・ゆうこ）
学習院大学准教授
2015年3月，学習院大学大学院人文科学研究科日本語日本文学専攻博士後期課程単位修得退学。博士（日本語日本文学)。
『女房たちの王朝物語論』(2017年，青土社)，「時代考証と創作のあいだ—実践

《執筆者紹介》(五十音順)

伊藤　禎子(いとう・ていこ)
(奥付に掲載)

神田　龍身(かんだ・たつみ)
学習院大学名誉教授・東京実業高等学校非常勤講師
1981年3月，早稲田大学大学院文学研究科博士課程後期退学。修士(文学)。
『紀貫之―あるかなきかの世にこそありけれ』(2009年，ミネルヴァ書房)，『平安朝物語文学とは何か―『竹取』『源氏』『狭衣』とエクリチュール』(2020年，ミネルヴァ書房)，『鎌倉幕府の文学論は成立可能か!?―真名本『曽我物語』テクスト論』(2024年，勉誠社)。

木村　朗子(きむら・さえこ)
津田塾大学学芸学部多文化・国際協力学科教授
2004年3月，東京大学大学院総合文化研究科言語情報科学専攻博士課程修了。博士(学術)。
『乳房はだれのものか―日本中世物語にみる性と権力』(2009年，新曜社)，『紫式部と男たち』(2023年，文春新書)，『百首でよむ「源氏物語」―和歌でたどる五十四帖』(2023年，平凡社新書)。

助川　幸逸郎(すけがわ・こういちろう)
東海大学教授・岐阜女子大学非常勤講師
1998年3月，早稲田大学大学院文学研究科博士後期課程単位取得退学。修士(文学)。
「『クララとお日さま』が示す「格差」と「分断」への処方箋」(『Kotoba2023年春号(通刊51号)「特集 カズオ・イシグロ」』，2023年3月，集英社)，「紫式部は「源氏イリュージョン」といかに向きあったか―「究極」であるがゆえに「禁忌」―」(『歴史評論』885，2024年1月，歴史科学協議会)，「中村真一郎が

伊藤　禎子（いとう　ていこ）
1978年7月20日　山口県に生まれる
2001年3月　清泉女子大学文学部日本語日本文学科卒業
2006年3月　学習院大学大学院人文科学研究科日本語日本文学専攻博士後期課程単位修得退学
学位（専攻）　博士（日本語日本文学）
現職　学習院高等科教諭
主著　『『うつほ物語』と転倒させる快楽』（2011年，森話社）
『うつほ物語——国譲巻の世界』（伊藤禎子編著，2021年，武蔵野書院）
『王朝文学の〈旋律〉』（伊藤禎子・勝亦志織編，2022年，新典社）
『円環の文学——古典×三島由紀夫を「読む」』（2023年，新典社）
論文　「「春の雪」優雅のパラドクス」
（『日本文学研究ジャーナル』27号，2023年9月）
「十一歳の物語の系譜——古典文学から『豊饒の海』まで」
（『学習院高等科紀要』22号，2024年11月）

虚無《きょむ》の劇場《げきじょう》
—— 古典研究者が読む三島由紀夫文学　　新典社選書 127

2025年1月14日　初刷発行

編　者　伊藤　禎子
発行者　岡元　学実

発行所　株式会社　新典社

〒111-0041　東京都台東区元浅草2-10-11　吉延ビル4F
TEL　03-5246-4244　FAX　03-5246-4245
振　替　00170-0-26932

印刷所　惠友印刷㈱　製本所　牧製本印刷㈱

ISBN 978-4-7879-6877-7 C1395
https://shintensha.co.jp/　E-Mail:info@shintensha.co.jp